日记，记载着往事，
也承载着情感！

日记品读

丰一吟 题

古农 主编

人民日报出版社

序一

天下事，真有不可思议者。这些日子，正在读《翁同龢日记》，某日下午，接古农先生函，说他编了一套日记丛书，拟由人民日报出版社出版，嘱我写篇序文。

古农先生者，鲁人于晓明也。早在多少年前，我就喜欢上了此君。不为别的，只为他的那种执著的精神。

这样说了，心里知道是不妥的。为何？执著得看做何事。有的执著，是不执著也得执著的，比如学者的读书，藏书家的购书，是执著也可说是本业或是本志。有的执著却是先须有见识，再须有定力，还须胼手胝足以赴之，才会有些微的成绩——有时连这些微的成绩也还在似有若无之间。这回不用比如了，说的就是古农先生，就是他多少年来，对日记文学的呼吁，对日记纪事的提倡，对日记学术的研讨，具体地说，就是多少年来，编创《日记报》和《日记杂志》。只是我前面的叙述，要稍作修改，些微的成绩，似有若无之间云云，是我前些年的感叹，或者说是担忧，现在可说是劳绩昭然了。

拟出版的几册，计《日记漫谈》《日记闲话》《日记品读》《日记序跋》四种。四种均为文章汇集，所汇文章，基本上都在《日记报》和《日记杂志》上发表过。我细细地看了这几种书的目录，并看了其中的一些文章，不能不惊叹，这些年来，古农先生在这方面，用心之细，用力之勤。同时也明白了，作者的心志之所在——在当今的中国学术界，建立一门名为"日记学"的学问！

建立一套学问体系，固然是一种成功的标志，但我却认为，对国人来说，普及日记理念，提倡记日记，记真实的日记，进而研读日记，有甚于建立"日记学"的意义在焉。这里，我愿不惮其烦，说说我自己记日记的经历，或许能更为清晰地说明我要说的意思。

为了真实无误，免得有人说我是为了写此文才编造出这样的故事，或是加重事件的意义，且让我引录一段自己先前发表过的文章：

> 1970年3月6日夜里，约摸十一点钟的样子，我们土坯房的同学都睡下了，系革命领导小组成员三人……那位教师冷冰冰地宣布：经系革命领导小组研究决定，从即日起，给韩安远（我在校时的名字）办学习班……又对我说：韩安远，听说你平常写日记，现在把你的日记全部交出来，还有什么笔记本，也一起交出来。说着指指我的床下……反抗是没有用的。我乖乖地拖出箱子，打开锁子，将日记一本一本取出摊在床上。共十三册，全是精致的厚厚的硬皮笔记本。那位教师像是不放心，又在箱子里翻了翻，见全是书本才住了手。最后由那位教师给我开了个收据，班干部抱起全部日记，三人一起走了。

（北岳文艺出版社2009年版《文坛五同学》，又见《人民文学》2010年第2期）

从1962年上高中起，直到这次抄家前，我一直记日记，约摸有八年之久。这里说是十三册，只是抄走的数字，还有一册将要记满的日记,在"大串联"途中丢失了。也就是说,八年间,我记了十四册的日记。抄去的十几册日记,学习班结束后,听从一位朋友的劝告,全烧掉了。此后十几年间,怕再惹麻烦,没有记日记。直到上世纪80年代中期,真的看出不会再有什么险恶了,又开始记日记。一天不落,已有二十多年。

此文开始,说我正在看《翁同龢日记》,也不是瞎说,可从我那几天的日记中得到证实。古农的信,是11月2日写来的,在我11月1日的日记中有这样的话:"上午读《翁同龢日记》。"前一天即10月31日的日记中有这样话:"上午读文廷式《南轺日记》,记述去江苏任主考官,一路行踪行事,主考任上作为感受。前曾看过《翁同龢日记》中,翁氏赴陕西、山西主考事,两相参照,对清代乡试之规矩,有了大致了解。"《南轺日记》是一本史料笔记书中收录的一篇,数千字而已。

这就要说到我近年来看书习惯的改变。我还是有点读书癖的。前些年爱看传记,连带的爱看回忆录,这两年,不知为什么,喜欢上了看日记。道理不难明白,不过是求真而已。在我看来,不管有人有着怎样的遮掩,大体来说，作为史料，日记还是最真实最生动的。档案材料，真实过于日记，生动就差多了。这两年，看日记上了瘾，陆续购买了《越缦堂日记》《翁同龢日记》《缘督庐日记》等多部，加上原先就有的《郑孝胥日记》等多部，我的晚清日记，也就相当可观了。

综合上述两项，一是我记日记的经历，一是我对"日记——史料"的认识，大略可得出这样的结论：能不能记日记，敢不敢真实地记日记，是一个时代清明与否的标志。再就是，能不能坚持记日记，是一个人有没有毅力的体现，也是一个人敢不敢坦然面对社会，面对历史的体现。我不认为我是什么好人，但我认为我是一个基本（不是全部）真实的人，在日记里，我记下了我做的好事，也记下了我做的坏事。

提倡记日记，真实地记日记。这，我想也正是古农先生十几年来所追求的，希望实现的吧。

看看这套丛书，至少会让你明白记日记的意义，还有一些可行的方法。

勇敢地记日记吧，这是你对社会的信心，也是你对你自己的信心的表示。

韩石山

2010 年 11 月 25 日于潺湲室

序二

先来做回文抄公。1925年3月,周作人写了一篇《日记与尺牍》,开宗明义:

> 日记与尺牍是文学中特别有趣味的东西,因为比别的文章更鲜明的表出作者的个性。诗文小说戏曲都是做给第三者看的,所以艺术虽然更加精练,也就多有一点做作的痕迹。信札只是写给第二个人,日记则给自己看的(写了日记预备将来石印出书的算作例外),自然是更真实更天然的了。

一年四个月以后,鲁迅也写了一篇《马上日记》,公开声明:

> 我本来每天写日记,是写给自己看的;大约天地间写着这样的日记的人们很不少。假使写的人成了名人,死了之后便也会印出;看的人也格外有趣味,因为他写的时候不像做《内感篇》外冒篇似的须摆空架子,所以反而可以看出真的面目来。我想,这是日记的正宗嫡派。

周氏兄弟不约而同对日记发表了自己的看法,尽管表述各不相同,但观点还是较为一致的,即日记与其他文学样式相比,"更真实更天然","更可以看出作者"真的面目"来。相隔八十五六年后重读这两段话,我仍深以为然。

在我看来,日记之所以是一种特殊的文字体裁,在于它原本是完全私密的,不加掩饰的,也不打算公开的,因而有可能更为具体地记录当时的历史语境和文化氛围,更为真实地袒露个人的思想和情感,以及揭示两者之间复杂的互动,许许多多不为后人所知的作者的交游、活动、观点和著述,大大小小鲜活生动的历史细节和世事线索,通过日记才有可能得以一一呈现。日记是时代风云和人情冷暖的投影之所在,能够承载这种投影的文类并不多,日记恰恰是其中最具代表性的一种。

但是,正是由于日记具有相当的私密性和敏感性,在很长一段时间里,名人时贤的日记很少公开,很少引起关注。就中国现代文学史领域而言,1927年9月郁达夫《日记九种》的出版,曾轰动一时;1937年6月,上海《青年界》月刊又出版了"日记特辑";但完整的作家日记面世,则自鲁迅始。1951年3月上海出版公司据手稿影印了《鲁迅日记》。冯雪峰在《〈鲁迅日记〉影印出版说明》中强调这部日记是"研究鲁迅的最宝贵和最真实的史料之一",将其影印出版"完全为的保存文献和供研究上的需要"。1963年11月,上海文艺出版社出版的《中国现代文艺资料丛刊》第三辑又发表了《〈朱自清日记〉选录》,王瑶在《题记》中也强调这些日记"关于他(指朱自清)全生命活动中最丰富的三分之一多的真实记录,如果都印出来,是非常可宝贵的",可"作为了解和研究他平生治学为人的参考"。由此可见,学界对作家学者的日记一直十分重视,一直肯定它们的研究价值。

我所见第一部系统研究作家日记的专著是包子衍的《〈鲁迅日记〉札

记》(1980年5月湖南人民出版社初版),作者以几乎大半生的精力研究《鲁迅日记》,厚积薄发,出版了这部虽仅十五万字却有分量的《鲁迅日记》研究成果,书中把鲁迅的新文学创作与日记记载互证的研究路径,尤具启发。作者在此书《后记》中特地引用了冯雪峰的话,冯雪峰主张研究鲁迅日记"重点是在'考'与'注'",颇有见地。其实,不但鲁迅日记,解读所有作家和学者的日记,考证注释工作都是至关重要,必不可少的。

1980年代以降,随着黄侃、胡适、周作人、郁达夫、徐志摩、朱自清、顾颉刚、吴宓、苏雪林、杨树达、宋云彬、萧军、夏承焘、夏济安、郭小川、顾准、王元化……等近现代作家和学者的未刊日记在海峡两岸陆续披露,尽管日记长短不一,又涉及不同的历史时期,内容或也有所删节(公开出版的日记有无必要删节,一直存在争议,我是主张不作任何删节以存历史原貌的),都无不引起海内外学界的极大兴趣,相关的研究成果接连不断。余英时著《未尽的才情——从〈顾颉刚日记〉看顾颉刚的内心世界》（2007年3月台北联经出版公司初版）对顾颉刚日记的精彩解读，江勇振著《舍我其谁：胡适》第一部（2011年4月北京新星出版社初版）对胡适早期日记的独到分析，都在"考"和"注"上下足了功夫，令人耳目一新。

在这样的文学和学术背景下，古农君与自牧君等合作，于十年前创办了《日记报》（后改名《日记杂志》），倡导日记写作和日记研究，推动民间与学界日记研究者的交流，别具一格，坚持出版，意义非同一般。现在古农君又精心编选了"日记丛书"四种，收录海内各家围绕日记和日记文学的各种著述，有评论，有漫谈，有自叙，还有序跋，妙论迭出，足资启迪。这不仅是对《日记报》创刊十周年的一个总结性的纪念，也为建构当代中国的"日记学"作出了新的努力。作为《日记杂志》一名并不勤奋的作者，在"书脉日记文丛"即将出版之际，我就写下以上这些话以为祝贺吧。

陈子善
2011年5月4日于海上梅川书舍

序三

正如古农君所感喟的,"日记,记载着往事,也承载着情感"。而以《日记漫谈》《日记序跋》《日记闲话》《日记品读》四册选集所构成的"书脉日记文丛",则记载着《日记报》《日记杂志》的成长历程。

十多年来,我们用一腔钟爱日记的热情和干劲,用菲薄的收入和赞助,再加上可贵的恒心和坚持,终于使《日记报》这株幼苗茁壮成长为《日记杂志》这棵树,同时还赢得了一系列赞誉和褒奖,从而被南京大学徐雁教授认定济南已成为中国当代日记研究的重镇;被天津南开大学来新夏教授引为知己和"启发者"——结识《日记报》后又忘情地开始了记日记;还有长沙诗人彭国梁也在已出版的《书虫日记》的序文中公开声明是《日记杂志》引导他开始记日记,并且一发而不可收,连续出版了两部《书虫日记》。不可否认,在我们周围,的确集结着一大批全国各地的"日记人",大家以日记为纽带,集思广益,协力同心,围绕日记学这一新学科展开了相关研究探讨,成功举办了四届全国日记及日记文学论坛大会,适时启动了《中国日记大辞典》的编纂工程,加快推动了创建中国日记博物馆的步伐……我们完全有理由这样认为:目前全国的日记写作、日记教学、日记出版、日记研究已成为历史上的最好时期。放眼前瞻,我们信心大增,随着古农君主持创建的中华日记网的开通运行,用不了多久，一批真正能够代表当代日记研究水平的成果将会陆续问世。

收入"书脉日记文丛"中的文章，几乎都在《日记报》《日记杂志》上刊登或转载过，检点《日记报》和《日记杂志》所设置的栏目，可以因栏目成书的还有《日记情怀》《日记书札》《日记人物》《日记论坛》《日记原版》《日记书林》等。除此之外，还有以《日记杂志》"半月日记系列"专号形式刊印的《半月日谱》《半月日注》《半月日影》《半月日志》《半月日识》等原创日记，都有再刊或再版的必要，殷切希望有胆识、有魄力的出版家慧眼识真货，及早组织再版与发行。

著有《清人日记研究》一书的学者孔祥吉先生在其《自序》中曾写道："要认识一个历史人物，最简洁的办法，莫过于细读其日记。因为日记是记载作者见闻以及感悟的文字。日记仿佛是一扇心灵的窗户，一旦这扇窗户被打开，一切便都呈在眼前了。许多历史人物的内心活动，并不见诸奏章尺牍，或文书档案，而只有在日记中才能看到他们内心深处的东西。"以"普及日记写作，促进日记研究"为己任的《日记杂志》同仁，我们有信心也有必要帮助大家推开日记这扇心灵的窗户，让大家观赏到日记百花园中的珍株异木和奇葩秀草——这也正是我们选编刊印这套"书脉日记文丛"的初衷和目的。

自 牧

2011年11月21日于历下东山居之百味斋

目录

006 序一 ◎ 韩石山
010 序二 ◎ 陈子善
014 序三 ◎ 自　牧

陈漱渝 时代的风云　生活的实录——读《鲁迅日记》 001

来新夏 读《关于罗丹——熊秉明日记摘抄》 008

来新夏 严修与《严修日记》 017

周国平 托尔斯泰的日记 020

高增德 "走向世界丛书"与近代日记——兼及单士厘日记 026

范　用 《文艺日记》 031

余　杰 愚人治理愚人国——点评《荣庆日记》 035

赵丽宏 041 夕照佛心弦——关于柯灵先生的三则日记

罗志田 045 日记中的民初思想、学术与政治

谢　泳 055 1959：谁在思考——读《顾准日记》札记

谢　泳 060 《杨尚昆日记》中的胡风案

谢　泳 063 从两部前辈日记看钱钟书的个性

谢　泳 067 《高鲁日记》的价值

谢　泳 070 小学生日记里的民国农村

谢　泳 074 日记的用处——读杨静远《让庐日记》

陈左高 077 《静远斋诗集》作者允礼日记

陈左高 080 陈子展评《历代日记丛谈》

陈左高 083 《马氏文通》作者马建忠日记

陈左高 087 康有为、梁启超出国日记漫谈

陈左高 《川上集》阅感 094

杨天石 宋明道学与蒋介石早年修身——读蒋介石未刊日记 096

高增德 一部熔铸了丰富历史画面的日记——《红尘冷眼》评介 104

虞坤林 从宋云彬日记看1949年柳亚子北上参政 109

谢其章 《艺文杂志》的"日记抄" 116

沈胜衣 日记里外的赵景深 121

袁爽之 《日记四种》天然风致 127

王庆柏 叶昌炽《缘督庐日记》的原稿本与摘抄本 131

陈大康 张文虎留下的一部日记 139

丁言昭 注释《郁达夫日记》的联想 143

王稼句 关于《志摩日记》 149

叶嘉新 辛笛的《春日草叶》 152

叶嘉新	王礼锡及其《笔征日记》 154
康　健	旧中国的一面镜子——读叶浅予《打箭炉日记》札记 159
康　健	读《学斋日记》札记 162
王春瑜	读王元化《九十年代日记》 166
桂　苓	手泽余墨：掌纹间的历史 169
杨念群	杨度日记：让我们一起进入历史的现场 172
张志强	黄侃的日记 176
散　木	沈元和他的日记 179
散　木	杨树达先生的日记 182
散　木	读夏承焘先生的日记 187
散　木	田汉的日记 192
顾　农	鲁迅与周作人合作写诗——读《周作人日记》小札 195

顾　农　关于义和团的日记:《庚子使馆被围记》197

徐明祥　曾国藩日记及家书中的治家八字箴言 200

李国涛　施蛰存日记可贵 204

伊九州　王渔洋的日记 207

邓云乡　俞曲园日记 212

周　郢　日本汉学家竹添井井及其"蜀道日记" 219

林乃忠　"日记九种"琐谈 225

淮　茗　董康和他的东游日记《书舶庸谭》231

周　劭　从日记谈到《郑孝胥日记》236

刘经富　陈家兄弟文章伯——读《郑孝胥日记》零墨 240

柳和城　张元济和他的《赴会日记》246

张学义　《沙汀日记》中的赵树理 251

金　波	了解动物　亲近动物——读《动物日记》札记 254
吴家荣	论阿英日记体散文 256
丁　彭	漫谈日记——兼谈自牧日记 262
傅国涌	《蒋介石日记》中的抗日战争 266
柳和城	《传声杂记》中的穆藕初史料 271
古　农	编后记 279

陈漱渝

时代的风云 生活的实录
——读《鲁迅日记》

日记,是作者对每天所见、所闻、所历、所感、所思的择要记录。这种自由、活泼、率真的文体,在我国溯源于西汉,肇始于唐代,发展于两宋,鼎盛于明清。1980年4月在扬州西郊发现的西汉宣帝时王奉世日牍,虽然文字粗糙,记事简略,但已初具日记的基本形态。在西方,近代意义的日记起源于文艺复兴时期,流行于17世纪。

日记的最大特色是真实天然。作为作者的心灵独语,撰写时并无问世之心,因而从中可以看到明晰的意见,可靠的史料,乃至于个人的隐私。这些都是从存心著述，意在流布的文字中绝对得不到的。正因为如此，日记才成为了正统文学、正统历史之外的一个宝藏，引起了考据学者、文化史学者、传记作者的特殊兴趣，一般读者也可从中享受到不同于一般的阅读乐趣。

日记的风格多姿多彩：有的志在立言，意存褒贬；有的缘事生情，缘景生情；有的剪贴摘抄，广摄新知……鲁迅先生的日记则采用排日记事形式，寥寥数语，简单精炼，应属于日记的"正宗嫡派"。不过，鲁迅也有生前公开发表的日记，如《马上日记》《马上支日记》《夜记》，但这在鲁迅日记中属于特例，已归入杂文创作范畴。现存鲁迅日记起于1912年5月5日，讫于1936年10月18日，采用普通毛边纸印成的有黑色或红色丝栏的稿纸，每年合订一本，共二十五本，其中1922年日记在日寇1941年12月逮捕许广平时失落，现据许寿裳录存的片断补入。经电脑检索，总字数为394,039(不含标点)。这些日记，忠实记录了鲁迅在北京、厦门、广州、上海时期的生活状况，是研究鲁迅生平、思想和创作历程的第一手资料，也是鲁迅留给我们的一份丰富凝重的文化遗产。

鲁迅在谈到自己日记的内容时说："写的是信札往来，银钱收付，无所谓真面目，更无所谓真假。例如：二月二日晴，得A信；B来。三月二日雨，收C校薪水X元，复D信。一行满了，然而还有事，因为纸张也颇可惜，便将后来的事写入前一天的空白中。总而言之，是不很可靠的，但我以为B来是在二月一日，或者二月二日，其实不甚有关系，即使不写也无妨；而实际上，不写的时候也常有。"(《马上日记·豫序》) 有的著名作家也以鲁迅日记是"流水账"为理由，致函出版社，反对出版鲁迅日记。其实，鲁迅对他日记的自评是自谦之词，有文学性的夸张成分。在现存鲁迅日记手稿中，并未发现倒填日月的痕迹，只不过要事不录、小事不记的情况的确存在。例如鲁迅跟红军将领陈赓的著名会见，在日记中即不着痕迹，鲁迅跟瞿秋白先烈的交往，在日记中也没有完整的记录，而且采用了一系列的别名、代号，如何家夫妇、文尹夫妇、维宁（或作惟宁）、文它、何凝、疑冰、宜宾、萧参等。如果我们了解中国自古以来就有牵牵连连的"瓜蔓抄"和罪名大得可怕的"日记案件"，了解中国黎明前最黑暗的年代统治是如何比罐头盒还严，就能理解鲁迅为什么在撰写本具有不公开性因而根本不应罹难获罪的日记时也怀着戒备之心。至于银钱收付方面，鲁迅付出的钱不一定入账，而收入及别人归还的钱，却很少漏记。从这一侧面，也反映出他博大仁厚的襟怀。

鲁迅日记的文字，我以为存在三种情况。一种是文意直露。如1935年7月17日："晴，大热，上午寄母亲信。"一读就懂，无需深究。另一种很可能是隐语，如"夜濯足"。此类隐语，与研究作家的思想创作无涉，自然也不必探究。第三类情况是：在看似无关宏旨的词句后面，却蕴含了十分重要的政治文化内容。如1927年10月19日日记："晚王望平招饮于兴华酒楼，同席十一人。"这并非一般的宴饮，而是鲁迅跟中国共产党领导下的互济会进行联系。1930年2月13日日记："晚邀柔石往快活林吃面，又赴法教堂。"这并非进行宗教活动，而是参加党领导下的自由运动大同盟的活动。同年2月16日日记："午后同柔石、雪峰出街饮咖啡。"这并非一般的消闲，而是借咖啡馆举行左翼作家联盟筹备会议。同年5月7日日记："晚同雪峰往爵禄饭店，回至北冰洋吃冰淇淋。"这也不是一般的游乐，而是去会见当时中国共产党的主要负责人李立三。此类例子，不胜枚举，是鲁迅日记宝藏中最值得开掘的部分。

如果就鲁迅日记读鲁迅日记，肯定味同嚼蜡，无法卒读，但如果联系鲁迅作品、结合鲁迅生平史实阅读，就能从鲁迅日记中破译很多密码，使阅读过程成为不断有所发现的过程。这也就是说，有关鲁迅作品和鲁迅生平的知识是打开鲁迅日记宝库大门的钥匙，而从鲁迅日记中所获得的史料，又能帮助读者加深对鲁迅生活时代和创作历程的理解，更全面准确地掌握鲁迅生平史实，并对鲁迅某些作品的著译日期和某些内容进行补订。

作为个人生活道路的史录,鲁迅日记不装腔作势,不矫揉造作,不雕琢粉饰,有的文字比别的文章更能表现鲁迅的个性和多方面的生活内容,堪称最大意义上的个性化写作。"夜代女工王阿花付赎身钱百五十元"(1930年1月9日日记),充分表现了鲁迅对贫苦大众——特别是被压迫妇女的真挚同情。"上午赴部,车夫误碾地上所置橡皮水管,有似警者及常服者三数人突来乱击之,季世人性都如野狗,可叹!"(1913年2月8日日记),充分表现鲁迅对欺压劳苦大众的社会恶势力的深刻憎恨。"下午捐慰问被捕学生泉十"(1927年4月16日),这是鲁迅在国民党右派发动"四一五"反革命政变之后一次明确的政治表态。据不完全统计,鲁迅日记中关于从事著译的直接记载共1240多条,切切实实地反映出鲁迅在新文化战线上不避锋芒、顽强拼搏的一生。但鲁迅也有休憩。他在1933年1月25日的日记中写道:"旧历除夕也,治少许肴,邀雪峰夜饭,又买花爆十余,与海婴同登屋顶燃放之,盖如此席岁,不能得者已二年矣。"鲁迅极端厌恶那种叫人终年奋发、悲愤的说教者,因为"叫人整年的悲愤、劳作的英雄们,一定是自己毫不知道悲愤、劳作的人物。在实际上,悲愤者和劳作者,是时时需要休息和高兴的。古埃及的奴隶们,有时也会冷然一笑。这是蔑视一切的笑。不懂得这笑的意义者,只有主子和自安于奴才生活,而劳作较少,并且失去了悲愤的奴才。"(《花边文学·过年》)

有的研究者以记事繁简详略为区分标准,将日记区分为"复式记事日记"和"简式记事日记"。鲁迅日记记事至简,叙述极略,当然应归入后一种日记类型。在文坛论争的过程中,有些鲁迅的论敌将他称之为"绍兴刑名师爷"、"刀笔吏"。这自然是一种十分刻薄的攻击性言论。但作为深受浙文化氛围濡染的文学大师,鲁迅的文字又的确以老辣著称,能够只用一两个词写尽一种心态,概括一种事物,品评一种人物,收到一针见血、寸铁杀人的艺术效果。鲁迅的这种语言力度,跟"一著点墨,动关生死"的师爷行文确有相似之处。"下午得妇来书,二十二日从丁家弄朱宅发,颇谬"(1914年11月26日)——一个"谬"字,道破了鲁迅跟原配夫人之间的思想鸿沟,感情障壁。"其词甚怪"(1912年9月6日),"不知所云"(1913年2月5日),"不了了"(1914年5月12日),聊聊数字,彻底戳穿了北洋政府教育部范源濂总长、刘冠雄总长、梁善济次长三人尸厉内荏的空虚本质。"无日不在忧患中"(1913年10月1日),简单七个字,也写尽了辛亥革命之后鲁迅由失望而陷于悲愤的心境。正是由于鲁迅行文简而有力,鲁迅日记才能呈现出丰富多姿态的历史内容而为特定的时代传神写真。

由于鲁迅日记是研究鲁迅的最宝贵和最真实的史料之一,具有十分重要的文献价值,那些有意诋毁鲁迅的人往往挖空心思,极力想从鲁迅日记中嗅出一些自以为对他们有利的材料,以图达到他们并不光明正大的目的。比如因为鲁迅1912年的日记中出现了"寄羽太家信"的记载,有人就曲解文意,断言周作人的日本老婆羽太信子原是鲁迅之妻,因此才将寄羽太信子的信称为"家信"。殊不知这位在鲁迅日记中出现过七十余次的"羽太"其实是周作人的妻舅羽太重九。所谓"寄羽太家信",就是往日本的羽太重九家里去信,对周作人的妻舅进行接济。又如,鲁迅1932年1月31日至2月5日日记有失记的情况,有人就故布疑阵,说鲁迅隐瞒了"整个生命里最重要的一件事,是令他心里最难过的,最恐惧的,到死也不能释然于怀的极端隐瞒的事"。这种含糊的指责,妄图误导读者往不当之处作无穷的想象,以使鲁迅在这种妄想中身败名裂。但对中国现代史和鲁迅生平稍有常识的人就会知道,1932年初爆发了日军进攻上海的"一·二八"事变,鲁迅一家"突陷火线中,血刃塞途,飞丸入室,真有命在旦夕之慨"(1932年2月22日致许寿裳信)。在举家避难过程中,日记偶尔出现几天空白,怎么竟会成为鲁迅充当汉奸的罪证呢?更为荒唐的是,一贯以反鲁自诩的苏雪林女士公开撰文攻击鲁迅"狎妓",

人格因此破产。证据是鲁迅1932年2月16日的一则日记:"夜全寓十人皆至同宝泰饮酒,颇醉。复往青莲阁饮茗,邀一妓略来坐,与以一元。"所谓"全寓",系指鲁迅一家三口及其三弟周建人一家。世上哪有"全寓"同狎一妓的怪事?事实非常明显,所谓"妓"即因"一·二八"事变流落到上海来卖唱的歌女。"略来坐",无非是进行一种社会调查。试联系鲁迅同年创作的七绝《所闻》("华灯照宴敞豪门,娇女严装侍玉尊,忽忆情亲焦土下,佯看罗袜掩啼痕。")以及七绝《无题其二》("皓齿吴娃唱柳枝,酒阑人静暮春时。无端旧梦驱残醉,独对灯阴忆子规。"),就会明了这些作品的素材来源。令人不解的是,当今有些人极力为某些文人的劣行恶迹乃至杀妻之罪进行强辩,而又极力想在鲁迅圣洁的躯体上寻觅下蛆的臭氧。然而无论前一种做法抑或后一种做法,最终都将是徒劳无益费精神。

据周作人回忆,鲁迅在南京求学时期和赴日留学途中均写有日记,惜今佚。追回失落的鲁迅1922年日记,看来也是一件希望渺茫的事情。为了保存鲁迅手泽,以供图书馆、文化机关、研究者备置,上海出版公司于1951年影印了现存《鲁迅日记》1050部。1959年、1976年人民文学出版社又两次出版了排印本。1981年,鲁迅日记作为16卷本《鲁迅全集》的第14、15卷由人民文学出版社再度印行,重新进行了校勘,把手稿中的部分古体字改为现行通用字,以便一般读者阅读,又订正了手稿中的某些笔误(包括日文、西文中的笔误)。但也偶有脱字漏补、笔误未改的情况,如未将福田医院改为福民医院,未将马珏改为马珏,未将金维尧改为金性尧,等等。由于日记手稿影印本个别处不够清晰,1981年版还有将手稿中原本正确的字看错的情况,如将关于彭看成关大彭,将重久看成重人。1981年鲁迅日记的最大贡献,是对文中涉及的大量人物、书刊、社团、机构等进行了详尽注释,做到了冯雪峰同志的解放初期感到"远非我们的能力所能做到的"的事情(《〈鲁迅日记〉影印出版说明》)。

这是一项筚路蓝缕的工作,虽然人物生卒年注释难免有误,但开创之功不可没。其中贡献最大的是亡友包子衍先生——这是一位名副其实的以生命赴鲁迅研究的人。参加这项工作的还有蒋锡金教授、王锡荣、虞积华同志。笔者也参加了部分注释定稿工作,留下了生命史上值得珍惜的一页。此次排印本完全据手稿逐字逐句重新校勘,改订了此前诸种排印本中的若干错漏;但某些古体字、异体字、通假字仍照手迹付排,以保存历史原貌。鲁迅在《三闲集·鲁迅译著书目》中说过一句十分恳切的话:"不要只用力抹杀别个,使他和自己一样的空无,而必须跨过那站着的前人,比前人更加高大。"然而,真要跨过前人,哪怕是一星半点,又谈何容易!

来新夏

读《关于罗丹——熊秉明日记摘抄》

读书是一种文明的享受,尤其是高年以后,读书更是最适合打发日子的方式。近十年来,我经常逼缩在书斋——"邃谷"之中,或正襟危坐,或半倚半卧,持一本自己喜欢读的书静静地读,确能给人以温馨宁静的舒适。我每年约略计算,能这样读上一二十本书,平均每个月一两本,自以为还说得过去,没有虚度光阴。每年所读书中总有几种让人不能匆匆一过,而时有流连忘返的感觉。2002年就有两本这样的书,那就是旅法学者熊秉明先生的《中国书法理论体系》和《关于罗丹——熊秉明日记摘抄》二书。

　　这两本书是2002年国庆时，天津教育出版社一位小友李勃洋特地送来让我度假日的，由于是一种特型书，又是旅居异国多年的学者所写，不能不引起我对这两本书的特殊关注。我利用七日长假，先读了《中国书法理论体系》。作者熊秉明先生是已故著名数学家熊庆来先生的哲嗣，旅法多年，从事艺术研究和教育工作，《中国书法理论体系》是他对中国丰富纷杂的书法遗产进行精心研究梳理后而撰著的。我喜欢书法，但不懂书法。可是读完这本书后，感觉这本书给了我很多知识，而把全书总括成八个字，就是"条分缕析，追根究底"，并用此八个字为题目，写下一篇书评。我认为这本书的最引人入胜之处是把书法的理论归结到哲学的高度，形成全书的主线，把许多人物及其观点都错落有致地挂在这条线上，引导读者只能一气读下去而难以释卷。他所征引的资料是经过反复咀嚼，精心熔铸后，一气呵成地写下来的。一如行云流水，了无阻碍。不久这篇书评发表在10月16日《中华读书报》的书评版上。勃洋把全文以依妹儿发给熊先生。据他告知，熊先生很高兴。并说熊先生将在春节来津，届时当安排一次会晤。我也非常高兴地期待着能与同一年龄段的新知促膝畅谈。

　　接着我又继续读熊先生另一本题为《关于罗丹》的著作。这本书真是非常特异，它的命题极其严肃，是对艺术大师罗丹的研究，但它的体裁确是非常随意。它是从熊秉明1947年至1951年间的日记中摘抄出来写成的。以往学者不少人有写日记的习惯，他们常把自己读书所得札录进日记，给后来人很多的启迪。但混在日常生活和人际交往种种杂事的记载之中，需要从中选择，诸多不便。于是有人为之整理辑录，晚清的学者李慈铭先生写了大量的日记，题作《越缦堂日记》，后来有人从中辑出读书札记部分，成《越缦堂读书记》二巨册，由中华书局正式出版发行，极利读者。但尚未曾见过作者自己从自己日记中摘抄出专题内容而成书的，《关于罗丹》正是这样一本著作。这样一种写作方法充分证明：一是作者写日记的态度是严肃认真的，不是随手一写，而是博涉多书又深思熟虑后写的；二是作者具有深厚的学术底蕴，在日记中反映了他很强的学术自信心；三是作者很有思辨能力，从他随手所写的日记中的片片段段辑出来就是一篇有中心内容的小文章。所以这本书较之前一种，对我更有吸引力，更急于从中获取教益。

我是正襟危坐地读这本书的，书中精辟的语言和极富哲理的论点，确如宗璞对该书的评论所说："许多书的归宿是废纸堆，略一浏览，便可弃去。部分书的归宿是书柜，其中知识可以取用。有些书的归宿则在读者的灵魂中，这书便是那样。"我想只要读过这本书的人都会承认宗璞所说应是确评。读这本书很有点参禅的味道，有些精彩段落，读来颇类机锋，可得会心一笑，或俯首自省。可惜只读了一半，因台湾汉学研究中心"地方文献研讨会"相邀，只好暂时搁置，等回来再继续研读。

我从台湾回来以后，不得不处理案头积累的报刊函件，等到这些杂事基本落定，而准备继续读《关于罗丹》这本书时，忽闻作者熊秉明先生猝然逝去的噩耗，不禁憷然，难抑痛悼之情。近几年，不时收到一些老友的讣告，总要黯然神伤几天，有一种"平生知己半为鬼"的感怀，但总还是彼此谈过心，交流过思想，有所过往的朋友。至今还没有一位我因读其书，心仪其人而缘悭一面，就猝然而逝的朋友，这更增添了我无尽的悲思。读前半本《关于罗丹》时，沉浸在激情和欢欣之中，真是一有所获，瞿然而喜，还随手写了点札记。但读后半本时，则心情异常沉重，虽然我们未谋一面，但在字里行间，却时不时映现出作者深邃的凝思和睿智。我艰难地读完这后半本书，并没有札录下更多的东西，头脑中只是一片空白。春节晤面的期待，将永远成为难以填补的遗憾！

熊先生之所以能在日记这种连续性的编年体中写出对罗丹艺术的完整阐扬和诠释，那是因为作者对罗丹有过一个较完整的主旨认识。他在书的封面上题词说:"到了罗丹手里,雕刻忽然变成表现思想的工具,个人抒情的工具……变成诗,变成哲学,变成自由的歌唱。罗丹给了雕刻以思想性,也给了雕刻以新的生命。"作者在日记中都以这样的标准来衡量罗丹的成就。

作者完全有学识和能力写关于罗丹的学术专著,但是他却以日记形式写片段小文的原因,在该书的前言中已有所说明。他认为罗丹的作品已和他的思想感情相融合,所产生的曲折发展使他无法作一篇较客观的评述,因而他从旧有的日记中摘抄有关内容,而加以增删整理,成为一部"我中有你,你中有我"的作品,提供给读者。这既可了解罗丹,又能了解"一个中国艺术学生20世纪40年代、50年代在欧洲学习经过的记录"。

作者不是随意记日记而是有意写日记,他费尽苦心架构,既想不失当年的原貌,又想让读者更多地了解自己和更便于阅读,当写成书时,他曾做过某些不失原意的修订,也加过一些今注,更在每年前从该年日记中摘取精彩片段作为短短的小序,给读者一把读本年日记的锁钥。作者在书中不仅写罗丹的艺术,也写罗丹的生活;不仅写同道朋友,也写罗丹的婚姻与恋人;不仅写罗丹艺术在当时的价值,也写这些艺术创造所产生的巨大社会影响。

在1947年的小序中,作者摘引了10月3日的一段日记,那天午后,作者在图书馆里读了诗人里尔克给他妻子的信。诗人说罗丹"他是一切,绝对的一切",作者不仅以"他是一切"作为这天日记的标题,还进一步对此加以诠释说:

所谓"他是一切",那意思是说罗丹用了那么多千变万化的雕像,给我们看人世可悲可喜可歌可泣可爱可怖的种种相,并且让我们看见生命的真实和艺术创造的意义。在罗丹的双手和塑泥的接触中,里尔克看见创造的进行,创化的秘密,神的创造的实证,于是懂得诗的意义和诗人的使命。

这一诠释是对罗丹艺术成就的高度概括,是全书主旨的所在,也是对诗人里尔克的肯定。而对读者更是有一种导读的启示。

1948年和1949年这两年的日记是作者论述罗丹最丰富的两年。1948年的日记主要在阐述罗丹艺术作品的魅力和影响力,他在小序中说:

(罗丹的雕刻)让人走近静观、冥思,邀人细看每一细节的起伏,玩味每一细节所含藏的意义。也因此能激发那么多诗人、文学家写下那么多文字,到现在仍然从世界各地吸引那么多年轻的以及年老的人来俯仰徘徊。

因此,在这一年的日记中,作者不仅写下了罗丹步入艺术殿堂的起始,并记述了罗丹为纪念他的心灵导师而创作的第一件作品《艾玛神父》。作者在这一年的日记中多方面地论述了有关罗丹艺术与学识的小专题,如《罗丹的美学》《罗丹的文章》《罗丹的重要性》《罗丹和布尔代勒》等等,作出若干精彩的剖析,如对罗丹美学的评论,作者曾引用了希尔特、黑格尔等人的美学观,来和罗丹相比较;又以肯定的态度引述了罗丹在其遗嘱中的美学观点:"对艺术家来说,一切都是美的,因为对于一切存在,一切事务,他的深刻的眼光都能把握'特征',也就是把握从形象透露出来的内在的真理,这真理就是美。"明确指出罗丹是以具有"特征",具有外部和内在的真实的作品才是美的观点。在《罗丹的文章》这一小题下,作者引述了几位对罗丹文章的不理解甚至歪曲的立论,竭力为罗丹洗刷,并在这一小题后加了今注,引证了里尔克和哥德榭岱等人的正面论述,并做出自己对罗丹是否读书的论断:"我们可以说罗丹读书并不是为了博学广记,而是中国古人所谓求'受用'。他所读的书可能并不多,也无系统,但是他所读的都吸收为生命的一部分,成为艺术创造的泉源与土壤。"这是对有争议问题的一个恰如其分的裁断。这一年的日记中还对罗丹若干雕刻作品进行评断。如对《地狱之门》这幅人们议论纷纷没有定论的作品,就给以评定说:"《地狱之门》给人以庞杂纷乱的感觉,但有一点是可以肯定的,《地狱之门》成为后来罗丹创造的主要泉源,许多作品都从这里脱胎。"作者认为罗丹雕刻生涯起步期的作品《青铜时代》是"自我意识的诞生",而"他的风格也正是谨慎的、严密的,似乎还有迟疑的,带着虔诚坚定的信念,带着'行为迟'的不安,而'动刀甚微'。表现的手法和表现的主题如此水乳交融。我想老年的罗丹就再作不出《青铜时代》来,只有少壮的雕刻家的手和心,才能塑出如此少壮生命的仪态和心态"。在这一年所选的最后一篇日记中,作者评论罗丹那件尚处在未完成状态的作品《女娃》,并以之与维纳斯相比照来说的。作者没有接受维纳斯的纯美和诱惑性,而是钟情于夏娃那种宗教恐惧塑造的形象。他写下一段能震动人们心灵的话:

> 我实在更爱夏娃型的女体、母体。我疑心自己已经成熟,过早地成熟。否则为什么不爱少女新鲜而轻盈的躯体呢?为什么爱一个多苦难,近于厚实憨肥的躯体呢?罗丹的夏娃决不优美。有的人看来,我或者已经老丑。背部大块的肌肉蜿蜒如蟒蛇,如老树根。我爱她的成熟,像爱一个母亲,更像爱一个有孕的妻子……多丰满厚实的母体,我愿在这个世间和她一同生活,并且受苦。

作者不仅写下这段话,还在书里三见女娃的雕像图片(第80、83、155页)。他以二十五六岁的青年,能这样认识什么是真正的美,确如他自己所说,"已经成熟"了;而和他几乎同龄的我,当年肯定是欣然接受维纳斯那纯真而浮泛的美,借以满足眼睛的享受。直至几十年后,自己的躯体也因历经风雨坎坷,像个老树根的时候,才逐渐醒悟过来,接受作者在第二年所作的申论,也才懂得什么是心灵的享受。

1949年的日记,我认为是作者对罗丹艺术有了更成熟的理解和体验,作者留下了难以例举的见解,让人回味和咀嚼。他在这一年日记中所选的第一篇题名《肉体》的小段中,明确地阐述了《夏娃》的意义。虽然"罗丹的《夏娃》，不但不是处女，而且不是少妇，身体不再丰圆，肌肉组织开始松弛，皮层组织开始老化，脂肪开始沉积，然而生命的倔强斗争展开悲壮的场面。在人的肉体上，看见明丽灿烂，看见广阔无穷，也看见苦涩惨淡，苍茫沉郁，看见生，也看见死，读出肉体的历史与神话，照见生命的底蕴和意义"。这段话和三见的《女娃》青铜塑像给了我对美的醒悟。

这一年的日记还论到罗丹的爱情生活。罗丹带着看自己作品的神情，观察和爱抚女舞蹈家邓肯的周身，使邓肯难于自持而逃开，但事后又追悔，而不得不在自己的自传中写道："怎样的可惜啊！多少次我后悔这幼稚的无知，使我失去一个机会，把我的童贞献给潘神的化身——有力的罗丹！艺术和生命都必定会因而更丰富。"罗丹的爱情魅力是多么令人心摇，正因为如此，迦蜜尔·克劳岱尔才甘于为罗丹付出多么伟大的不幸。他们的恋爱对"罗丹的艺术创作当然有很大的影响"，因为罗丹的"许多双人的小组像，是从他们的爱中诞生的"（10月28日）。罗丹有许多由男女裸体组合的双人小组像，如《永恒的偶像》《亚当和夏娃》《爱的遗失》《诗人和女神》等等，作者对这些世俗不愿多所涉及的话题作了非常有趣的剖析：

这样一组一组的双人群像，可以说都是描写性的吸引，爱的七巧图，肉体的缠绻，人的生存本能的相追逐。他们是被恶魔所诱动呢，还是被神所召唤呢？可怜而又神圣的游戏，羞耻而又严肃的游戏。我们可以想象在深夜，茫茫尘世，人们躲躲藏藏地在密室里去进行，雕刻家好像把那些屋顶都揭开来，像顽童揭开大石，显示蚁穴的内景，而他以神的心展示出人们所不敢正视的爱的诸相。

多么深邃的揭示，让人无法不从心的底处透露出丝丝的诡秘笑意！罗丹是受益了，但那个"就为了爱，而且歌唱这一个情人而烧毁了自己"的女人，即为塑造罗丹像而献出一生的克劳岱尔，得到的却是分手的悲剧,以致神经错乱,在疯人院里度过了最后的三十年。她留下一座有力的刻画罗丹的特征和性格的艺术杰作。"在这塑像上,她的雕刻家的高度技巧,溶合了一个女人的炽热痴迷的爱。从这里,我们可以懂得她后来的心碎、怨恨和疯狂"(1949年11月2日记)。罗丹无疑是有负于克劳岱尔的!

1950、1951年的日记,作者继续论述罗丹的交往、作品、性格和生活,但最引人关注的是作者透露了故国之思,在1950年2月26日所写题为《回去》的那段日记中,他和自己的朋友熙民谈论了一整夜是否回国的问题。那时正是新中国建立不到五个月的时候,一切除旧布新的信息都激动着海外每一个赤子,几乎人人都在思考回国的问题。作者和他的朋友一整夜的讨论归结到两个焦点上,那就是"该现在回去呢?还是学成了再回去呢"?这恐怕是当年海外赤子所共同思考的问题。而作者似乎因乡思的引动而准备回去,并写下了他的决定说:"我将走自己的路去。我想起昆明凤翥街茶店里的马锅头的紫铜色面孔来,我想起母亲的面孔,那土地上各种各样的面孔……那是属于我的造型世界的。我将带着怎样的恐惧和欢喜去面临他们。"这是多么赤诚的游子之心啊!但也不能否认他还少有疑虑。讨论一直持续到第二天早上七点钟,作者在进行一些户外活动后,他"一进屋子,便拉上窗帘,倒头睡去"。虽然他的形体在当天正午醒来,但是他的心却沉睡着未能支配自己的行动。心的沉睡可能带给他无数不同的梦境,他的梦是"十年一觉扬州梦"的三倍,三十二年的"巴黎梦"终于醒来,他以"今注"的形式回答了那一整夜讨论的问题,"今注"说:

也许可以说,醒来时已经1982年。翻阅并重抄这天的日记时,三十二年过去了。这三十余年来的生活,就仿佛是这一夜谈话的延续,好像从那夜起我们的命运已经判定,无论是回去的人,还是逗留在国外的人,都从此依了个人的才能、气质、机遇,扮演不同的角色,以不同的艰辛，取得不同的收获。当时不可知的，预感着的，期冀着的，都或已实现，或已幻灭，或者已成定局，有了揭晓。醒来了，此刻抚今追昔，感到悚然与肃然。

虽然这段话有点隐晦含混，但这是七十岁老人深藏三十多年的心声。他只是把看到听到的现实有意推入梦境，而醒来后的"悚然与肃然"，可能年轻的一代有点摸不到头脑，但凡是同步伐走过来的人都能懂得和理解。

熊秉明先生终究是受过中华文化熏陶的人，他熟悉这块土地上人们的读书习惯，特在书尾编制了一份简明的《罗丹年谱》，以便读者查阅。与此同时，我也很感谢这本书的责编和设计者。他们以自己的学识和素养，超越了时尚编辑们那种不负责任的随意，而是耗费心力，制作精品，为作者鸣锣开道，为读者提供美的享受。

熊秉明先生虽然年逾杖期，但从他的文字和思路来看，他尚有深邃的宝藏等待发掘和展现，尚能为中华文化增添库藏。我也从读其书而谋一晤其人。孰意天公妒人，未能如愿，竟成难以弥补的缺憾。我很难把所有的读书札记都写入本文，但只从这些选用的日记片段中，或许能有助于读者对罗丹和作者有些了解，也算我悼念作者的一份心意。

2003年1月写于天津邃谷

来新夏

严修与《严修日记》

一个人从旧营垒中冲出来很难，冲出来又以新思路建立新营垒更难。在中国近代教育史上确有一个挣脱封建教育制度，创立新式教育体制并获得了成就的，那就是南开大学、南开中学的创建人之一、被尊称为"校父"的严修。

严修（1860～1929）字范孙。他接受过完整的封建教育，顺利地经由科举的道路步入仕途，由翰林院编修累官至贵州学政、学部侍郎，成为封建统治集团中的一员。1898年戊戌变法的失败对他的思想当有所冲击，他清楚地认识到要国家富强，首在教育，于是毅然摆脱旧的思想桎梧，弃官归里，立志创办新教育，造就新人才。他在新的20世纪初，将思想付诸实践。1904年，他在严氏家馆的基础上成立南开中学，推行新式教育，辛亥革命后，他谢绝各种新公职的任命，一心从事新式教育的探索和试验。1906年他与张伯苓合作创办专门部和高等师范班，未能受到应有的效果，于是又分赴欧美日本等国，考察教育，颇多领会。返国后，不辞辛劳与张伯苓到处奔走呼号，筹款约人，终于在1919年9月25日建成私立南开大学，树立了新式高等教育的典型，写下了20世纪中国近代教育史上的重要一页。严修以其后半生的全部精力倾注于新式教育事业，并获得了相当的成就，不仅身前受到肯定和推崇，身后还博得更大的声誉。在他逝世的第二天，天津《大公报》的社评中，就称誉他"不愧为旧世纪一代完人"，更为难得的是1989年政协七届二次会议上，以决议的形式，褒扬他倡导新学，培养人才的贡献，这是非常特殊的一种荣誉。

严修推动新式教育的事迹与成就，在很多专著和论文中都有相当的论述，但对他在文化事业上的作为则论及较少。其实严修对文化建设也付出了很多的心血，他不仅在南开大学成立后主动捐资赠书，还敦促其亲家卢木斋出资建造南开大学图书馆。同时，他也很关心公益事业，曾在生前向天津图书馆前身的直隶图书馆一次性捐赠家藏珍籍一千二百余部五千余卷，奠定了该馆的馆藏基础。在他逝世后，其后人将他的一批包括诗文集、日记、杂记、函札等手稿，捐赠给了天津图书馆。其中日记部分以其时间跨度较长，内容史料价值较高，很快引起一些学者的关注，但因系手稿，保护措施较繁，检读也不方便，一直未能充分发挥其社会效能。收藏者天津图书馆始终谋划以出版物形式向社会提供，而难获机缘。直至世纪之交，南开大学出版社以日记作者为本校创办人之一，且日记本身又有较高史料价值，有意刊行日记手稿，遂与天津图书馆往返协商，取得共识，组成《严修日记》编委会"，共同擘划，稍加编次，于2001年12月由南开大学出版社刊印出版。成16开本四巨册，都二千八百余页。从此,深藏金匮之严修日记手稿乃得面世,而使学者尽得其用,实可称学林一大功德!

严修日记手稿原系线装,共七十四册,上起清光绪二年(1876),终于民国十八年(1926),凡五十三年,其中有七年付缺,按作者习惯,恐非缺记而散佚,但无疑是一部时间跨度长,内容涵盖广的大型日记。作者使用的稿纸,在版心下端刊有毋自欺室、蟫香馆、秀文斋及枣香书画室等字样。有部分稿纸印有栏目,如开始的《丙子日记》即印有反省类的身过、心过、口过;记事类的晨起、午前、午后、灯下等栏;《甲申日记》即印有晨起、午前、午后、灯下、记事、杂识和日知各栏;《丁亥日记》则很简略,只有温、读、写、看四栏,可以按栏填写。其余大多是条格本。记事有简有繁,有删有改。全部日记都用墨笔小行书记写,其中《欧游日记》则全部是恭楷,可见严氏的书法风范。有用不同色笔将不同年代内容记写于一纸上的,其文字内容,记录较详,特别是后期多有连篇累牍的记述。也有少量关于天象、物理的图画。各册以年份干支题名,或另标《恒斋日记》《使黔日记》《东游日记》《欧游日记》等专名。今刊行本由编委会新题《严修日记》。

《严修日记》内容广泛丰富,以记严氏日常生活起居与社会活动情况为主,兼及当时一些重大事件。举凡严氏早年的学习生活、功名仕进及公务处理,与中外人士交往及函电往来,国内外游历见闻,读书札记,兴教办学的思想与实践,以及对欧美日本等地的政治、经济、文化、教育、社会等方面情况,均有所记,十分丰富。这部日记对研究严氏生平思想、中国近代教育史、清末民初社会重大转型期历史的诸多变化,均有重要的史料参考价值。

这部大型日记由于跨度较长,篇幅较大,势难按原大出版,而不得不缩印。因此字迹偏小,一般目力,阅读感到吃力。全书人物事件繁多,如能再由专人进行二次文献工作,补编一份综合索引,刊诸报刊,则尤利便读者。

周国平

托尔斯泰的日记

关于托尔斯泰晚年的出走,后人众说纷纭。然而,事实上,托尔斯泰出走的真正原因也就是四十八年前新婚燕尔时令他不安的那个原因:日记。

一

1862年秋天的一个夜晚,托尔斯泰几乎通宵失眠,心里只想着一件事:明天他就要向索菲亚求婚了。他非常爱这个比他小十六岁、年方十八的姑娘,觉得即将来临的幸福简直难以置信,因此,兴奋得睡不着觉了。

求婚很顺利。可是,就在求婚被

接受的当天，他想到的是："我不能为自己一个人写日记了。我觉得，我相信，不久我就不再会有属于一个人的秘密，而是属于两个人，她将看我写的一切。"

当他在日记里写下这段话时，他显然不是为了有人将分享他的秘密而感到甜蜜，而是为他不再能独享仅仅属于他一个人的秘密而感到深深地不安。这种不安在几月后完全得到了证实，清晰成了一种强烈的痛苦和悔恨："我自己喜欢并且了解的我，那个有时候整个地显身、叫我高兴也叫我害怕的我，如今在哪里？我成了一个渺小得微不足道的人。自从我娶了我所爱的女人以来，我就是这样一个人。这个簿子里写的几乎全是谎言——虚伪。一想到她此刻就在我身后看我的东西，就减少了、破坏了我的真实性。"

托尔斯泰并非不愿对他所爱的人讲真话。但是，面对他人的真实是一回事，而对自己的真实是另一回事，前者不能代替后者。作为一个珍惜内心生活的人，他从小就养成了写日记的习惯。如果我们不把词本、备忘录之类和日记混为一谈的话，就应该承认，日记是最纯粹的私人写作，是个人精神生活的隐秘领域。在日记中，一个人只面对自己的灵魂，只和自己的上帝说话。这的确是一个神圣的约会，是决不容许有他人在场的。如果写日记时知道所写的内容将被另一个人看到，那么，这个读者的无形在场便不可避免地会改变写作者的心态，使他有意无意地用这个读者的眼光来审视自己写下的东西。结果，日记不再成其为日记，与上帝的密谈蜕变为向他人的倾诉和表白，社会关系无耻地占领了个人的最后一个精神密室。当一个人在任何时间内，包括在写日记时，面对的始终是他人，不复能够面对自己的灵魂时，不管他在家庭、社会和一切人际关系中是一个多么诚实的人，他仍然失去了最根本的真实，即面对自己的真实。

因此，无法只为自己写日记，这一境况成了托尔斯泰婚后生活中的一个持久的病痛。三十四年后，他还在日记中无比沉痛地写道："我过去不为别人写日记有过那种宗教感情，现在都没有了。一想到有人看过我的日记而且今后还会有人看，那种感情就被破坏了，而那种感情是宝贵的，在生活中帮助过我。"这里的"宗教感情"是指一种仅仅属于每个人自己的精神生活，因为正像他在生命最后一年给索菲亚的一封信上所说的："每个人的精神生活是这个人与上帝之间的秘密，别人不该对它有任何要求。"在世间一切秘密中，唯此种秘密最为神圣，别种秘密的被揭露往往提供事情的真相，而此种秘密的受侵犯却会扼杀灵魂的真实。

可是，托尔斯泰仍然坚持写日记，直到生命的最后日子，而且在我看来，他在日记中仍然是非常真实的，比我所读到过的任何作家日记都真实。他把他不能真实地写日记的苦恼毫不隐讳地诉诸笔端，也正证明了他的真实，真实是他的灵魂的本色，没有任何力量能使他放弃，他自己也不能。

二

对于我们今天的作家来说，托尔斯泰式的苦恼就更是一种陌生的东西了。一个活着时已被举世公认的文学泰斗思想巨人，却把自己私人日记看得如此重要，这个现象似乎只能解释为一种个人癖好，并无重要性。据我推测，今天以写作为生的大多数人是不写日记的，至少是不写灵魂密谈意义上的私人日记的。想要或预约要发表的东西尚且写不完，哪里还有工夫写不发表的东西呢？

曾经有一个时代，那时的作家、学者中出现了一批各具特色的人物，他们每个人都经历了某种独特的精神历程，因而都是一个独立的世界。在他们的一生中，对世界、人生、社会的观点也许会发生重大的变化，不论这些变化的促因是什么，都同时是他们灵魂深处的变化。我们尽可以对这些变化品头论足，但我们不得不承认，由这些变化组成的他们的精神历程在我们的眼前无不呈现为一种独特的精神景观，闪耀着个性的光华。

三

我把一个作家不为发表而从事的写作称为私人写作，它包括日记、笔记、书信等等。这是一个比较宽泛的定义，哪怕在写时知道甚至期待别人——例如爱侣或密友——读到，日记也包括在内。我所说的私人写作肯定不包括预谋要发表的日记、公开的情书、登在报刊上的致友人书之类，因为这些东西不符合我的定义。要言之，在进行私人写作时，写作者所面对的是自己或者某一个活生生的具体的个人，而不是抽象的读者和公众。因此，他此刻所具有的是一个生活、感受和思考着的普通人的心态，而不是一个专业作家的职业心态。

毫无疑问，最纯粹、在我看来也最重要的私人写作是日记。我甚至相信，一切真正的写作都是从日记开始的，每一个好作家都有一个相当长久的纯粹私人写作的前史，这个前史决定了他后来之成为作家，不是仅仅为了谋生，也不是为了出名，而是因为写作乃是他心灵的需要，至少是他的改不掉的积习。他向自己说了太久的话，因而很乐意有时候向别人说一说。私人写作的反面是公共写作，即为发表而从事的写作，这是就发表终究是一种公共行为而言的。对于一个作家来说，为发表的写作当然是不可避免也无可非议的，而且这是他锤炼文体功夫的领域，传达的必要促使他寻找贴切的表达，尽量把话说得准确生动。但是，他首先必须有话要说，这是非他说不出来的独一无二的话，是发自他心灵深处的话，如此他才会怀着珍爱之心为他寻找最好的表达，生怕它受到歪曲和损害。这样的话在向读者说出来之前，他必定已经悄悄对自己说过无数遍了。一个忙于向公众演讲而无暇对自己说话的作家，说出的话也许漂亮动听，但几乎不可能是真切感人了。

托尔斯泰认为，写作的职业是文学堕落的主要原因。此话愤激中带有灼见。写作成为谋生手段，发表就变成了写作的最直接的目的，写作遂变为制作，于是文字垃圾泛滥。不被写作的职业化败坏是一件难事，然而仍是可能的，其防御措施之一便是适当限制职业性写作所占据的比重，为自己保留一个纯粹私人写作的领域。私人写作为作家提供了一个必要的空间，使他暂时摆脱职业，回到自我，得以与自己的灵魂会晤。他从私人写作中得到的收获必定会给他的职业性写作带来好的影响，精神的洁癖将使他不屑于制作文字垃圾。我确实相信，一个坚持为自己写日记的作家是不会高兴去写仅仅被市场所需要的东西。

四

1910年的一个深秋的夜，离那个为求婚而睡不着觉的秋夜快半个世纪了，对于托尔斯泰来说，这是又一个不眠之夜。这天深夜，这位八十二岁的老翁悄悄起床，离家出走，十天后病死在一个名叫阿斯塔波沃的小车站上。关于托尔斯泰晚年的出走，后人众说纷纭。最常见的说法是，他试图以此表明他与贵族生活——以及不肯放弃这种生活的托尔斯泰夫人——的决裂，走向已经为时过晚的自食其力的劳动生活。因此，他是为平等的理想而献身。然而，事实上，托尔斯泰出走的真正原因也就是四十八年前新婚燕尔时令他不安的那个原因：日记。

如果说不能为自己写日记是托尔斯泰的一块心病，那么，不能看丈夫的日记就是索菲亚的一块心病，夫妇之间围绕日记展开了旷日持久的战争。到托尔斯泰晚年，这场战争达到了高潮。为了有一份只为自己写的日记，托尔斯泰真是费尽了心思，伤透了脑筋。有一段时间，这个举世闻名的大文豪竟然不得不把日记藏在靴筒里，连他自己也觉得滑稽。可是，最后还是被索菲亚翻出来了。索菲亚又要求看他其余的日记，他坚持不允，把最后十年的日记都存进了一家银行。索菲亚为此不断地哭闹，她想不通做妻子的为什么不能看丈夫的日记，对此只能有一个解释：那里面一定写了她的坏话。在她又一次哭闹时，托尔斯泰喊了出来：

"我把我的一切都交了出来，财产，作品……只把日记留给了自己。如果你还要折磨我，我就出走，我就出走！"

说得多么明白。这话可是索菲亚记在她自己的日记里的，她不可能捏造对她不利的话。那个夜晚她又偷偷翻寻托尔斯泰的文件，终于促使托尔斯泰把出走的决心付诸行动。把围绕日记的纷争解释为争夺遗产继承权的斗争，未免太势利眼了。对于托尔斯泰来说，他死后日记落在谁手里是一件相对次要的事情，他不屈不挠争取的是为自己写日记的权利。这位公共写作领域的巨人同时也是一位为私人写作的权利献身的烈士。

高增德

"走向世界丛书"与近代日记
——兼及单士厘日记

尽管我有长期记日记的习惯，也有存藏学者日记的爱好，这皆与本人所从事的中国现代学术史相关。敝以为，日记和书信在学者的研究实践及其人生经历中占有着重要地位，而且在研究学者本人的思想及其人际交往中有着其他史料不可替代的价值。这就是说，我对日记的兴趣只能说是基于它的史料或文献价值，然却未从日记学的本身思考过，当然也就不敢妄说对日记学的研究了。

如今我忝列《日记报》顾问，加之于晓明君对本人的厚爱，长期无偿享阅《日记报》，让我广开眼界、受益匪浅。为感谢他们的关照，于是产生了这篇短文，实在难能尽意。

一

"走向世界丛书"是岳麓书社于80年代推出的一套10卷36种的大型系列丛书，它的主编者即是时任该社总编的钟叔河先生。这套丛书的出版，被认为是"整理古文献中最富有思想性、科学性和创造性的一套丛书"。而这套丛书，则凝聚着钟先生二十七年的心血，搜集和浏览了三百多种书，对于我们民族一百四十年的前七十年，从封闭社会走向现代世界的历史，作出了他的一番纵横观察。这无疑是一段非常重要的历史。"它既是中外交往史，又是文化思想史；既是政治史，又是生活史；既是'西学东渐'史，又是反帝斗争史。"在中国结束十年浩劫动乱之后，正在向社会主义现代化进军的时候，重温一下昨天和前天的这些历史，当然是十分有益的和有用的。

主编者在他编的"走向世界丛书"的每种书前面，都撰写有一篇介绍该书的作者生平、写作时代背景和评论该书思想内容的绪论，这些都可说是能独立成篇的学术论文。后来主编者又在这些文章基础之上，加以补充改定，结集为《走向世界——近代知识分子考察西方的历史》由中华书局单独出版，并有著名学者钱钟书、李侃作序，成为当代出版史上辉煌的一页。

值得注意的是这套丛书所收三十六种，多种以日记形式为载体，即使叫作游记、随录、杂志、杂录等名称的，实际上也带有日记的痕迹和特性，基本上都可以日记谈论。这三十六种的主人计有林鍼（1825～？）、斌椿（1804～？）、志刚（？）、张德彝（1847～1918）、容闳（1828～1912）、祁兆熙（1847～1918）、林汝耀（？）、罗森（？）、何为璋（1838～1891）、王韬（1828～1897）、黄遵宪（1848～1905）、郭嵩焘（1818～1891）、曾纪泽（1839～1890）、李圭（1842～1903）、徐建寅（1845～1901）、薛福成（1838～1894）、刘锡鸿（？）、蔡尔康

（？）、林乐知（？）、戴鸿慈（？~1910）、载泽（1868~1930）、康有为（1858~1927）、梁启超（1873~1929）、钱单士厘（1856~1943）等二十四人。他们中或是饱读经书，经过科举而跻身朝士行列的驻外使节；或是长年留居国外，时刻关注祖国命运的有识之士；或是出于求知求学的目的到海外进修考察游历的文人学者。他们足迹遍及欧亚美数十个国家，最为弥足珍贵的是："他们中间的许多有心人并没有沉湎于外国的繁华世界而缄默不语，而是把所见所闻，笔笔于书，写成日记或游记，相当真切具体地记述了东西各国的社会状况、政治制度、文教设施、风土人情、山川景物。应该说，他们中的绝大多数人并不是改革家，更不是维新和革命的先驱者，很难说得上是新文化的开拓者。但是通过他们的介绍，使得闭目塞听的中国人开始知道，在'天朝'之外，还有那样许多异样的国度，而那些国度并不像神话传说中'海外奇谈'那样荒诞不经，而是过去从未梦见过的的现实世界……后来的人们固然可以对他们的是非功过作出种种评判，但是对他们在中国认识世界、走向世界的艰辛历程中所留下的足迹和声音却是不应遗忘的。"（见李侃为《走向世界》序）这套书尽管我在十五年前就读过，然至今重新翻阅依然兴味盎然，难以掩卷。

二

在"走向世界丛书"第十册中，除收入康有为《欧洲十一国游记二种》、梁启超《新大陆游记及其他》两种外，还有就是钱单士厘的《癸卯旅行记》和《归潜记》。

单士厘（1856~1943），浙江萧山人，其丈夫是"五四"新文化运动开创者之一钱玄同长兄钱恂（1853~1927），其时为清末外交官。单氏于1899年起常往海外探视丈夫；1903年由日本经西伯利亚前往欧洲，有《癸卯旅行记》；1909年夫妇从欧洲回国，著《归潜记》，杂记西方艺文及中西交通史事。

在这篇短文中所以要另章介绍单士厘，不仅因为她是一位女性，而且正如钟叔河所云这是"第一部中国女子出国记"，"中国妇女的启蒙和觉醒是特别艰难的，她们走出国门和走向世界就更加艰难了。在1900年以前到欧美的中国人中，妇女只占百分之几以下的少数，其中称得上观察者的知识妇女屈指可数，能够用著述表明自己思想和见解的更是绝无仅有了。"（第657页）所以绝无仅有，恐怕只能从长期的封建制度中去找其原因了。

单士厘出生于书香世家，学养很高，不仅长于著述，有著作凡十一种，而且诗词工底深厚，有《受兹室诗稿》出版。单士厘至二十九岁才结婚，晚婚使她有了更多的读书和写作机会，在婚后仍然坚执如初，笔耕不辍。钱恂对妻子耽娴卷帙、浸淫文史的执著与乐趣，也给予理解和同情。当钱恂去日本后，见到日本向西方借鉴颇见成效时，于光绪丁酉（1897）首创留学日本之仪，而以己弟幼楞为先导，并陆续将两个儿子、一个儿媳、一女婿都带至日本留学，使他的家庭成为中国第一个有女学生到日本留学的家庭。

单士厘在她的《癸卯旅行记》自序中道："回忆岁在己亥（光绪二十五年），外子驻日本，予率两子继往，是为予出疆始。嗣是庚子、辛丑、壬寅，无岁不行，或一航，或再航，往复既频，寄居又久，视东国如乡井。今癸卯，外子将蹈西伯利之长铁道而为欧俄之游，予喜相偕。十余年来，予日有所记，未尝间断，顾琐细无足存者。唯此一段旅行日记，历日八十，行路逾二万，履国凡四，颇可以广闻见。录付并木，名曰《癸卯旅行记》。我同胞妇女，或亦览此而起远征之羡乎？跂予望之。"

钱恂在《癸卯旅行记》题记中亦指出："右日记三卷，为予妻单士厘所撰，以三万数千言，记二万数千里之行程，得中国妇女所未曾有。方今女学渐萌，女智渐开，必有乐于读此者。故稍为损益句读，以公于世。"

由此不难看出，单士厘出国与写作之原由，从中也可见钱单伉俪之志趣融合和相得益彰之仪型风范。

单士厘去日本，比秋瑾早了五年，比何香凝也要早，她虽未卷入革命，然却是走在世界的道路上，走在中国启蒙先列，以国民自任，介绍西方文明的先进女性，令后人崇敬。

单士厘高寿至八十七岁，在她八十四岁时有题为《庚表端节家宴，忆三强侄时在巴黎围城中》一诗，诗曰："今岁天中节，阶兰等二雏。一家兼戚党（原注：长孙外姑增田夫人在座），四代共欢娱。不尽樽前话，难忘海外孤。烽烟怜小阮，无计整归途。"（诗见《受兹室诗稿》，湖南文艺出版社1986年，第113页）从诗中仍可见启蒙时期先进女性之本色。

2001年3月26日　于速朽斋

范用

《文艺日记》

我有过一本心爱的日记本——《文艺日记》,是上小学的时候,1937年毕业那年,恩师沙名鹿先生送我的。沙老师买了自己舍不得用,作为纪念品给了学生。沙老师爱好文艺,在他的熏陶下,我也爱上了文艺,做起文学梦。

沙老师说:你喜欢上作文课,你的作文写得不错。你还应当学会记日记。写日记不像做作文,怎么想就怎么写,跟自己讲心里话,不是写给别人看的。我听老师的话,从此记日记,我记得很认真,像做作文,因为是写在《文艺日记》里,得像个样子。

后来看鲁迅的书，鲁迅先生说："我本来写日记，是写给自己看的。大约天地间写着这样日记的人们很不少。假使写的人成了名，死了之后便也会印出；看的人也格外有趣味，因为他写的时候不像做《内感应篇》、外冒篇似的须摆空架子，所以反而可以看出真的面目来。我想，这是日记的正宗嫡派。"鲁迅的《狂人日记》《马上日记》，郁达夫的《日记九种》是创作，文学家才写得出来，普通人只能记日记，不会做日记，鲁迅记的日记，后来出版了，对研究鲁迅有用。

《文艺日记》是上海生活书店印的，厚厚的一本，布面烫金精装。里面除了记日记用的印有道道的白页，还有许多插页：《每日献辞》《外国文艺家及大事记生卒年表》、外国作家肖像、美术摄影作品，用不同颜色的油墨印刷，看上去很舒服。《文艺日记》定价每本一块大洋，广告上说，预订一年生活书店出版的《文学》月刊，奉送一本《文艺日记》。

十二篇《每月献辞》，作者全是文学家，献辞末了印着他们的签名，这在当时挺新鲜。这十二篇献辞是：

一月献辞《新年恭喜》（夏丏尊）

二月献辞《日记应该怎样写》（郭沫若）

三月献辞《一年最好唯三月》（郁达夫）

四月献辞《日记与写作能力》（叶绍钧）

五月献辞《纠正一个错误观念》（吴组缃）

六月献辞《用语的问题》（欧阳山）

七月献辞《三个纪念日》（洪深）

八月献辞《我不肯求救于文言》（老舍）

九月献辞《伤感主义之徒然》（祝秀侠）

十月献辞《你得有自信》（王任叔）

十一月献辞《欲穷千里目，更上一层楼》（丰子恺）

十二月献辞《应当批判地选择使用过去》（茅盾）

献辞有的好懂,有的不大好懂,或完全不懂,要请沙老师讲给我听。

这里,照抄一篇献辞——郭沫若的《日记应该怎么写》,是一句一句排的:

日记应该利用来作为自我生活之解剖台。
要把自己解剖得鲜血淋漓,五脏六腑都暴露。
但要留心,不要把胆石当成了宝珠,不要把蛔虫当成了未上天的龙虫。

日记是写给自己看,不是写给别人看。
要写得来怕见人,甚至怕见自己。
要自己看了都觉得惭愧的日记,才是理想的日记。
能写这种日记的人,早迟也会成为理想的人。

除掉自己的生活而外,还有知道得更确切的东西吗?
但这自己常把虚伪当作巧克力糖。他喜欢拿来晋客,也喜欢拿来塞满自己的胃脏。

有人或者会说巧克力糖就是"文艺",歌德的自传不是名叫《Dichtnng and Wahrheit》(文与质)吗?
请不要误会。文诚然是巧克力糖,质却是巧克力粉。
黄豆粉的巧克力,是不能兴奋人的。

就在小学毕业那年,抗战爆发,日军打来了,我离家逃难,带不了这本厚厚的《文艺日记》。我拆下其中的插页,带着它走了许多地方,它跟着我度过了六十几年,一直保存到今天,成了"古董",成了我童年回忆的一部分。现在,我用它写了这篇记事文给《日记报》。

1937年至1941年，我记了将近四年日记。1941年"皖南事变"，重庆政治环境很坏，特务抓人、搜查，出版社领导劝我不要再记日记，说记日记会坏事。这样，我就不再记了，把日记本烧掉。只有记逃难生活的那几天日记，在出版社内部油印刊物《社务通讯》登过，后来我把它印在《我爱穆源》那本小书里，即《江上日记——1937年的四天》。毁掉日记也好，文化大革命抄家，日记没有给我添麻烦。后来我懒得记日记，越来越懒。

1949年，香港生活书店出版过《生活日记》，1951年北京三联书店出版过《学习日记》，这两本日记，开本、版式和装帧，大体与《文艺日记》一样。后来，1956年，作家出版社也出版过一本《文艺日记》，1984年上海书店出版的日记本也叫《生活日记》。这些年来这方面的出版情况如何，我就不知道了。

值得一提的还有，40年代在重庆，三联书店老同事、书籍装帧家曹辛之设计出版过一本《凤凰日记》，虽然是土纸印的，却很漂亮，辛之送了一本给我，可惜没有保存下来。如今，辛之也不在了。

在我们那个年代，年轻人送本日记本给恋爱对象，挺时髦，送本《文艺日记》，更显得不俗，现在呢？大概不多见了。有的人记日记，"投笔从机"，用电脑记，不是写日记，而是敲打日记。

2001年3月于北京

余 杰

愚人治理愚人国
——点评《荣庆日记》

荣庆,字华卿,号实夫,蒙古正黄旗人,生于咸丰九年(1859),卒于民国六年(1917),终年五十八岁。幼年家境贫寒,读书亦用功,"历应芙蓉、潜溪书院课,亦间列前茅"。光绪五年中举,年仅二十一岁。光绪十二年入翰林院,从此青云直上,做到山东学政。庚子事变后,荣庆辅佐奕劻处理善后事务,深得慈禧赏识。此后,历任军机大臣、学部大臣、协办大学士,成为独当一面的重臣。荣庆亲历晚清的时代风暴,且地位显赫,故其日记有极高的史料价值,比读《清史稿》里的百十个人物传记有趣得多。

先看日记中关于甲午战争的记述："闻大连城不守，朱军失利，东事日棘，毫无补救，奈何！""闻旅顺不守，军士良死斗，伤哉！""闻和约已用御宝，夷情险凶，事变离奇，主弱权分，将骄兵肆，二三忠义，实难挽回，蒿目伤心，坐以待毙，真无可说也。"忧愤之情时时可见，要是在古代，确实是个难得的"先天下之忧而忧，后天下之乐而乐"的大忠臣，但时代变了，面临两千年罕见之变局，仅有忠心耿耿，忧心如焚，于事无补。在朝廷对日宣战的当天，荣庆对"大张天讨"十分兴奋，"早抄谕旨半开，午读《明纪事》读倭患及援朝两议。"读至此，我有点哭笑不得，作为拥有封建时代最高学历的翰林，聪明也就只能到这样的程度——从明代抗倭的历史中找良策。荣庆不是昏愦、懒惰之人，为朝廷大事也算得上尽心尽责，但他居然对国际国内大事一无所知，他以为今日之日本与明朝时的日本一模一样，哪知道对方已经历了明治维新，武装到了牙齿，他却坚持刻舟求剑，真是令人啼笑皆非。荣庆是当时最有学问的人之一，见识不过尔尔，中国焉能不败？

失败之后，荣庆仍未思索失败的原因。一开始，他在阜成门外散步，"近临河甸，绿树葱茏，葭苇弥漫，令人动出世之想。"这是中国文人的老毛病，一遇挫折，马上成为缩头乌龟，以陶渊明式的人物自居，推卸职责，保全清誉，俨然为终南隐者也。一个月后，却升任内阁侍读学士，乃又有一番感想："十载清班，愧无报称，得迁西秩，稍与清闲，从此养气读书，藉藏愚拙，亦中心之至愿也。"又是一副洋洋自得的模样，笔端掩盖不住满腔的愉悦。他是聪明人，知道官职的大小与个性的多少成反比，一旦升官，立即意识到要"藉藏愚拙"，这样的人难怪官越当越大。甲午的败迹过去就过去吧，中国人是善忘的。善忘也就意味着将在以前跌倒过的地方第二次、第三次跌倒。

艾森斯塔德在《帝国的政治体制》这部杰作中指出，中国的意识形态往往假定适当的管理行为和取向，几乎自动地解决了所有实际问题，这些问题的解决又被想当然地认为将会有助于适当的文化秩序永存不朽。荣庆正是这样的意识形态培养出来的废物。他遍览经书，既能给皇帝宣讲经义，又能用经典来教导诸生，但是不仅对世界大势一无所知，又缺乏处理实际政务的能力。在他地位最高的时期，也就是1900年至1911年，恰是清朝苟延残喘的十一年，他只是隐约感到山雨欲来风满楼。"国事身病纠缠一起"，却对症结所在一无所知，从日记中可以看出，他对天下的了解是一团乱麻。南方革命风起云涌，他的日记本该有详细的记载和分析，然而他的心思依然在朝会、典礼、空谈上，皇上或太后赐宴，菜谱如何，赏赐何礼品，倒是记得一丝不苟，偏偏把革命党人忽略了，直到1912年方有"孙中山北来晋京"七字。

艾森斯塔德认为："中国官吏的声望来自考试获得的学衔与对文士共享的儒教理想的忠诚。"他进一步论述道："统治者主要对通过各种礼仪和教育活动维持这些阶层的忠诚感兴趣。主要的强调是依据基本的文化箴言和伦理戒律维系文化行为和文化组织本身。"荣庆正是典型中的典型。他的科举出身、金榜题名以及一生中大部分时间都在教育文化部门任职自然不必说了，更为显赫的是，光绪、慈禧相继去世后，他充任地宫大臣，恭点神牌，晋太子少保。能为皇帝、皇太后点主，足已证明他是负有清望的重臣。

荣庆的清望绝非浪得。慈禧奖励他"办事认真"，任仓场侍郎时，杜绝弊端，将按惯例可纳入私囊的公款奖励幕僚和差役，"既不违众矫廉，亦不尽私入己"。任军机大臣时，受贿者如过江之鲫，他总是"璧其贽，拒其请"。他说："某所以贿我者甚至，坚不为动；某公以纯臣笑我，自问何敢，但书迁耳。"若是国学大师们读到这样的文字，一定会欢呼雀跃：看！谁说四书五经没有用，它能净化人心，启发天良，今日之高官权贵多读四书五经，岂不全是如荣庆这般的清官？宣统元年，荣庆在病中犹要求自己"勿以久病而自恕,勿以将死而自宽"。然而,在体制大转型的时刻,道德水准的高低无补于事。我感兴趣的是荣庆与袁世凯的交往。光绪二十五年荣庆任山东学政,不久袁任山东巡抚。荣嫡母病故丁忧回京,袁派队伍护送,荣深为感激,是为两人交往开始。袁世凯是荣庆日记中出现频率最高的人之一,如:"西访慰亭兄于贤良寺,久话别来,夜宿公所。"可见两人不是官场泛泛之交。袁居"贤良寺",此寺名颇值玩味。袁在荣之心目中,亦为一贤良也。后袁、荣均入军机处,共事甚欢,荣对袁乃是倾心相交,以之为支撑清廷的栋梁之才;袁对荣则是利用而已,使期廷中多一为自己说话的人,他并不把这位满口之乎者也的大员放在眼里,玩的是猫捉老鼠的游戏。

1911年,辛亥革命爆发。清廷被迫起用袁世凯,荣庆对"袁督鄂"极为赞成。清廷被迫下罪己诏、开党禁、咨询宪法,解散皇族内阁。"袁总理",荣充顾问大臣。最值得注意的是9月30日记载:"记慰兄略话别来,忠义之气犹见眉宇,归来五钟后矣。"简直让我笑掉大牙,此乃袁氏图穷匕见之时,司马昭之心路人皆知,荣庆却还赞他"忠义之气犹见眉宇"——此八字可令一部《古文观止》黯然失色矣!枉读万卷诗书,诗书都成了猪油,蒙住荣庆的七窍。堂堂顾命大臣,见识不如三岁小儿;位居教育部长,却看不到三步之外要发生的事情,可叹、可悲、可笑!

日记最后提及袁世凯乃是袁之北洋军在前线大捷。"阅昨日报,项城授侯爵。"紧接着袁世凯在民国与清廷之间玩弄权术,以手中之重兵为筹码夺取总统之位。袁指使部下在京城哗变,逼迫清帝退位,"枪声隆隆震耳……暮时凶焰渐炽……亥子之交,枪声到门,火光彻户。"惊惧之下,荣庆避居天津,一生富贵成过眼烟云。此后袁氏在中国政坛上指点江山,把持国柄,恢复帝制以至败亡,日记均只字不提,全记看书写字、饮酒赋诗、观赏园林、听戏访友的日常生活,活像一只驼鸟,把头深深地扎到沙丘里去,换取心理上的安定。倒有些诗句略略透露出苦涩的心境,如"卧病苦为无爪蟹,逢人不作附膻蝇",似乎在说:我被骗得好辛苦啊!

从荣庆身上,可剖析中国知识谱系的问题。荣庆读书不可谓不勤,品德不可谓不高,《清史稿》称他"持躬谨慎",亦非虚誉。但他为何落得无所作为、对国计民生"睁眼不见五指"的下场?可见,中国的"知识"出了问题,而且是大问题。

在中国,官僚与文人是合一的,正如艾森斯塔德所说:"中国的官僚一般被看作是更广泛的文士群体的一部分。"艾氏认为,作为精英群体,文士的存在取决于统一帝国理想的保持,其活动与官僚及行政机构密切相关。在荣庆的日记中,我看到了一枚硬币的两面:一是上衙门,办公事,应酬师友同僚;另一方面是逛琉璃厂买书,收集字画文物,以风雅自许。这并不意味着文化情趣捍卫了他的人格独立,相反,知识并没有被中国古代知识阶层作为维护自身独立身份的资源。归根到底,中国的知识——经史子集,都不具备成为这种资源的条件。知识把知识人演化成统治者十足的驯服工具,很少具有内在的自治或为不同阶层的人服务。

公允地说,荣庆在晚清的官僚中虽然算不上李鸿章、张之洞这样的一流人物,也还是能归入二流人物的行列。比起残暴昏庸的端方、赵尔丰、铁良诸人来,亦要高明许多。他虽然不是维新改良派,亦不是保守派。他读《国闻报》,与严复交好,日记载:"严幼陵到,送《原富》译本,语多可采。"送族中后辈留学德国,病中服用洋医药。审批贵州学务的报告时,说:"变法不难,而变人心实难。"颇有见地。但是灵光一现,对整个知识谱系的病入膏肓无力回天。荣庆自己也哀叹:"临事苦于识力薄弱,不能力持者实为不少。影衾抱久,愧汗何如……才不称位,学不济时,陨越之虞,终恐不免,书此不禁憬然……"

荣庆办的实事,乃是办学,他长期管理京师大学堂,虽成效不著,然出力甚多。1908年,学部奏,次年开办分科大学:计经学、法政、文学、医、格致、农、工、商八科,开办费二百万两。京师大学堂优级师范改为京师优级师范学堂（北师大前身）。在京设立女子师范学堂，暂招简易科两班。在这些方面，荣庆确实有其贡献之处。

综观荣庆日记，如读《镜花缘》，老实官僚的老实笔墨，更增添了反讽的效果。船快沉了，他在船上不知怎么办才好——有人在给船打洞，让船快点沉；有人在给船补洞，让船继续开走；有人去抢舵，想左右船的方向；有人去抛锚，想使船停在原地；有人升起帆来，企图借助东风；有人把船上的物品扔掉，企图减轻重量；有人放下救生筏，要偷偷地溜走……可怜的荣庆，官至极品，位极人臣，像鱼游于沸鼎之中，燕居于覆巢之内，手脚无措——因为圣贤没有告诉他该怎么办。

愚人治理愚人国，这七字足以概括那个时代的中国的一切。

赵丽宏

夕照佛心弦
——关于柯灵先生的三则日记

6月19日，柯灵先生不幸去世。对于中国文坛，这是一个巨大的损失。这几天，我整理了今年的日记，其中多则和柯灵先生有关，特选出三则发表，以表达我对柯老的哀悼和缅怀。

2月2日 阴

下午和邓伟志一起去看望柯灵先生。今天是小年夜，我们提前给柯老拜年。

柯灵先生已经九十一岁高龄，还在思考，还在写作。前些日子，读到他的短文《天上有颗巴金星》，写得情真意挚，令人感动。

柯灵先生和夫人陈国容都在家，两位老人，体弱多病，身边没有子女照顾，老两口相依为命，日子过得十分艰难。家里只是请一个钟点工，每天来做一点家务，陈国容先生还要自己做饭。如此寒冷的冬天，屋子里也没有用取暖的设备，两位老人在家里都穿着大衣。柯老就在这样的环境中读书写作。

柯灵先生耳背，用助听器也很难听清别人的话。不过我们还是讲了不少话。柯老谈了他对散文的一些看法，他对余光中的散文评价很高。他说"五四"以后，像余光中这样学贯中西，既精通中国古典文学，又熟悉西方文化的作家，实在不多。

柯老身体很虚弱。他再三感慨健康的珍贵。他说："活到我这把年纪，深感身体衰弱是多么痛苦。"他问邓伟志："你是社会学家，对现代社会的老龄化，不知怎么看？"他从报上看到科学家对未来的预测，21世纪人类的平均寿命将达到150岁。对这样的前景，他并不乐观，他说，老人如果生活无法自理，要麻烦别人，那将会成为社会的累赘。世界上如果到处是老态龙钟的寿星，那将是很可怕的景象。作为一个年过九十的老人，他已经充分体会到老年生活的不易。

我将我的四卷本自选集赠柯灵先生，柯灵先生回赠我一本他的新著《柯灵诗心散文》。并在扉页上很认真地写了字，钤了印。此书由广东花城出版社出版，编得很有特色，印刷也精美，封面上是柯老自己最喜欢的那幅照片。陈国容女士告诉我，编者萧蔚彬和柯灵素昧平生，因为热爱柯老的散文，毛遂自荐，编辑了这本散文选。柯老在书的序文中有这样的话："我期望青年读者会喜欢我的作品。有如在旅途中和一个白发老人邂逅相逢。同在道旁歇脚，听他闲话东山西海，奇见异闻，山河变迁，池台兴废，人情冷暖，世味咸酸，不觉神移，引起一番感叹，好比无意中上了人生一课；同时在文字经纬中取得一些美感经验。那就是我最大的欣慰了。"

柯灵先生曾赠我不少他的书。其中有1983年人民文学出版社出版的《柯灵散文选》，柯老在书上题了很有深意的话："能拂心弦总一家"；1994年3月，柯老赠我《柯灵六十年文选》，在扉页上也有含义深长的题词："明月不常满"。

5月26日　多云

前天，听说柯灵先生生病住院，而且病得不轻。这样高龄的老人，如何抗击病魔的袭击？

今天下午，带儿子小凡一起到华东医院看望柯灵先生。

在病房里，看到了令人心酸的一幕。柯老已经失去了知觉。躺在床上颤抖着，不时发出痛苦的呻吟。我和小凡大声地喊他，他听不见。陈国容女士摇着他的手，在他耳边喊道："你睁开眼睛看一看，赵丽宏和小凡一起来看你了。小凡已经长成大人了，长得很神气，你睁开眼睛看一看吧！"柯老似乎是听见了，极费力地半睁开眼睛，看了我们一眼，但没有任何表示。不一会儿，又开始颤抖呻吟……

陈国容女士告诉我，最近这几个月，柯灵先生在编他的六卷本文集，他多次表示，要抓紧把文选编好，否则会来不及。他担心自己身体会出意外。果然，文选只编到第五辑，他就病倒了。

我俯身在他的耳畔大声地安慰他："柯老，你坚强一点，你会好起来的！"其实，我觉得自己的话非常无力。但愿能出现奇迹，让柯老醒来，重新起床，拿起他的笔，为热爱他的读者继续写精美幽深的文章。我告诉柯老夫人，我后天要出访新加坡，等从新加坡回来，我们全家一起来看望他。柯老夫人说："等你从新加坡回来，他大概能恢复了。"

6月19日　晴

今天傍晚，接到从华东医院打来的电话，说柯灵先生病情恶化。晚上七点赶到华东医院。柯灵先生从中午开始昏迷不醒，医生一直在抢救。医院里来了很多人，大家一起默默地站在病房的走廊里，祈盼着奇迹出现。市委市政府和市委统战部的领导也纷纷前来探望柯老。

医生在病房里紧张地抢救。我站在病房门口，看柯灵先生床头心脏磁波仪的荧屏，荧屏上绿色的磁波无力地滑动着……这次他在医院里住了一个半月，曾一度昏迷不醒，不省人事。5月底我来看他时，他便处于昏迷状态。最近他已经逐渐清醒，还可以说简单的话。前几天遇到王蒙，王蒙说，他去看望柯老，柯老还能认出他。柯灵这一生过得很充实，可以说，除了最近在医院里的这一个半月，他从来没有停止工作，没有放下手中的笔。前几年柯老因身体不适住医院，我每次去看他时，他总是坐在病房里读书看稿。这次住院，他再也没有精力工作。陈国容女士说："他一生都在做自己想做的事情，写自己想写的文章，他对得起自己。"柯老的道德文章，是中国文人的表率。

晚上8点20分，柯灵先生的心脏停止了跳动。他平静地躺在床上，瘦削的身躯显得那么弱小。但是，他留给世界的却是一笔巨大的精神财富。他的那些精美深邃的文章，将长久地在人间流传。

我站在柯灵先生的床前，凝视着他那安详的面容，在心里轻轻地说："柯老，您没有死。您将永远活在读者的心中。"

罗志田

日记中的民初思想、学术与政治

研究中国近代史者都知道,与古代史相比,近代的资料极其丰富,即使很小的题目也几乎不可能做到史料的穷尽。这就更要求治史者尽量广泛地占有与研究对象相关的史料,然后可减少立论的偏差。20世纪中国新史学的一个主流取向就是史料的扩充,虽然也曾导致忽视常见史料的倾向,但在注意纠编的基础上,针对今日史学界读原始材料不够认真的风气,史料扩充仍值得进一步提倡。例如,档案特别是基层档案的运用在近代史研究中就极为不足,造成我们史学言说中乡、镇、县层次的论述迄今非常薄弱。

尽管如此，就整体倾向而言，对档案材料的重视已基本成为学界的共识，论著中是否使用相关档案资料往往是"评审"者一个重要的评判依据，一些学人甚至可以说具有某种程度的"档案崇拜"情结，几乎到了无档案便不足以成史的程度。在充分确认档案重要性的前提下，还应认识到档案中也可以包括并且实际包括着一定程度的虚构成分。档案本身的产生及其所设想的那种"客观"，且不说档案创制者和保存者所处时代主流意识形态赋予档案的"主观性"，就是各种偶然因素无意中的影响，也常常可以大幅度降低档案材料的"客观性"。若进一步深入考察，档案材料也和其他不论第一手还是第二手材料相似，都是某种"故事"的陈述。孟子曾提出一种"论其世"以"知其人"的解读古人言说的方法（《孟子·万章下》），从这一视角看，陈述出的"故事"本身之真伪（即是否符合或在多大程度上接近所陈述的"本事"）是一问题，产生"故事"这一文本的语境，同一"故事"的多种陈述，以及任何类型的"故事讲述者"怎样讲述故事等，都可以告诉我们许多史事真伪之外的内容。

例如，民国前期报纸对当时各类具体事情的报道，其"真实"程度或接近"真实"的程度相当参差不齐。但任何事件的"真相"本蕴涵在其前后左右的时空脉络之中，从"故事讲述者"怎样讲述故事这一视角看，即使道听途说亦不妨其时有所得；更重要的是，这些从当时传闻得来本非"事实真相"的二手叙述，恰可告诉我们那时有关"某事"的传言如何，为我们提供了当时当地当事人认识中的"某事"大致怎样，与第一手"实录"性文献相比，别有其史料价值，其重要性并不稍减。

且"论世知人"一法本是双向而非单向的，"论世"与"知人"两者带有互补意味：不仅"知人"需要"论世"，且"知人"本身也有助于"论世"。故在进一步扩充史料时，除更加注重档案之外的各种报章杂志外，还应尽量使用日记、书信、回忆录等更可能带有个人"主观性"的史料。

有一点应该是无疑的，即对每一个体的了解应能增强我们对这些人所处时代的整体了解。

说到日记，过去相对看重各类重要人物的记述，实则社会中下层那些"无名之辈"或虽为上层而在我们历史记忆中已被淡化的个人记述，更应予以特别的关注。在近代西潮冲击之前，日记在中国本是一种带"创作"意味的思想和学术表述形式，不少人的日记其实是作为"著述"在撰写。因此，多数传统中国读书人的日记往往是有意写给人看的，其记载的内容和表述的观念，都不免有故意为之的痕迹；越是"人生得意"之人，这类味道越重。但中下层士人的日记常经历着一个从"为人"过渡到"为己"的进程，盖士人在少年时代多具有鹏程万里的梦想，那时的日记多半接近"著述"，正不免"为赋新诗强说愁"；若到中年而尚未得志，少时的梦想渐次磨灭，日记给人看的可能性日减，直抒胸臆的成分则日增。故对史学研究而言，这类日记的价值有时反而非一般专写给他人看的名人日记可比。

不过，随着西潮威力的增强，受其影响较大者，特别是那些留学之人，其日记中"为己"的成分就可能多于"为人"的成分（这也仅是大概言之，如少年就暴得大名也最"爱惜羽毛"的胡适，就两者兼具）。20世纪20年代任职于清华的张彭春，曾留学美国，其社会地位在有名无名之间（但在一般中外历史叙述中基本属于"失忆"的人物），他的日记就偏于"为己"，较多直抒胸臆的成分，不像是专为给他人阅读所写（日记中有时文字尚不算很通畅，也未见修改，或可为一旁证）。现在已知尚存的张彭春日记为1923～1925年一段时间的，他自己定名为《日程草案》，稍带"工作日记"之意，记载与其担任清华教务主任的职务相关的内容较多，也包括不少有关教育的目的、教育与社会的关系以及怎样办大学等更宏观的内容。

那时张彭春刚届而立之年，他对国事、社会以及学术研究的发展等方面的兴趣相当广泛，其日记除了直接提供一些较少为人所知的具体信息（例如1925年清华校长更易时各方的竞争，就有相当数量鲜为人知的内幕消息），还常常可以印证当年思想、学术与政治的许多倾向性发展。比如刚好在那两年突然兴盛的"整理国故"活动，张氏就有一些特别的观察和感想。

整理国故得到胡适的大力提倡，但胡适本人对其能迅速风行初无充分的思想准备，到其已经流行之后，又曾一度受世风影响而拟放弃教书，以此为专门事业。张彭春在1923年2月20日为我们记下了胡适这一转变："昨晚饭在B（按：似为其兄张伯苓）家。适之说将来不再教书，专作著作事业。整理国故渐渐的变为他的专职。国故自然是应当整理的，而适之又有这门研究的特长，所以他一点一点的觉悟出来他一身的大业。"

现存胡适日记恰不包括1923年初那几个月，他自己怎样记录这次谈话尚属未知，当时北京的政治大环境及胡适个人在北大的小环境都有些不顺，所以他放弃教书的打算或受别的因素影响。不过胡适的转变应该也还有其本身的主动性，那正是他开始主编《国学季刊》和为清华留美预备生开具大规模的"最低限度国学书目"之时，他恐怕真有干一番新事业的计划。有意思的是，尽管张彭春对整理国故有所保留（详后），但他在二十天后便较仔细地阅读了胡适的《一个最低限度的国学书目》，颇感觉"从这个书目里看不出什么求国学的法门。然而可以看出胡先生所谓的国学是从这些书中得来的。既说是历史的国学研究法，所以必须把这些书按胡先生的次序从头到尾读，这是他所提倡的"。不过"这还是一种'死功夫'，为少数人或可试办（专心研究思想同文学史的人，大学国学科必须有的两个学程）"。至于"为大多数教育的问题"，即"那些不能专心研究文科的人，应当如何可以得一点国学的知识"，胡适却并未提供答案（《日程草案》1923年3月10日）。

这一点的确击中了胡适的问题所在，因为胡所开的"最低限度的国学书目"本是针对预备留美的清华学生,而当年多数人并不认为"国学"是出国留学的目的。发动开书目的《清华周刊》"记者"就给胡适写信指出,他所开书目既"不合于'最低限度'四字",也不符合清华学生的实际情况。该刊希望胡适另拟"一个实在最低的国学书目",一个文理工各科学生"都应该念、都应该知道"的书目,使其读了这些书后"对于中国文化能粗知大略"。大约同时,梁启超也应《清华周刊》记者的请求开出一份"国学入门书要目",比胡适所开数量少得太多,该《周刊》记者认为,两份不同的"国学书目"反映出"教育家对于一般留学生要求一个什么样的国学程度"这一问题。他们自己认为中国社会对留学生的国学知识要求不会太高,也不必太高。

其实当时社会对参与文教事业的留学生确有较高的国学要求,张彭春也是留学生,他在清华任教务主任即发现因其国学程度差而常为同事所看不起,故非常羡慕也是留学归国而任职清华的吴宓在旧学方面的修养。这样的感觉贯穿了那两年张氏日记的全过程,故不一一列举。有趣的是,张在公开表述时则不仅不承认自己的弱点,有时还主动进攻,影射吴宓的学养不足。

据吴宓日记记载,他在1925年10月为学生演讲"文学研究法",因其主持研究院行政工作而读书时间少,自觉"空疏虚泛,毫无预备,殊自愧惭"。张彭春当时为演讲作"结束之词,颇含讥讪之意",使吴"深自悲苦"。最有趣的是实际被张彭春看重的吴宓自己也自信不足,他私下承认"近兼理事务,大妨读书作文;学问日荒,实为大忧"。督促自己"勉之勉之,勿忘此日之苦痛也"!可知当时学人间竞争甚烈,表面虽或取攻势,暗里多自省弱点而思补救,尚不失学人本色。

当张氏在思考不"研究文科的人应当如何可以得一点国学的知识"时,颇有些屦及剑及的认真态度,当即打算亲自尝试一下非专业的人怎样整理国故。他知道自己古书的底子不厚,所以"不拿全体所谓国学的来研究，用问题做线索，做一部分的搜集。先秦的名学，适之做过一度的整理。谁来做先秦教育的调查？这种事或者可以得任公的帮助。可惜我古书的底子太浅了！不过可以给将来的学生做一个试验，看看一个没读过古书的人能否作国学的研究"(《日程草案》1923年3月10日)。从今日专业研究的角度看，让没读过古书的人来作国学研究或不免想象力太丰富一点，但这恰提示出整理国故在当时的吸引力，像张彭春这样明显持保留态度的学人也基本承认研究国学的必要性或正当性。

张氏毕竟是受过外国教育的，他不研究国学的"全体"而"用问题做线索"，正是所谓现代学术与传统学术的区别所在，也从一个侧面体现出治学方法上的时代转折（惟这一转折似不彻底，直到今天仍有人在提倡学术研究要学习西方的"问题意识"）。他后来继续关注国学研究方面的发展，到8月间读了《小说月报》上顾颉刚的《诗经的厄运与幸运》后，认为"顾很可以作适之的高徒，写的是同适之一样的清楚明晰，有时也很能说笑话。所拟的假设有历史进化、时代分明的眼光，证据也非常充足"。张氏的确看到了胡适治学的特长，可知他自己的眼光也不差。结果他似准备放弃以外行研究国学的尝试，认为"整理古书的条则，适之可以算得汉学的真传。头脑真是灵活，读书也很博详。这样整理古书的学问，决不是半路出家的人所可望及的"(《日程草案》1923年8月12日)！

他在同一天又发现，"中国所谓'学'的都偏于史，所谓'好古敏以求之者也'。现在公认的学问家如同梁、胡，也是对于古书专作整理的功夫"。不过，在东北的金毓黻到1923年7月才注意到梁、胡所开的国学书目，金氏在日记中特别肯定"二氏皆新学巨子，胡氏复究心西籍，于举世唾弃之国学，宜不屑言；乃不吝开示，委曲详尽，至于如此，虽老师宿儒，有不能道其仿佛者"。从"举世唾弃之国学"一语看，整理国故的风潮此时基本未波及东北。时人或更多的后之研究者多已视这时的梁启超为落伍，但金毓黻却把握到了问题的实质：就"国学"而言，梁其实与胡适一样是"新学巨子"。由当时甚享时誉的梁、胡二位"新学巨子"来开示"国学书目"本身就是一个象征性的举动，其影响非常大。约三个月后，金氏已感到"近来治国学者铜洛相应，风起云涌，虽其所言或出于稗贩、或缘饰新说，然所获亦不少"。短短几个月间，国学的社会反响已从京师到边陲，渐有席卷天下之势了。

但当年"学术社会"的分裂和多重性已相当严重，以"保守"著称的东南大学于1922年办出了一份以"昌明国粹，融化新知"为宗旨的杂志《学衡》，这份似旧还新的杂志使情形趋于复杂化，在很大程度上影响了整理国故活动的走向。盖《学衡》的主事者吴宓具备不比一般新文化人差的西学素养，而其对国故的基本态度却与胡适等人大不相同，这就给新文化人以有力的挑战：眼看其倡导的整理国故事业如日中天，自难放弃，但继续推动整理国故则有与该杂志"同流合污"的嫌疑。新派内部对整理国故本缺乏充分的共识，面临这样的挑战更导致其不同观念的重新碰撞与竞争；胡适后来向青年发出前引不走"死路"的号召，其一个考虑便可能是想与《学衡》一派划清界限。

当时文学界的情形就有令新派不乐观之处，张彭春在1925年就认为："文言白话的竞争一时不能分胜负。两个最大分别：一个是写出给人看，一个是说出给人听。写出人看的，说出人未必懂，只要人看了可以懂就够了，所以字句尽管往古洁处锻炼。人看懂了文言再看白话自然嫌他麻烦，讨厌他不雅驯。说出人听的，自然要人一听就懂。近来写白话的，有时所写的，人听了不能懂，那么，白话的活气脉他没寻得着，同时文言的简练他已经丢开，这类白话文是现在最常见的。《学衡》《甲寅》不满意的白话十之八九都不能常久的主要关键。"（《日程草案》1925年7月23日）

按张氏的思想资源正从《学衡》和《甲寅》而来，说明这两个刊物对新派的挑战或比过去认识的更加有力。张本人的态度是倾向于《学衡》一边的，此时他尚认为文言白话竞争的胜负未分。但他关于"文言"的认识其实并不传统，很可能即是新文化人"创造"出来的。因为真正的文言恰要上口能诵，决不仅仅是"写出给人看"；当时的白话文反更多是在"写出给人看"的方向上努力，在"说出给人听"方面其实相当欠缺——最注重民歌的顾颉刚在抗战前夕带领一批读书人写通俗的大鼓词，就发现与"民众的口语不一致"，只好请一个原业鼓书的艺人来校正。不过张所谓缺乏"白话的活气脉"的确是当时白话文的重要弊病，因为许多人正追求国语的"欧化"，对一般识字者而言，欧化的"白话文"确比文言更难懂。这样的白话后来竟然战胜了文言，真是典型的"功夫在诗外"。

从当年到今日的一般认知中，在《新青年》与《学衡》的对峙中站在后者一边应该是偏向所谓"文化保守主义"的（其实《学衡》一派是否"保守"或是哪一类型的"保守主义"都还大可探讨）。然而在1923年胡适打算以整理国故为"他一身的大业"时，张彭春显然并不赞同，他的感叹相当有意思，值得全文引在这里：

（胡适）在北京这几年的经验所以使他发达的趋势改变，是很可以给我们一个观念：就是中国有才的人在社会上没有一个作"活事"的机会，所以要他们才力放在不被现时人生能迁移的古学古理上。活事是经营现时人与人发生关系的事业，如政治、学校事业、民族生活等。适之还没完全离开"活事"，他还编他的《努力》周刊，还时常发表与现时生活有关的文章。然而一般青年要做活事是可引到真新生活上去，新文化是新生活的光彩，而新生活是非从"开辟经验"上入手不可。新思潮的意义不是批评，批评是新环境使然的，领青年们到新环境的经验上去，他们自然能发生批评的真精神。（《日程草案》1923年2月20日）

这进一步表明当年中国"学术社会"的多歧性，在一般认识中偏向所谓"文化保守主义"的张彭春竟然将整理国故视为与国家民族的时代需要这类"活事"有相当距离的"死事"，故认为胡适欲以整理国故为"一身的大业"是被社会所逼迫而不得不为（这也大致属实）。这样的看法很能提示当年一般读书人眼中什么才是学者应该做的（即"经营现时人与人发生关系的事业"），且持相近见解者为数还不少，许多人更有公开的表述。几年后胡适便在类似世风日益增强的压力下彻底转变了对整理国故的态度，正式表述出与张彭春相类的观念，号召青年走自然科学之"活路"，不再走钻故纸堆这条"死路"。

这部分与清末以来几十年间的社会转变相关，曾为"四民"之首的读书人之社会地位已开始边缘化，不能不直接影响到"学术"或"文化"在国家中的地位，就连学者也对自身的认同产生了问题。张彭春在1925年就自问："然而谁是学者？能发表文章的人？中西学问兼优的人？读书多而思想精密的人？得中外舆论赞许而认为真有成绩的人？存心为公而能办事的人？"对此"现在全国没有一定的标准"（《日程草案》1925年12月8日）。"学者"在一定程度上是个新词，本落实在"学"之"专业"上面，至少在字面上不具备"士人"那种对天下的关怀和承担（更不能比"士大夫"）。通观张氏那两年的日记，他所说的最后一条"存心为公而能办事的人"大概指他自己那一类人。

张彭春对什么人是"学者"感到的疑惑与他此前主张作"活事"的思路是一致的，提示着他仍有超出"学者"字面意义的宽广社会关怀。他在1925年夏秋对"政局看不出头绪来"颇感忧虑，慨叹"国家到这步田地，没有创造的、中国的、可以统一全国精神的方略和领袖人物出现"；他也分享着当时社会对"统一权力"的期盼，认为"无论什么能统一的权力总比没有好。社会这样不安宁，什么实业、教育都不能发展"。张氏发现，当时知识精英自己也处于一种矛盾心态之中，然而却对推动世风走向激进负有不可推卸的责任：这些"年岁稍高的人"一方面"都劝青年冷静好好读书"，一方面又不免"主张共产，与苏俄合作"；他们既"主张用外交机关，承认已有的政府，缓缓进行"；同时又"鼓动国民救国，对内对外同时用力，以群众运动为工具，以赤俄为模范及后援"（《日程草案》1925年6月29日、10月25日）。

这一观察相当符合世情，自苏俄宣布废除不平等条约之后（实际并未完全实行），北京的学界、思想界左倾亲俄风气相当盛。早在1922年苏俄代表越飞访华时，北大就设宴招待越飞，据说蔡元培在席间表示"愿以中国居于俄国革命的弟子之列"，很受中共的赞赏。到1923～1924年间中苏两国就恢复邦交进行谈判，苏联代表加拉罕在与北京政府谈判陷入僵局时提出以"中国人民"为外交对象，这一相当不符合国际外交谈判正常程序的举措，却适应了当时中国各界民众对政府不信任并要求参与外交的心理，得到了各类中国人士的应和。一般并不视为特别激进的张君劢就要求加拉罕本着外交公开的宗旨，将俄对中国政府提出的条件公示于中国国民，国民必能秉公道正义以赞助加拉罕。

就是张彭春自己到1925年11月时也感觉到"北京国民党得势"，这大概与冯玉祥在第二次直奉战争中倒戈使北京政局一度左倾的趋势相关。不久或因国民军利用郭松龄反奉攻占天津，张氏进而感到"共产主义快到临头，必须研究它了"，于是"专看俄国革命书"。这从一个侧面反映出北方"反赤"的部分"成功"——即关于冯部"赤化"的宣传已有学界中人接受，故从国民军的短暂胜利而感觉共产主义将临，乃预为适应"新朝"作准备（《日程草案》1925年11月30日、12月27日）。有类似观感或反应的当然不止张彭春一人，通常被视为中国自由主义代表的胡适大体也属于张彭春所说的"年岁稍高的人"中的一个，他虽不曾"主张共产"，但在1926～1927年间对"新俄"和国民革命的积极赞许恐怕还超过一般读书人。

从一位学人有限的观察和记述中已可见这样多有关20世纪20年代思想、学术与政治的信息，可见日记虽然"主观性"较强，仍可以告诉我们许多相对"客观"的史事。张彭春日记中还有很多重要的内容，值得研究那一时段的学者认真研读。

谢泳

一九五九：谁在思考
——读《顾准日记》札记

《顾准日记》终于出版了，由《顾准文集》到《顾准日记》，我们终于有可能走进这位在逆境中独立思考的知识分子的内心世界。日记是很私人化的文本，它是一个人真实的心灵记录，因为它首先是写给自己的，日记的命运作者无法预料。我们眼前的这本《顾准日记》，真诚地记录了一个知识分子的思考，这个幸存的文本，充满了血和泪，它应当成为知识分子最该读的一本书。

进入顾准的精神世界，我的第一个感觉是在那样的年代，有那么多的诺言，有那么多的大话，但谁在真正关心着中国底层的平民？并思考着中国的命运？不是政治家，更不是政客，而是一个身处逆境的知识分子——顾准。

《顾准日记》中出现最多的两个词是哀鸿遍野和斯大林主义，了解这两个词的含义，才能逐步进入顾准的精神世界。

1959年1月9日，顾准说："细细辨察，虽然国庆建筑与哀鸿遍地同时并誉，人们对此联想还并不多。这证明Stalinism（斯大林主义）在中国还有生命力。""哀鸿遍野，我努力求饱，有些说不过去。陈毅宴会，还有著名演员演出助兴……"顾准日记中不仅真实地记下了他所目睹的河南农民的生活惨状，而且贡献了他的理论思考：

中国农民过着糊口经济的生活，他们中间的知识分子同样不懂得这个问题。他们从糊口经济的立场出发，在土地革命的旗帜下作出了重大的贡献，结果是他们的救命恩人回过头来，以强力来打破糊口经济，代替圈地，代替羊子吃人的是在饥饿状态下上山炼铁，与7000万人的大兴水利，而且．还要在政治上给以资本主义自发的称号。

若说农民留恋生产资料私有制，那么这个称号还可以说得过去。现在根本不是这个问题，像农村那样"组织集体生活"，城市工人必要引起爆动。

顾准1959年写于河南商城的那些日记，可以说是他思考中国农村问题智慧的结晶，顾准敏锐的思维，犀利的眼光，使他在许多问题的思考上，超前了后人二十多年，顾准受到中国知识界的敬重，除了他的人格力量以外，与他在理论上的深度是分不开的。四十年前，顾准的思索，今天读来，还让人怦然心动。他说：

从这里，不仅证明了Stalinism（斯大林主义）的活力，也证明了宣传与教育的力量。

人们硬是歌颂十大建筑，而又以农民的艰苦生活当做献身精神的原动力。

应该承认，Stalinism（斯大林主义）是今天的时代思潮，我必须充分懂得这一点，以此为根据来决定人的行动。同时也应该记录到历史中去。Stalinism（斯大林主义）终究还有生命力，这是可悲的，但同时也是一件可喜的事。若没有一定的宗教情绪，某些崇高的情绪，在知识水平低下的人们中间是不容易产生的。

而且还有一个问题，中小型工业的农本主义极不明确，相反，无论再中小点的建设目的，都是大会堂式的现代化——拼命地刮削农村来进行建设，而建设本身便是建设的目的。土包子而怀抱城市中心主义是极其可怕的，对农民真是天大灾难。

愈是农村愈严重，愈是不按价值规律，只能在指定地点吃，愈为严重。那么，一把卡住农村全人口吃饭问题的公共食堂，怎能不成为横行霸道的权力的来源，与道德败坏的泥坑？

中国又是一种，而中国较之斯大林为尤左。其实原因也简单，因为集体农庄在苏联已足以解决商品粮食问题，在中国，若不"组织生产又组织生活"，商品粮并无保障，归根到底还是人口与土地问题。难道社会主义也是愈到东方愈野蛮吗？

以上这些话是一个知识分子四十年前发出的声音，虽然当时不为人所知，但它说明，在那样禁锢的年代里，还有顾准这样的知识分子在追求真理。追求真理的勇气和信念，使中国当代思想史不再成为空白，仅此，顾准就足以让当代知识分子肃然起敬。

不是所有的人都能思考，不是所有的知识分子都有思想家的气质，顾准的意义在于他不仅超越了时代文化禁锢和物质贫困的局限，执著地将眼光投向世界，更在于他始终怀有对底层贫民生活的真实感受，这一点在他同时代的知识分子中是非常令人敬佩的。读《顾准日记》的时候，我总想到离开他的日记，去看一看他同时代其他知识分子是怎样感受现实生活的，我想到了《竺可桢日记》。1956年，顾准曾和竺可桢在科学院综合考察委员会工作，竺可桢是早顾准一代的自由主义知识分子，但他后来好像失去了对现实社会的批判性思考。我比较了1959年12月31日竺可桢和顾准同一天的日记。竺可桢的日记是这样的，当天竺可桢参加了由郭沫若主持的宴请苏联专家的晚宴。日记这样写到："膳后已八点半。院预备了游艺节目，有民族歌舞与独唱，钱学森夫人蒋英也唱了两支曲，与游艺并同时进行跳舞……直到十二点。进至1960年元旦时，郭院长已和陈副总理至人大会堂，由张副院长祝大家新年快乐后，又进行了一小时的跳舞，一点始回。"接下来竺可桢真实地记录了大跃进以后的情况，他说："酿成阳历年市上买不到蔬菜、肉、蛋的现象。"就在这同一天，顾准当年的朋友和同事与党和国家的领导人及苏联专家晚宴、游艺、跳舞的时候，远在河南商城劳改的顾准在日记中写到："长竹园的人们，下午三时左右回来，我虽然吃了十两午饭，还是随着吃了一顿……八时半，还有一顿糯米稀饭。机不可失，必须去吃。"朋友们歌舞欢唱的时候，处在饥饿之中的顾准在想什么呢？请看下面这样的文字：

东西方相互渗透之说，已为西方学者所传播，苏联的一位作家专门写东西加以驳斥。

经济发展的阶段论与东西方渗透论，很有兴趣的题目，我是基本上属于这个类型的。

就算是花岗石脑袋吧。

我将潜伏爪牙忍受十年，等孩子们长大。

继续这个态度，潜心研究十年，力争条件逐渐好转以有利于我的研究工作。这才是我的真实的努力方向。

所以要争取经过经济研究所到北大或复大去教书去。

现在弄不清的是回京后，如何安排我。到南口去也好，当资料员也好，总比在劳动队强。在劳动队的艰苦的日子里，凭站岗的时间写，凭田野休息的时候读,仅有的资料是《人民日报》,也不曾中断我的观察与研究,今后还有什么困难环境可以难倒我呢?

我无意责备顾准受难时那些处境尚好的知识分子,但面对顾准留下的思考,他的形象无疑显得高大,别样的知识分子很多,而顾准这样的很少很少,因而我们的思想遗产也就不够丰厚,所以今天的每一个知识分子都应该格外珍惜顾准留给我们的思想遗产,因为这些东西——用顾准的话说:"一个人,用全部生命写出来的东西,并非无聊文人的无病呻吟,那应该是铭刻在脑袋中,溶化在血液里的东西。"

《顾准日记》就是这样用生命写出的,这样的书是永远有生命力的。

谢泳

《杨尚昆日记》中的胡风案

我平时读书,特别在意对日记的解读,因为我们研究历史,有时费了很多气力,最后还不如当事者的一点看法。特别是中国现当代历史,许多研究能在多大程度上接近历史的真实,是很难说的。近几年来,关于朝鲜战争、抗日战争、西安事变等等的研究,突破都是建立在档案解密的基础上。有很多档案,要是等到它解密以后再来研究,是不大可能的,在这样的情况下,研究中国现当代历史的一个好方法,我以为是从杂书和日记中去发现材料,这样,也许会在不经意间发现一些历史的真相。

在日记当中，政治家日记和学者日记是最有这方面价值的，所以值得特别留意。我在一次学术会议上，听李锐先生说过这样一件事：50年代初他到湖南，当地公安局知道他有文史方面的兴趣，就让他看了唐纵没有带走的日记。他在唐纵日记中，看到唐纵1942年的日记，说延安最近很乱，可惜我们没有一个内线。李锐是从延安来的知识分子，他的意思是要说明延安整风的定性问题，我们知道延安整风时，光打成特务的人就是一个相当大的比例。研究延安整风的性质，其实在很大程度上，有唐纵日记一条材料就够了。唐纵是蒋介石侍从室的高级幕僚，长期负责情报特务工作，他的话应该说是真实的。

1992年，群众出版社以《在蒋介石身边八年》为题，经删节后出版了唐纵的日记。1942年8月31日记载："晚在罗家湾座谈会讨论共产党问题，切实检讨，对共党毫无内线，所得报告，皆空泛无所据，至可惊叹！"（301页）李锐的记忆，虽然略有出入，但意思是没有问题的。

我最近看了《杨尚昆日记》（中央文献出版社），感觉对于许多历史问题，也可以从中得到新的认识。关于高饶事件、胡风集团、合作化运动和民盟主要领导的关系，日记里都有一些可以解读的历史线索。特别是关于胡风案，我们以往很难知道高层对此决策的时间和态度，以及对胡适、胡风和舒芜的看法。《杨尚昆日记》中就有这样的记载，1955年1月11日："夜与胡绳同志商量关于高饶问题报告的几段内容问题，同时谈到了反胡适和胡风思想的一些问题。"（141页）1月14日："看看胡风的意见，二十万字长，真是洋洋大观！小资产阶级的东西和资产阶级的东西，实在不少！一写就很长。读读这样的东西，以及再读读批评它的文章，自己是可以学到一些东西的。"（143页）请注意这个时间，《人民日报》发表关于胡风反革命集团的第一批材料是5月13日，杨尚昆提到的就是后来随《文艺报》附送的《胡风对文艺问题的意见》。从这个时间上看，中央要批胡风也是早有计划了。

1955年5月13日的日记中说："今天《人民日报》公布了胡风的自我批判并附有舒芜的《关于胡风反党集团的一些材料》编者按，号召胡风集团的一切分子站出来向党交待，交出与胡风往来的密信，交出来比隐藏或销毁更好些！我以极大的兴趣读了舒芜的东西（胡的文章简直无法看！）。胡风集团是一个长期仇恨党的反革命集团，应该是无疑的了！"（205页）1955年5月19日："下午饶案五人小组继续开会，听取徐于荣的汇报，因陈毅同志会梅农，故未开会。同时听了一些有关胡风集团的材料……胡风案，是一个反党反人民的专案，已决定捕起来。其爪牙甚众，不仅在文化界有，在其他方面也有，甚至有混入党内来的，中央宣传部就有三人，其中一人可称核心分子，胡风的三十万言书，是六个人写的，据说有四个是共产党员。继高饶问题之后，潘杨案件之后，又算找到了一个活生生的例子，说明阶级斗争如何的尖锐化！要记着主席说的话：提高警惕，肃清一切特务分子；防止偏差，不要冤枉一个好人！两个专案的事，都会有发展的，应随时注意。"（208页）1955年7月4日："今日本拟约刘华峰同志等汇报反胡风的工作，因他们正与各单位汇报，故未能按原定的想法去做。"（210页）高层对胡风案的重视，于此可见一斑。杨尚昆当时是中共中央办公厅主任，他的日记对于研究中国现代当代历史有极高的价值。

从两部前辈日记看钱钟书的个性

谢泳

最近,钱钟书对吴宓和冯友兰的几句评价引起许多人的议论,杨绛先生八十多岁的老人,还要为此写文章。杨先生当然是要为钱先生说话的,但她那些为钱先生辩驳的话,我以为可以不说,因为即使钱先生对他的老师说过一些刻薄的话,那也没有什么,钱先生的可爱处也许正在于此。可以想想,一个什么时候说话都四平八稳、滴水不漏的人,那还叫学者吗?钱先生在学界的为人大家都是知道的,他喜欢臧否人物,这是性格,改不了的,至于话说的合适与否,那是另外一回事。这本来是中国文人的习惯,没什么大不了的,钱先生可以说别人,别人也可以说钱先生。夏承焘《天风阁学词日记》中就有许多对钱钟书的看法。证之夏先生对钱钟书性格的评价,对于钱先生说吴宓、冯友兰的那些话,我是宁可信其有,而不愿信其无的,因为如果钱先生没有这些话,也就不成其为钱先生了。夏先生是一代词学大家,比钱钟书长十岁,他们之间的私交也很好,这从《天风阁学词日记》中可以看得很清楚。我把夏承焘日记中有关钱钟书的记载抄出如下,从中可以见出钱钟书的性格,也能看出老一辈文人对他的看法:

1939年8月18日:"国专暑期课结束。夜赴海格路李拔可先生招饮,始晤赵斐云(万里)、袁守和(同礼)、孙子书(楷第)、朱少滨(师辙)、钱默存(钟书),酒馔极丰。八时席散,又座听决翁、疚斋谈至十时。默存、孝鲁各健谈。"(第五册,124页)

1943年3月9日:"钱钟书谓黄晦闻有顾诗笺讲义,似亦有韵字代讳之说。"(第六册,470页)

1947年1月27日:"见钱钟书一散文集曰写在人生的边上,纯是聪明人口吻。往年在上海见其人数面,记性极强,好为议论,与冒考鲁并称二俊。"(第六册,671页)

1948年9月17日:"阅钱钟书谈艺录,博览强记,殊堪爱佩。但疑其书乃积卡片而成,取证稠叠,无优游不迫之致。近人著书每多此病。"(第七册,2页)

1951年5月12日:"马长寿君过谈,闻宥钱钟书事。"(第七册,168页)

1953年9月8日:"阅钱钟书谈艺录,其逞博处不可爱,其持平处甚动人。"(第七册,344页)

1957年1月21日:"得陈友琴书,论陈生书评,告钱钟书意见。"(第七册,586页)

1958年7月12日:"阅文学研究,钱钟书评钱仲联韩昌黎诗集释,二君博览皆可佩。"(第七册,689页)

1958年10月24日:"又谓文学研究所开第五次批判郑振铎学术思想时,即郑飞机失事之日。近将批判钱默存之谈艺录,默存嘱予提意见。"(第七册,704页)

1959年1月6日:"夕阅钱默存宋诗选注,不选叶水心一字,讥为鸵鸟。"(第七册,716页)1月7日:"午后看钱默存宋诗选注。近日报纸登批判此书文字数篇,予爱其诗评中材料多,此君信不易才。"(717页)

1959年5月4日:"发钱钟书函,谢其寄宋诗选注及诗,附去感近事一诗。"(741页)

自京归杭得钱默存示诗感近事奉报一首:后生可爱不可畏,此语今闻足汗颜。不信千编真覆瓿,安知九转定还丹。是非易定且高枕,蕴藉相看有远山。太息凤鸾满空阔,九州奇翼竟无还。谓郑振铎。

1959年5月10日:"得钱默存函,论予所寄诗。"(743页)5月21日:"钱默存寄来其爱人杨绛所译法国勒萨日著小说'吉尔·布拉斯'一厚册。"(745页)5月22日:"发钱默存、杨季康复,谢其惠书。"(745页)6月11日:"看钱默存旧作中国诗与中国画。"(749页)

夏承焘说钱钟书"好为议论",但对他的评价却是"后生可爱不可畏",夏承焘对钱钟书的《写在人生边上》《谈艺录》也有很直率的看法,比如说《谈艺录》"乃积卡片而成",但这也并没有影响了他们的关系,学者之间相互有些苛评是正常的,不值得大惊小怪。(引文均出自《夏承焘集》五、六、七册,浙江教育、浙江古籍出版社)

朱自清是钱钟书在清华的老师,他在日记中对钱钟书的评价和夏承焘的看法大体是一致的,朱自清和夏承焘在同时代的学者中都是以温和为人所知的,他们这种性格的学者,评价起人来,一般相对要公允一些,不刻薄,因而也就较他们所评对象的实际不会相去太远。我们把夏承焘日记中的钱钟书和朱自清日记中的钱钟书相比较,再参之以《吴宓日记》中对钱钟书的看法,我以为他们对钱钟书的评价和钱钟书本人的个性是相符的，他们都承认钱钟书的才华，但对于他的刻薄、喜欢掉书袋、以卡片堆集的著述方式也有不同看法。以下是朱自清日记（《朱自清全集》第九、十卷，江苏教育出版社）中有关钱钟书的记载：

1934年4月6日："晚雨僧约饭，有张素痴、中书君、张季康。中书君言必有本，不免掉书袋，然气度自佳。"（第九卷，289页，以下只注页码）

1934年6月3日："公超昨谈钱钟书事，当俟朱定后方可商也。"（295页）

1934年6月8日："钱钟书《论东坡赋》一文，论宋代精神的理智与批评，尚佳，余亦多恒语，不若其《论中国诗》一文也。"（298页）

1934年6月19日："晚与蒋谈钱钟书事，殊未畅所欲言，余说话思想太慢，故总不能恰当也。公超后也为钱进言，均无效。盖校方不欲加聘新人也（专任）。又谓秦善聘书尚未发出，公超恐不乐也（钱事）。"（300页）

1934年10月20日："郭绍虞来访，给我看一篇他回答钱钟书批评的短文，颇感情用事。我为之删去一些有伤感情的词句。有一点值得注意，钱在选择批评的例子时是抱有成见的，这些例子或多或少曲解了作者的本意。"（325页）

1939年3月27日："据钱钟书意见，庞之画颜色鲜明，然线条不够稳定。"（第十卷，17页）

1946年5月6日：读钱钟书的《猫》一文，就现时而论，此文过于玩世不恭。然杨绛的《怀旧》甚佳。（402页）

近年研究钱钟书的人对于他的个性和为人都做了不少评价，也引出了一些人的不同意见，但我个人认为，虽然人们对钱钟书的评价不同，但在对他性格的把握上却是较为准确的，特别是李洪岩在他有关钱钟书的几部著作中做了很深入的探究。李洪岩发现的材料和所进行的分析，都是严格的学术研究，可能有不当处，但在总体认识和理解上，他的见识远甚于孔庆茂所作的有关钱钟书和杨绛的两本传记，就是在材料上，也是先有李洪岩的著作，后有孔庆茂的传记，前者对后者的影响是显而易见的。

谢泳

《高鲁日记》的价值

日记在史学研究中的价值，正越来越为人认识。一般说来，日记的价值因作者所处的历史地位而决定。但也有一些日记，作者本人可能并不是特别知名，他们本人的历史地位也不是很高。但因为他们所生活的时代与重要的历史事件和历史人物相关，同样可以使他们的日记获得很高的文献价值。而且因为这些日记的写作者不是历史的中心人物，他们的日记可能从另外的角度保留更真实的历史。所以对日记这种文献而言，可以说日记无大小，关键是看你从中取什么材料。最近看到内蒙古大学出版社出版的

《高鲁日记》就有这样的感想。

高鲁是一个普通的职业革命家。在中共党内的地位也不高。1949年以后,他在新疆和内蒙古从事文化和宣传工作。但他的经历对研究中共党史、中国现代文学史和中国现代思想史的人来说都有意义。因为他早年在延安鲁艺学习,还担任过文学系的秘书。后来还到华北联合大学文学系学习过。更为重要的是他参加了1942年由张闻天负责的晋西北农村调查。关于张闻天负责的晋西北农村调查,在以往关于张闻天的研究中,主要还是以研究革命史的角度来评价,而且旁涉的历史材料也不丰富。现在有了高鲁的这本日记,关于张闻天当年在晋西北农村调查的具体情况,就可以有现场感。因为高鲁日记的出版,研究者可以把当年张闻天在晋西北所做的关于中国农村调查的经过,从革命工作的视角拓展到学术领域里来。也就是说,张闻天关于晋西北农村调查的历史,不但是一种革命工作,而且也是一种学术工作。对于这次调查的方式和成果,应当放在1949年以前许多关于中国农村调查中来观察,这种调查的人员、思路、方式及最后的研究成果,如果放在中国现代经济学学术史背景下,可能会有许多新的解释。

《高鲁日记》不但记载了当时参加晋西北农村调查的主要经过,而且对于当时调查材料的来源和统计方式都有记载。对当年张闻天的几次重要讲话也有记录。虽然张闻天晋西北农村调查的报告上世纪80年代曾由人民出版社以《神府县兴县农村调查》为名出版过,但《高鲁日记》中记录的讲话肯定是最直接的,至少可以与发表的调查报告相互对比,从中看出张闻天的思想变化过程。关于张闻天晋西北农村调查的具体材料,据《张闻天传》的作者程中原在书中介绍,张闻天当时直接参加了任家湾和碧村的调查。重点在土地占有和租佃关系。其他人在张闻天的指导下也写出了一些调查材料。据程中原说,这些材料都在中共中央1947年撤离延安时销毁了。这样看来,高鲁的日记就更有价值了。

研究中国当代文学和中国当代学术的变迁，离不开对当年鲁艺和华北联合大学情况的考察。因为在中国当代文学和学术的变迁中，这两个机构的重要性是显而易见的。1949年以后中国文学艺术界的主导力量来自于鲁艺；中国学术界的主导力量来自于华北联合大学。当年曾在这两个机构中学习和工作过的人，成为负责中国意识形态工作的主要力量。《高鲁日记》中恰好有他在鲁艺和华北联合大学学习的记载，虽然简短，但通过他的日记仍然可以看出一些鲁艺和华北联合大学的学风及文学和学术思想倾向。这些日记可以帮助历史研究者回到现场，找到在一般文献中很难产生的历史感觉。

谢泳

小学生日记里的民国农村

研究民国的历史,可不可以从小学生的日记里获得材料呢?我以为是可以的。第一,那时的小学生日记,多数是记自己的真实生活和感受,就是偶有夸张,也是来源于自己的生活,因为小学生在日记里撒谎的可能性不大,那时对小学生的教育还没有不允许他们在自己的作文和日记里写出当时社会的黑暗面,我们看那时出版的各种关于小学生的作文和日记的选本,发现里面是什么都有的,思维并不受什么限制。第二,小学生的日记最后都是被成人选中,才保留下来的,这说明小学生日记还是有相当的真实性，因为看他们选择的那些日记，在写作技巧方面并没有什么值得称道的东西，成人选择了那些日记，还是因为它们反映了民国社会生活的一个侧面。

小学生作文和日记里，有时候会有特别有意义的东西。我曾看到过一本日记，主要是当时上海小学生写的，他们记载了许多当时上海的建筑，因为是游记，非常详细，比如有一篇记载当时参观上海市政府的日记，对于我们了解当时上海市政府的情景就很有帮助。小孩子的眼光自有他们的独特之处，还有关于参观沪西园场、文庙的记载，都非常有趣。我现在要从一本小学生的日记里，看看民国农村的情景。这本日记是瞿世镇编的《模范日记读本》，上海春江书局印行，1935年出版。所选日记主要来自上海几所学校，另外还有山东、绥远、河北、河南、陕西、山西、甘肃、四川、福建、浙江、江西、湖南、广东、云南和贵州一些学校的学生所写的日记，涉及的地方很宽广，学生的程度从初小、高小到高中都有。我选择了两篇，先抄出如下：

张四嫂　　［小五］史强

从今天的事情看来，张四嫂的确是一个穷苦无告的妇人了。在吃过晚饭的时候，她正在自己的茅屋里做女工，忽听见外面有答答的敲门声，急忙走出去开门，原来是村长赵先生。"张四嫂！张四哥在家吗？""他出门已经几个月了，他到徐水县做长工去了。先生有事吗？"她一面说着，一面忙搬了一条板凳，拂了拂上面的尘土，请村长坐下。村长赵先生捋了捋胡子，坐在板凳上面，才慢腾腾地说明他的来意。

"你不知道吗？今年冬天绑票抢东西的土匪实在太多了，所以合村的人们公议立个保卫团。费用大家公出，富的多出，穷的少出，说到你家，大家还算不错，让你特别出得少，只叫你出六角钱，我今天是拿这钱来啦！""哦！赵先生，你还不知道吗？我是穷苦人家，出不起的，半月前我给人家做了好久的工，才得了三角钱。现在吃得只剩十五枚铜元了，明天早晨还拿它去买米呢。请你向那有钱的多要一点吧！"张四嫂这样苦苦地哀求着，村长不耐烦了，把脸皮沉下来说："这是公事，那不成！你若不出，我们禀告县长，县长自然派警察来和你要的。"因为警察在乡村里是很有权势的，张四嫂听说警察二字忙说："先生！请不要动气，我把十五枚铜元先给你，下欠的钱以后再给……"村长赵先生四下望了一望，见张四嫂实在艰苦，实在榨不出钱来了，便接了那十五枚铜元，走出门来说道："张四嫂！下欠的钱赶快凑齐，下次来一定要拿去哩！"张四嫂也没置可否。等村长走远了，她自言自语地说："土匪拿着枪向人们抢钱，村长仗着官府向人们索钱……抢钱的是土匪，索钱的是村长……村长土匪……土匪村长……"（21页）

张三　［小五］牛显宗

张三是一个极贫穷的农人，靠租种田地过活。不幸去年闹大水灾，一点收成也没有，不用说给地主租钱，自己的生活，都不能维持了。可是地主却三番四次地和他要，而他一个铜元也拿不出，便请求地主道："先生！过几天再说吧！你看我们每天不用说吃米，连一个米粒都见不到；先生，到了年节再还吧！"说罢，地主气忿忿地说："如果到了年节再不还，我一定要把你告了，说你抗债不还。"这样说着便走了。

光阴如流水一般的过去，不觉到了年关了，张三正在院子里发愁。忽然外面叫道："张三在家吗？"张三开门一看，原来是讨债的地主来了。地主说："现在你预备好了没有？"张三道："唉！我哪能预备得出呢！明日再给你送去罢！"地主道："你今天推明天明天推后天，你到底什么时候还呢？"说着用手杖把张三打了一顿。临走时说道："我们要账的遇着这样的债户真倒霉！衙门里见！"唉！第二天，张三坐了狱牢了，因为他犯了抗债不还的罪名。（109页）

这本日记在当时是公开出版的，列入"国语科补充读物"。日记是两个小学五年级的学生写的，先不说写作的技巧和叙述的生动，光是这样的文字能在公开出版的学生读物中出现，就是一个时代的特征，今天的小学生不会写出这样的日记，就是写出来了，也不可能公开出版。两则日记记得都是民国农村的事，一件是关于民国农村自治费用摊派的，一件是有关租佃矛盾的，小学生的同情都在弱者方面，但没有以阶级的观点去评价，我以为这就是一种真实。租佃之间的矛盾最终靠什么来解决，小学生还不会懂，但他们记下来的这一个农村生活的片断对于研究民国时期的农村现实还是有意义的，至少提供了一个细节，有没有普遍性是另外一回事，但小学生的感受还是有意味的。无力交租与抗债的关系最后如何调整？法律的天平向哪一面倾斜？民国农村的自治中，民与官之间的矛盾也非常突出，那个小学生笔下的张四嫂，生活到了那个程度，还要负担自治的费用，如果不负担，警察就会来，张四嫂听到警察来就什么都不说了，从中可以看出警察的厉害，还有她那对土匪与村长的感慨，也在一定程度上反映了农村自治中的乡绅关系。

日记的用处
——读杨静远《让庐日记》

谢泳

杨静远是一位翻译家。我过去读过她的《写给恋人》（河南人民出版社，1999年2月），那本书是她和恋人间的通信。我研究上世纪40年代末中国大学生的思想状况，从中得到许多有力的材料，特别是当时中国大学生为什么会急剧左倾，她那本书信集中有很生动的例子。杨静远还有一个特殊背景，她是杨端六和袁昌英夫妇的女儿，她的父母是当时中国自由知识分子圈子中的重要成员。武汉大学在抗战爆发后迁到了四川乐山。杨静远和恋人的通信时间约在1945到1948年间，这次出版的《让庐日记》（武汉大学出版社，2003年11月）则是1941年到1945年，恰好是她完整的大学生活记录，两本书联系起来看，对于了解那个时代的青年知识分子是极好的第一手材料。杨静远当时的邻居和老师均为一时之选，所以这本日记的价值是很高的。可惜只是一个选本，据说完整的日记有五六十万字。对于日记，我以为还是要完整出版。最好不要删节，因为谁也说不准哪些材料对谁有用，可以印证什么事实。有时候越是小事，反而越有意义。早些年山西出版一个晚清秀才刘大鹏的日记就作了节选，最后想用这本日记的人，还得设法再去图书馆查。还有竺可桢日记，两家出版社先后出版了五大册经过删节的日记，对研究者来说还是不够，最后还得出版一个完整的。日记是属于文献类的历史材料，主要阅读对象是研究者，所以删节最要不得。为了避讳做一些手脚也没有必要。像前年出版的宋云彬的日记，作了删节，研究者也看得出来。

这本《让庐日记》，涉及当时武汉大学许多教授的生活和思想，如朱光潜、周鲠生等自由知识分子，还有当时的教学和学生的读书情况（特别是阅读西方文学作品，书中详细记载了她当时读劳伦斯《儿子与情人》的感受）。因为日记是第一手的材料，所以看起来很生动，它的价值一般说来要高过回忆录好多倍。这本日记对了解当时大学校园生活很有帮助。现在有些小说、电影和电视剧，对当时的大学生活描写太离谱，就是因为不注意看日记这一类的材料。学生的日记与成人还不大相同，主要是有思想变化。像杨静远这本日记，我们就可以从中看到当时的青年学生为什么会对国民党失望，而对共产党产生兴趣。通过阅读日记，研究者可以看出许多问题。

研究40年代中国大学生的思想有三种材料比较可信。一是当时出版的年级纪念册；二是当时的校刊；三是学生的日记。这三种材料对比起来才能还原当时学生的生活，在这方面，一般的回忆录只能参考。举一个例子：

张爱玲研究中有一个不大不小的问题，就是当年她参加《西风》征文得奖的情况。她本人的回忆，研究者如水晶、赵冈对这件事的看法各不相同。这件事最后还是陈子善看到了原始的《西风》杂志，经过考辨最后才还原了真相。杨静远比张爱玲小两岁，当时她也是一个文学爱好者，常常给杂志投稿。她在1942年8月5、6两日的日记中记载了当时阅读《西风》杂志的感受，并记下了当时征文获奖的情况。虽然有个别笔误，但大体是准确的。这个材料恰好可以对陈子善的张爱玲研究做一个旁证。当时杨静远也参加了比赛，可惜落榜了。她在日记中说："看焕葆借给我的《西风》征文集。这种文章完全是仿美派的，内容空洞，但文字轻松，看起来很舒服，可供解闷。但也不见得写得十分好，我相信我那篇落第的苦命小说比他们中间的任何一篇不差。"对张爱玲的获奖作品《天才梦》(《我的天才梦》)，杨静远的评价是"材料都很好，却不动人"。这些材料对研究当时文坛的风气都很有帮助。

研究历史的人都知道，从相关材料中看出问题不是本事，从没有关系的材料中发现问题和材料才是本事。作为智力活动，如今学术研究中最少见的就是才气，因为大家都喜欢从直接文献中看材料，特别是有了互联网，更容易偷懒了。

陈左高

《静远斋诗集》作者允礼日记

允礼系康熙玄烨第十七子,常从行塞外。雍正初,进亲王。擅诗文,工书法,著《春和堂诗集》《静远斋诗集》,事具《清史稿》。

其《西藏日记》二卷,禹贡学会据江安傅氏藏稿本印行。前有自序,末有吴丰培跋。癸酉清泉逸叟在杭州文元书坊,收得日记稿四册,未著撰者姓名,经比勘《东华录》,断系果毅亲王允礼所撰。

记起雍正十二年甲寅(1734年)冬十月,止十三年乙卯(1735年)夏四月,允礼奉命使泰宁经管达赖喇嘛归藏之事。考当时准噶尔时谋侵藏，因在雍正八年转移达赖于泰宁，直至十二年准噶尔请和，命允礼送达赖由泰宁返藏。作者允礼舆程往来凡六月。自燕晋以历秦蜀，往返一万二千里。考山川之源流，记风景之异同，载人物之动态，藏族之礼教，出之以诗情画意，随手轻抹，行文自如。

允礼雅擅书画，一路题诗刻石，如雍正十三年二月十四，抵邛州（属四川省），宿鹤山书院，曾题石书匾，留志鸿爪。记云："观去年所作石刻，复书匾留之。鹤山在城西八里，相传汉胡安于此乘鹤仙去，故名。《盎都耆旧传》：胡安临邛人，聚徒于白鹤山，司马相如从之受经。四周林麓盘郁，景候融和，绛桃绿柳，灿若锦绣。"允礼自述曾刻石于潼关城楼，此行过三峡，复书匾曰："河山在望"。作者又取道山西。宿正定府治，既题诗刻石，复著录古碑刻。

允礼善画，每涉胜迹，往往就所见景物，与前代名画加以联想，如过华岳庙，登其阁，目观"三峰削成翠落天半"，即事摹画，并联想起明代画家黄鹤山樵及陈汝言（秋水，诗人，工山水）随雪景写生故事。记云：

固思昔时王蒙知泰安州，张绢素厅壁，日对泰山，兴到辄一举笔图成示陈汝言。值大雪，汝言张小弓，夹粉笔弹之，遂为雪景，一时拍为神笔。王陈以绘事擅艺千古，然必临摹真景，才肖天然之趣，奈今亦同此意耳。

由见即景写生，是画家必须遵循之传统，允礼亦有切身体会。

作者嗜诗工画，日记具逸趣。如写天府富饶、景物峻险，宛如丹青图画。记云：

雍正十二年十二月初八日。微雨，憩邛州之斜江河。其水自大邑县流入，遂宿州治，由成都迤西而采，瓜畴芋区，野花匼匝。水砧山璃之属，旋转波中。竹高八九丈，林中谷谷鸠鸣，童稚赤足嬉游，余凭轩寄眺，亦忘其为冬序矣。

十三日。出现西门，越坡跨栈，忽上忽下，林木愈稠，飞泉陡洼。

时见番民持畚锸治道，过鹿角壩，经菁口，及安乐铺。山愈险峻，云雾浓墨，细雨飘漓，猿啸狼啼，岩壑应响，马啼撒挨，行者相顾失气，噤不敢发声。

作者写景擅从一个角度描绘蜀峡，有异于陆游以来日记之全面敷陈，此则剪取三滩峡峰峦怪石倒影，映证宋文与可诗句，寥寥百余字，不啻使读者身历其境。如："阴。自下峡登舟。潮流而北，过上峡及三滩峡，仍四朝天镇宿。盖嘉陵江有上下二峡，危峰耸峙，一水中贯，其上流为三滩，水浅而驶，舟人异之。滩北曰三滩峡，峰峦凹凸，怪石参差。猿猴成群，跳崖攀树。宋文同诗：岭若画屏随峡势，水如表带特岩阴。洵纪实也。"

其次，凡蜀中珍异特产，概加笔录。一若四川名山县出产之蒙顶茶；二若万年松之常青不衰。

综览全书，重点还在与达赖喇嘛之接触，宴饮规模之盛大隆重，午宴时地点在都冈楼，达赖及僧徒、酋长参加人数，达二千之谱。日记笔触楼筑结构，彩旗林立，迎者吹迎，座次仪式鼓吹乐舞之千姿百态，使观者"目为愕眙，心神震荡"。（文长从略，事具雍正十三年二月朔日日记）类此事属边疆舞蹈音乐史料，可资考证。

陈左高

陈子展评《历代日记丛谈》

陈子展教授早年是中国近代文学先行者，撰有《中国近代文学之变迁》《最近三十年中国文学史》。30年代前期，改治古典文学中的韵文。先后出版各百万字之巨著《诗经直解》《楚辞直解》。

展老与田汉交契，特聘为南国艺术学院教授，培养了不少杰出人才，如廖沫沙、吴作人、郑君里、陈白尘等。嗣后任复旦大学中文系教授、系主任，垂五十年，秉性耿直不阿，为知友柳亚子、杨树达、章士钊、熊十力所折服。

年臻九十高龄时，曾通读拙著

《历代日记丛谈》书稿（九十一万字），作出书面评介，兹加节录，付《日记报》刊载。

友人陈左高先生是我熟识之老同事，从抗战胜利后1946年夏7月，复旦大学由四川重庆北碚复员到上海，我即和他同事，我的职称是中文系主任，他的职称是助教。……我和左高相处这么多日子，丽泽交流，互相讲习。确知其人家学渊源，幼习古代经典，少年立志，对于文学深感兴趣，乃得以大学优秀毕业生留作本校助教。当他从事教学工作以来，做到了诲而不倦，学而不厌，是以获得了今日的造诣。就他已经发表了的一些撰述作品看来，大都是属于整理和赏析古籍的成果，他在师友间赢得了不少的赞许。

左高泛览群书，特别专精于近一千年间历史人物学术名家所写的日记，约近一千来种，作为《历代日记丛谈》，自恨耄耋衰年，无力细读，做到撮要钩玄，只能在这里略谈几点：

一、评介长篇日记几个方面学术价值，约三四十种。如《谈郭嵩焘日记》的学术价值，突出书院史，书画，学堂，晚清政治、经济、外交等等史料。《谈谭献日记》论列了他对清代词学的研究。《谈翁同龢日记》，揭露了晚清宫廷内部的斗争，他在维新运动中扮演了什么角色。《谈李慈铭日记》既透露了封建王朝濒于灭亡、官邪不可救药，又记载了当时学术界的风尚，对于当时学者好谈边疆史地明史研究，以及文学变革，他有怎样的看法。《谈叶昌炽日记》侧重他在金石碑版藏书学术上的成就。《谈袁昶日记》侧重同光间学术界之趋势。他自己的诗就是所谓同光体的诗，效法江西诗派，张之洞挽他的诗句说"双井（黄庭坚）半山（王安石）君一手是也。《谈王闿运日记》论列了他对楚辞的研究，与郭嵩焘见解不同。

二、有发掘与填补正史或其传记之不足者，《谈钱大昕吴骞钮树玉日记》介绍了他们在校勘与目录学之成就。《谈吴汝纶日记》突出清季一度在南方出现简化汉字的情况。《谈姚觐元日记》论列了清代善本书价之升降及其原因。

三、有日记涉及科技者，《谈李锐日记》就论列了当时科学研究的动态，还有七八篇介绍地方性的科技研究。

四、再有几十篇属于驻外公使所谓星轺日记的，同时也注重到外国学者研究汉学之动态与趋向。这都是有关中外学术交流的好史料。

上文但就我个人所见到的《历代日记丛谈》一部分来说，由此可见它的作者研究日记文学原原本本，探索之广且深。可以说，日记文学作为文学领域中的一种，内容繁富，趣味浓郁，不可作为一般笔记小说读，不可作为个人日常生活身边琐事记录读，应当作为一种史料学读，尤其是作为学术史料读，这是从左高同志开创。倘若缩小范围更具体地来说，这些日记作者有的在正史里有传，有的没传。后有学者对于他们中一个人深感兴趣，恨于异代不同时，要为他写作传记文学（包括评传、年谱，小如疑年录，大如历史人物小说），可从他的日记中找出第一手材料，以补正史传中的误记和失载。有的日记作者正史没有立传，但在其他笔记野史中屡有关于他的轶事传闻，不免错误，甚至是非颠倒，黑白不分，就可以据他的日记重新评价。这都是陈左高同志《历代日记丛谈》在学术上可能引起一些微末而又多少有用的贡献。

陈左高

《马氏文通》作者马建忠日记

一

清末以洋务派日记著称者，允推马建忠日记。马建忠（1845～1900），语言学家，精通英法语文及希腊文、拉丁文。从经史子集中精选例句，参考拉丁语法，研究古代汉语之结构规律，撰成《马氏文通》，自述"因西文已有之规则，于经籍中求其所不同者，曲证繁引，以确知中文义例所在。"他字眉叔，江苏丹徒人，幼即究研西学，派往西洋各国使馆学习洋务。光绪二年（1876），被派往法国留学，任清史馆翻译。回国后，入李鸿章幕办洋务，历抵印度朝鲜处理外交事务。主张废除厘金，调整进出口税率，振兴商业。事具《清史稿》列传二百三十三。

二

除《适可斋记言》外，有《适可斋纪行》六卷，为台湾《近代中国史料丛刊》第16辑所收，系清末办理洋务时生活日记，起光绪七年（1881）三月，止光绪八年五月，前有光绪二十年梁启超叙及马氏日记。

日记六卷：一曰《勘旅顺记》，作者抵旅顺口外大沽，与汉纳根议煤窑事，认为当地煤藏，可提供北洋水师不竭之煤栈。次曰《南行记》上下，系李鸿章派往南洋一行。四曰《东行初录》，是赴朝日记。六曰《东行三录》，赴朝协助解决内部纷争事，所叙多涉外交事务。揆其全书六卷内容重点：

一是经历各国之景物名胜、风土人情。马氏东行，历抵新加坡、槟榔屿、印度、锡兰（即今斯里兰卡）等国。取道新加坡，述园林之胜。之一为胡氏花园。"光绪七年七月二十五日。晨晴。苏领事桂清来，邀下午往游胡君璇泽花园。并在园中小饮，却马不可。胡君久负盛名。为此埠中西人望。前为我国领事，并兼俄奥两国事，今已物故。"至槟榔屿，载景华侨旅居情况，同上二十八日云："借住闽商颜金水栈中，聊避暑氛。此间华商侨富者约八百人。颜之居室，悉仿西制。"抵印度，详民情风俗，佛地变迁。闰七月初十云："四点钟车过贝那罗斯，地产姑烟。印度人称为圣城，城滨恒河，相传此水可消罪孽，故每晨四方男女来者可数千。印度酋长亦皆建别墅于此，以为忏悔之所。西人谓此为佛祖诞生之地，或谓牟尼道成讲经斯土，今其城北十里古庙遗址，瓦砾堆积里许，仅存浮屠半级，高尚七八丈，以五色砌成，相传舍利讲法华经处，今则佛教已废，而波罗门回教之庙，林立可千计。此地往来火车极多，尽载土人。"

二是被派往南洋议鸦片之事，笔触有关活动和看法。据记载，有粤商何献墀等拟在香港开设洋药公司，事关鸦片输入。作者此行，"过外国书肆，购论鸦片事书数种"，反复研究对策。与意国公使芦嘉德、法国银行行东赫德加斯勒、汇丰银行行主甲克松等频繁接触，相互"纵论鸦片入中国以来，遗祸之烈，縻时之多，慨然同感焉。"交换观点，如何遏制鸦片专售问题。又往印度，"相机探访，妥密筹商"。亲入葛苏查（南印度地）、加尔各答等处。探悉鸦片输出真相，寻求对策。

孟买是印度大城市与港口，仅次于工商业大城，作者于一百多年前，所见城市已甚壮观，缕述其地历史沿革、宗教习俗、人口分布等情况。

二十四日。……十点钟至孟买窝焉。

二十五日。……呼东出游，过通衢，则崇楼广厦栉比如云。官舍局皆以石建，高耸云汉，尤称雄壮，街市宽敞，几与英之伦敦相铆。至敖敕巴帛，遂沿海行，策马其巅，下视环阅庐舍万家，中杂柳林，浓翠纷披，如著色图。冈阴有一圆塔，塔顶平台，则是社人死后陈尸之所。……寻过市集，则夕阳西下，灯火至繁，毂击肩摩，四方辐奏者不一。按孟买一岛，初为葡萄牙所辖，英人垂涎已久。顺治十八年，葡萄牙国王，以女妻英王加禄第二世，遂以孟买为产资加裕与印度公司约岁税银十万今磅，时居民无逾十万，公司于是滨海口，减税额，广招徕。期年之间，户口六倍于昔。至同治十年，增至六十四万五千，以内印度波罗门教最多，回教次之，包社人又次之。西人七千，犹太人二千，华人百数而已。

锡兰历史悠久，以佛教国著称。马氏入境目睹现状，简考该国历史沿革、国名异称、故事传说，以及在佛学上对亚洲各国之影响。如光绪七年八月初六日记云：六点二刻，泊锡兰岛之伽兰口。午后登岸散闷，往观一梵寺，适有沙门自逻罗迎贝叶经至。设花供养，男女蚁至，向佛像顶礼。……观其贝叶，剪成笏形，叠叶成书，旁饰以金，巾书古印度文，藏诸盒内。按锡兰岛，晋法显所称师子国，唐玄奘名僧伽罗国。春秋时佛王僧伽剌治兵，浮海而往，遂有其国，国民至今信佛。夫印度佛教，历汉魏甚盛，至唐中叶，方为波罗门逐去，诸僧徒流入西藏，至今库尔克克什弥尔西藏蒙古诸佛教,犹其余绪。而锡兰佛教,遂蔓延于缅甸、暹罗、安南,历三千余年而犹盛。锡兰在印度史记为新甲刺,译言琛岛,即玄奘所称楞伽山,昔如来于此,说楞伽经而得名。锡蓝先属荷兰,乾隆五十二年,英人夺之,现属英国,非印度制军所辖,内辟铁路,附加费税项。颇可自赡。

三是马建中三度东行,事涉清末中朝关。据日记,1882年朝鲜始与美国立约通商,"愿得中国大臣莅盟",李鸿章奏派建中莅盟,北洋水师统领顶禹亭率咸远、扬威、镇海三兵舰偕往烟台,会同美国全权大臣薛孚尔驶赴朝鲜议约。作者既至朝鲜海峡要冲之釜山,迎接礼数之隆重,日记作了细致刻划,备证中朝二国友好,由来已久。约成,英法随之订盟德国使臣巴兰德亦东行与朝订盟。马氏奉命与巴使会于烟台,于是又有《东行续集》之作。

是年五月,德朝约成不久,十九日得次沪渎,奉点谕截留。固其时朝鲜乱党围逼王宫,王妃被难,大臣被杀,形势紧急。建中被派再赴朝鲜,先与朝鲜校理官鱼允中笔谈,知国王李熙年前,夺其权,革其弊政,于是大院君举兵作乱。清末,朝鲜为我"属土",建中与海军提督丁汝昌率兵舰东渡观变,相机协助平乱。记中详叙经过周密计划,从结识修好(往拜罡应,谈笑甚欢),到部署伏兵,智擒罡应(入帐,诱与笔谈,自中至西,累纸二十四幅,环顾侍者无一朝人,知已均为帐下所收,度其时可行)。

作者亲历其事,信手绘写,既翔实,又生动,文长不俱录。

马建中《适可斋纪行》是一部洋务派代表作品。拙著《中国日记史略》同光时期日记作者和作品所漏列,应补入,当在吴广霂《南行日记》之前。

康有为、梁启超出国日记漫谈

陈左高

一、康有为《欧洲十一国游记》

戊戌政变以后,康、梁俱出游国外,撰有以游记为名之日记。

南海日记,颜名《欧洲十一国游记》,经编定者,有意、瑞士、奥地利、法、匈、德、丹麦、瑞典、比利时、荷兰、英国等十一国所记,惟印行不全。康氏弟子蒋贵麟辑印《康南海先生游记汇编》,纂补较全,足资循览。据其《导言》所叙,知康自出亡后,漫游十六载,足涉卅一国。

光绪二十七年(1901)十一月,南海赴印度,撰《印度游记》。作者自言中国人熟习印度文化。而游印度者，继"自秦景、法显、三藏、惠云而后千年；至吾为第五人矣"。综览访印所记，一是有关与印度上层人士之接触。此行随往者为次女康同璧，以其通英文可任译事。如："八日。十时与女同璧妾婉络访印王。深入印人内地，巷隘几难容大车，又污秽，乃下车步行。入高楼，皆四五层，红石为之，阶皆分二楼，皆周石。至第四重，见王席地无几，铺以地毯，中设一大几，如中土大炕桌者，则王坐也。从官令吾坐毯上，吾不肯。王知吾意，令觅三几来与对坐。赠吾油点心一篓，银香盒一具，吾答之以绣扇，越日又使其弟索吾影像。"

二是有关印度华侨生活之一角，自述赴华人街，参加讲演，夷考清初杨大昭到印度后之影响，是印度华侨史光辉之一页，看来在于激发华侨之爱国热忱。记云："是夕到支那街天后庙演说，吾国人之来印者，自香山杨大昭始，在乾隆时矣。杨以贩茶乏利，乃以其茶尽送英印度公司总办，总办厚待之。时新得印度，荒地无垠。当与同车游海滨，问杨所欲，杨指眼前地，总办恣其所欲得，听杨跨马一周，尽马所至地以与杨。盖周五十里，地名唐园，今其土地祠，即祠杨者也。"

三如详写印度华侨之分布网及其人数，以及从事商业之分类，支那街华侨保存之中土习俗。记曰："广州人皆聚居支那街，百货具备，无一非中国用物。其岁时宴会，红帽长衣，鼓乐爆竹，俨如内地，几若忘在外城者。"

光绪三十年（1904）五月，游意大利，著《意大利游记》。南海在奈波里城，目睹居民"褴褛之情，颠流之状"，爰有欧洲并非想象中人皆富有之叹，曰"来游欧洲者，想其地皆琼楼玉宇"，"岂知其垢秽不治，许盗遍野若此哉！"

南海观察罗马宫室殿庙及博物院之宏伟，用比较法，将当地建筑艺术、绘画艺术，与中国作比较，论列其特色。其所见罗马大教堂一百数十所，"皆宏丽崇严"，便联想到晚唐诗人杜牧"南朝四百八十寺，多少楼台烟雨中"之句，两相比较，何尝逊色！南海参观罗马古建筑以后，身处清末，政治腐败，深叹中国保存古物不及罗马，愧对列祖列宗。还应引以自豪者，远在三千年前，中国已能采用"在木架中筑土为墙"，掌握先进技术，确比罗马为早。

康氏除大量笔触意大利建筑艺术外，还记述了意国之绘画艺术。如意大利第一画家拉斐尔，于四百年前，创绘油画，南海游意时遍见之，"凡数千百幅，生气远出，神妙逼真"。南海兼以拉斐尔与我国文征明作比，曰："拉生于西历一千五百八十年也。基多利尼、拉斐尔，与明之文征明、董其昌同时，皆为变画大家。但基、拉则变为油画，加以精深华妙。文、董则变为意笔，以清微淡远胜，而宋元写真之画反失。"作者进一步谓以画论，曾见阿拉伯、土耳其、波斯、印度之画，均"不能比吾宋元名家"，"在四五百年前，吾中国几占第一位矣"。又认为意大利艺术之所以发达，实源于政府之尊崇，如画师拉斐尔与意国王棺并列，堪见"意人之尊艺术亦至矣，宜其画学之冠大地也"。

此外，有关中意文化之比较者，如意大利人物铁画与中国花卉铁画，意大利数千年石刻像略近武梁初画相，罗马与中国汉代文明之比较，中国文化与埃及巴比伦之比较，康氏行文无异是启比较学之嚆矢。

光绪三十一年（1905）七月，南海抵法，撰《法兰西游记》，在其笔下，率先对巴黎之评伦，以为远不及柏林之广洁，纽约之瑰丽，当时巴黎之马车电车，街道之设施，几与上海"泥城桥至愚园西园等处，颇相仿佛，但逊其阔大耳"。全书濡墨较多者，为名胜古迹、历史人物、民情风俗、创始沿革等。康南海所叙重点之一，在于载述举世闻名之历史建筑，如用一千六百字，描绘巴黎铁塔为天下之大观，且以中国著名古塔、亚洲及欧美名塔作比，从而得出铁塔冠绝宇内之结论。非有渊博知识、精湛见地不克臻此。略如："天下之大观伟制，莫若巴黎之铁塔矣，当首登之以望巴黎焉……吾少从先祖述之公登五层楼，于连州登画不如楼。昔游江南登雨花台，游扬州吾登琼花楼蕃厘观，游西湖先登吴山，游武昌吾登望江门巡城而至黄鹤楼，游桂林吾登独秀山，所至各国皆是，以吾所登之塔，若吾粤梁时之花塔，镇江金山之雷锋塔，北京则西苑内之白塔，城外之天宁寺塔，西山之碧云寺后魏氏白塔，而手扪西湖之净慈塔，多数千百年古物。若游日本江户，登其浅草之凌云塔，至缅甸登其王宫之木塔，游锡兰登其古寺之千年旧塔，游印度所登塔尤多，而舍卫城中鹫岭顶之塔，及佛祇树给孤独园前七百年之回王所筑塔，而加拉吉打公园中之英人纪功塔，尤高峻矣。欧美高塔尤伙，其在德则议院前之纪功塔，若瑞典之思间慎公园顶塔，英水晶宫之塔，若美则华盛顿之方塔，波士顿之纪功塔，若是者皆宏工巨构，四十余层，高数百尺，并有名于宇内。若印度之阿育王筑八万四千塔。吾手扪其数塔焉，而宏规大起，杰构千尺，未有若巴黎铁塔之博大恢奇者。盖有意作奇，冠绝宇内，真可谓观止而蔑以加者也。"

南海重点叙写之二，游歆规味博物院，见所藏中国内府珍藏图器珍物，而玉玺尤多，有如太上皇帝归政玉印、乾隆御笔白玉方玺、保合太和碧玉玺、听平观察碧玉玺（此批复刑部奏疏之玺）等大量国宝。触目心伤，不禁慨叹咸丰庚申（1860）英法联军侵占圆明园之后，大肆掠夺，致流落珍宝于此。又不禁联想、回忆圆明园劫后尚存一些精巧建筑，称"记十年前仅能游其一角，有白石楼一座三层，玲珑门户，刻划花卉，并是欧式，盖圣祖所创，当时南怀仁、汤若望之流所日侍处也"。

光绪三十二年（1906）十一月，自瑞典行，再至德国，写《柏林再游记》。作者曾九至柏林，频贯穿其数十都邑，赞美德国从三四十年之小国杂乱，百政不修，而今武备、政治、文学、医术、工艺、商务乃至音乐，均居世界第一，进步之速，要归功强固治权。此记笔触再度游博物院，见有不少康熙间内府珍宝，俱因联军侵华时劫掠流落至此者，伤心极目，濡笔记之曰："吾国物有四大玉瓶刻钟鼎，皆康熙年物，有御制西番莲诗玉册，乾隆玉茶碗三，有八寸绿松石屏，画刻曾之碧露犀三寸许，有乾隆丁巳御题玉册，皆内府难睹之珍品，伤心哉何以至此！"

莱茵河名驰全球之欧洲大河之一，南海详记循河西行，弥望一路风光旖旎，宛如长幅画卷，在此不再赘引。

其他短篇日记，尚有：一、光绪三十四年戊申（1908）六月底，由罗马尼亚抵土耳其，颜日记名曰《突厥日记》，略志其地理位置、法律、官制、民情风俗、货币物产等。二、此前往游塞尔维亚（南斯拉夫最大之成员共和国）、保加利亚，均有所记。三、同年七月，以"希腊为欧洲文明之祖"，遂访游希腊雅典，日记载述希腊戏场遗址规模之宏伟，文石大戏场"层高一百三十五级，可坐四万八千人"，惊叹两千年前竟有如此宏伟之建筑，能以简赅之笔，曲达妙处之所在。

二、梁启超《新大陆游记》

梁启超（1873～1929）《新大陆游记》是光绪二十九年癸卯（1903）访美日记。起正月廿三，止九月廿四。综观内容，有如下述：

一是记述旅美人物。是年四月梁任公由纽约至哈佛，深感欣慰者是与我国外交家容闳相遇，造谒旅次，倾聆宏论，为之折服，曰："时容纯甫先生闳隐居此市，余至后一入旅馆，即往谒焉。先生今年七十六，而矍铄犹昔，舍忧国外，无他思想、无他事业也。余造谒两时许，先生所以教督之劝勉之者良厚，策国家之将来，示党论之方针，条理秩然，使人钦佩。翌日乡人请余演说，容先生亦至。"

时南海之女康同璧，与梁启勋（任公之弟）均留学于美，同璧则肄业于哈佛大学。任公由容闳导游该校，复于七月初八，在西雅图（记作舍路）遇见二人，欣然记之曰："至舍路。康同璧女士与家弟启勋同来美游学，适至此市，相见甚欢。"

二是笔涉华侨史料。除先记总的华人分布网及人数外，梁任公就所至二十多城市，知旅美华侨约十二万人。重点记述了当时在美华侨分布各地之具体人数，其中以旧金山三万、纽约八千、波士顿四千、芝加哥西雅图各三千为较多。又列表分述从事工业商业杂务等人数。工业以洗衣业（约四万人）、渔业（约万余人）为最多；商业以开杂货店（共六千多人）者居多，次为开饮食店者约五千余人。类似云云，堪资美国华侨史研究者所参考。

任公考察所得，"华人团体最多者，度未有过于旧金山"。曾分类列表说明，略知华人会馆有三邑、冈州、宁阳、合和、肇庆、恩开、阳和、人和等八大会馆。公共慈善团体，则有东华医院、卫良会。商家团体，则有昭一公所，客商会馆。族制团体有颖川堂（姓别：陈）等廿四团体。他若联族团体九，秘密团体廿六，文明团体五（如保皇会、学生会等）。凡此资料，确是研究清末华侨史、团体史者所不容忽视。

三是重点记叙海外中国维新会之起源、选举法、组织形式及分布网等，是有关海外中国政党史资料。任公称"华人爱国心颇重，海外中国维新会实起点于是。自己亥年（1899）此会设立起来，至今蒸蒸日上，温哥华人会者十而六七，域多利（维多利亚）则殆过半，纽威士绅士打（即新韦斯特明斯特）几无一人不入会者"。美国各地多有中国维新会之设，其一即最早设立之波士顿分会，任公至其地，即偕留学生徐建侯，"为中国国旗演说，及波士顿历史之演说，听者颇感动"。

此外，凡事涉旅美华人动态，均漫笔纂录。据日记，留美学生大都胸怀祖国，刻苦攻读，称"美国游学界，大率刻苦沉实，孜孜务学，无虚嚣气，而爱国大义，日相切磋，良学风也。前北洋大学堂诸君现皆已卒业，得学位，尚皆留校研究。游学会者，北洋大学堂留学诸君所发起也，现徐君建侯为会长，谭天池、王建祖两君即该会所供养"云。

特别是应该注意者，是梁任公于1903年游美期间，还曾和美国总统西奥多·罗斯福相晤于白宫。罗斯福以生平未见康有为引为憾事。5月17日记云："访大统领卢斯福于白宫。时卢氏巡行国内初归，坐客阗溢。

导余别室，会晤约两刻。无甚深谈，惟言常接我会电报，且见章程，深佩其宗旨及其热忱。""又言，深以未得见康南海为憾事，嘱余代致意。且嘱有欲陈之言，悉告海氏（按：即外务大臣约翰海），与彼无异云。"

其时还与纽约社会党人哈利逊氏相晤谈，接触到美国社会主义运动。略见4月29日日记。称"纽约社会主义丛报总撰述哈利逊氏来访。余在美洲，社会党员来谒者凡四次，一在域多利，一在纽约，一在气连拿（按：即赫勒拿），一在碧架雪地。其来意皆甚殷殷，大率相劝以中国若行改革，必须从社会主义着手云云"。

作者所记，时在戊戌政变后之第五年，对社会主义缺乏认识，故有"不达于中国之内情"的错误看法。另一方面，梁任公在一定程度上，也受到社会主义的一点影响。所以又说："若近来所谓国家社会主义者，其思想日趋于健全，中国可采用者甚多。""吾所见社会主义党员，其热诚苦心，真有令人起敬者。墨子所谓强聒不舍，庶乎近之矣。"

任公记及哈利逊阅读马克思之著书，崇拜之，信奉之。哈氏亦为言举世社会党人人数之多，及其迅猛发展之趋势，梁亦为之首肯，记云："哈利逊为余言，现在全地球社会党之投票权，合各国计之，已共有九百余万。而近一二年来，其党员以几何级数增加，不及十年，将为全地球政治界第一大势力云。此其言虽不无太过，然其盛大之情况，固在意计中也。近来国际社会党最发达，此亦人类统一之一徵兆。哈氏言日本人入党者已有九百余人，而中国尚无一。以余所闻，在美洲有余君表进者，社会主义党员之一人也，余君亲为余言之，特未能为该党有所尽力耳。想曾入其党者，尚不止此数，哈氏或未确知耳。"

梁氏此记系最早向中国介绍马克思著作之一。日记最大特色是写景文字绝少，凡在海外见闻各种政治、军事、文化情况，往往联系本国情势作比较，就文字言，兼记叙议论之长。

陈左高

《川上集》阅感

读于晓明《川上集》，行文清新，挥笔自如，取孔子"子在川上曰：'逝者如斯夫，不舍昼夜。'"以名集，以自况，余洛诵数回，醇有味焉。诚然，岁月流驶，而作者致力文艺，办《日记报》，又排日写日记，竟致废寝忘食的地步，岂止不舍昼夜而已。具毅力，具恒心，非常人所能企及，为之钦迟靡已。

观集中所载，与海内各大学教授、著名学者的学术通信，若于光远、钱伯城、峻青、何满子、王运熙等不下数百人。之所以订翰墨交，意者，晓明之浸沉于书海，办报之创举，已为学术界所认可和赞赏。

观集中所载，晓明购书、觅书、藏书之锲而不舍，在山东本土，在赴全国各地开会、访友、参观之间隙，必倾囊罗致，负重而归。其好书之如饥似渴的程度，已达沸点。而今在商品经济社会中，如晓明者，能有几人？更使年臻耄耋之我，为之绝怀弥襟，有吾道不孤之感。观集中所载，晓明笃于友谊，对乃师自牧之敬重，广交同辈学人，虚心热忱相待，均君子之交，开文人相重之新风气。

晓明生于齐鲁之邦，崇尚礼义，笃嗜典籍，所交游，皆敝屣荣利，一以致力祖国传统文化为矢志。读斯集，喜见齐鲁济济多士，仍是振兴中华传统文化之沃土。在新形势下，发扬光大，实利赖焉。

杨天石

宋明道学与蒋介石早年修身
——读蒋介石未刊日记

按照道学家的要求进行修养，儒家学派认为：修身是人生的第一大事，也是各项事业的起点。宋明时期，道学家们提出了以"存天理，去人欲"为核心的一系列修身主张，一方面将儒学伦理规范上升到"天理"的高度，一方面则前所未有地细密设计了各种遏制"人欲"的方法。

  蒋介石年轻时候没有受过良好教育，养成了许多的坏毛病。1919年7月24日，他回忆辛亥革命时的个人经历，在日记中对自己写下了"荒淫无度，堕事乖方"的八字考语。由于这些坏毛病，在相当长的一段时期内，朋友们不大看得起他。1920年3月，戴季陶醉酒，"以狗牛乱骂"，蒋介石一时激动，闪过与戴拼命的念头，但他旋即冷静下来，检讨自己，"彼平时以我为恶劣，轻侮我之心理，于此可以推知"，"我岂可不痛自警惕乎"！

为了克服这些坏毛病，蒋介石曾以相当多的精力阅读道学著作，企图从中汲取营养。

宋明道学有所谓理学和心学两派。前者以朱熹为代表，后者以陆九渊、王阳明为代表。蒋介石涉猎过朱熹的著作。宋明以后的道学家中，蒋介石最喜欢曾国藩，很早就用功研习他的著作。

1922年岁首，他曾书录曾国藩的"嘉言"作为自己的"借镜"。其内容有："虑忘兴释，念尽境空"；"涵咏体察，潇洒澹定"；"韬光养晦，忍辱负重"；"以志帅气，以静制动"、"事亲以得欢心为本，养生以少恼怒为本，立身以不妄言为本，居家以不晏起为本，做官以不爱钱为本，行军以不扰民为本"；"军事之要，必有所忍，乃能有所济；必有所舍，乃能有所全"等。

1925年1月2日，他又将曾国藩的"惩忿窒欲"、"逆来顺受"、"虚心实力"、"存心养性"、"殚精竭力"、"立志安命"等"嘉言"抄在当年日记卷首。可见，他在力图按曾国藩的训导立身处世。

蒋介石不仅认真读道学书、而且也真的像道学家一样进行修身。道学家中朱熹一派普遍主张"省、察、克、治"，蒋介石也照此办理。

1920年1月17日日记云："中夜自检过失，反复不能成寐。"

1922年10月25日日记云："今日仍有几过，慎之！"

1925年2月4日日记云："存养省察工夫，近日未能致力。"

1925年9月8日日记云："每日作事，自问有无疚心，朝夕以为相惕。"

可见，蒋介石是经常检讨自己的。

1920年1月1日，蒋介石决定自当日起，至第二年4月15日止，"除按日记事外，必提叙今日某某诸过未改，良知未致（或良知略现），静敬澹一之功未呈也"。他所警惕的过失有暴戾、躁急、夸妄、顽劣、轻浮、侈夸、贪妒、吝啬、淫荒、郁愤、仇恨、机诈、迷惑、客气、卖智、好阔等十六种。如果一旦发现有上述过失，就在日记中登录。因此，他的日记对自己的疵病、常有相当坦率甚至是赤裸的记载。

戒色

从蒋介石的日记里可以看出，他好色，但是，向时又努力戒色。为此，他和自己的欲念进行过长达数年的斗争。

1919年3月5日，蒋介石从福建前线请假回沪，途经香港。8日日记云："好色为自污自贱之端，戒之慎之！"这一天，他因"见色起意"，在日记中为自己"记过一次"。次日，又勉励自己要经受花花世界的考验，在日记中写道："日读曾文正书，而未能守其窒欲之箴，在闽不见可欲，故无邪心，今初抵香港，游思顿起。吾人砥砺德行，乃在繁华之境乎！"

到上海后，蒋介石与恋人介眉相会。4月23日，蒋介石返闽，介眉于清晨三时送蒋介石上船，蒋因"船位太脏，不愿其偕至厦门"，二人难舍难分，介眉留蒋在沪再住几天，蒋先是同意，继而又后悔。日记云："吾领其情，竟与之同归香巢。事后思之，实无以对吾母与诸友也。"

此后的几天内，蒋介石一面沉湎欲海，一面又力图自拔。日记云："情思缠绵，苦难解脱，乃以观书自遣。嗟乎！情之累人，古今一辙耳，岂独余一人哉！"在反复思想斗争后，蒋介石终于决定与介眉断绝关系。5月2日，介眉用"吴侬软语"致函蒋介石，以终身相许，函云：

介石亲阿哥呀：俫说起来，我是只想铜钿，弗讲情义，当我禽兽一样。俫个闲话说得脱过分哉！为仔正约弗寄拨俫，就要搭我断绝往来。

我个终身早已告代拨俫哉。不过少一张正约。倘然我死，亦是蒋家门里个鬼、我活是蒋家个人。

从信中所述分析，介眉当属青楼女子。蒋有过和介眉办理正式婚娶手续的打算，但介眉不肯订立"正约"（婚约）。蒋批评介眉"只想铜钿，弗讲情义"，而介眉则自誓，不论死活，都是蒋家人。

蒋介石收到信后，不为所动，决心以个人志业为重，斩断情丝。1919年5月25日日记云："蝮蛇蜇手，则壮士断腕，所以全生也；不忘介眉，何以励志立业！"

蒋介石谋求与介眉断绝关系是真，但却并未下决心戒除恶习。10月15日日记云："下午，出外冶游数次，甚矣，恶习之难改也。"同月30日，蒋介石赴日游历，这次，他曾决心管住自己。关于这方面，有下列日记可证：

10月30日："自游日本后，言动不苟，色欲能制，颇堪自喜。"

11月2日："迩日能自窒欲，是亦一美德也。"

可见，蒋介石的自制最初是有成绩的，然而，没过几天，蒋介石就无法羁勒心猿意马了。日记云："色念时起，虑不能制，《书》所谓'人心惟危'者此也。"当日蒋介石对自己稍有放纵，结果是，"讨一场没趣"，自责道："介石！介石！汝何不知迁改，而又自取辱耶！"

同年11月19日，蒋介石回到上海，过了一段安静日子，心猿意马有所收敛。12月31日岁尾，蒋介石制定次年计划，认为"所当致力者，一体育，二自立，三齐家；所当力戒者，一求人，二妄言，三色欲"。他将这一计划写在日记中："书此以验实践。"看来，这次蒋是决心管住自己了，但是，他自制力实在太差，于是，1920年第一个月的日记中就留下了大量自制与放纵的记载：

1月6日："今日邪心勃发，幸未堕落耳。如再不强制，乃与禽兽奚择！"

1月14日："晚，外出游荡，身分不知堕落于何地！"

1月15日："晚归，又起邪念，何窒欲之难也！"

1月18日："上午，外出冶游，又为不规则之行。回寓次，大发脾气，无中生有，自讨烦恼也。"

1月25日："途行顿起邪念。"

蒋介石时而自制，时而放纵，处于"天理"与"人欲"的不断交战中，在整个1921年都是如此。

当时，"吃花酒"是官场、社交场普遍存在的一种恶习，其性质类似于今人所谓"三陪"中的"陪酒"。同年9月6日，蒋介石"随友涉足花丛"，遇见旧时相识，遭到冷眼，自感无趣，在日记中提醒自己交朋友要谨慎，否则就会被引人歧途，重蹈覆辙。11月6日谓蒋介石寄住香港大东旅社，晚，再次参加"花酌"，感到非常"无谓"。这些地方，反映出蒋介石思想性格中的上进一面。

1922年，蒋介石继续"狠斗色欲一闪念"。日记有关记述仅两见。9月27日云："遇艳心不正，记过一次。"10月14日，重到上海，日记云："前曾默誓除恶人，远女色，非达目的不回沪。今又入此试验场矣，试一观其成绩！"次年，也只有两次相关记载：3月1日云："近日心放甚矣，盍戒惧来！"6日云言"出外闲游，心荡不可遏"。两年中，蒋介石仅在思想中偶有"邪念"闪现，并无越轨行为，看来他的修身可能确有"成绩"。

惩忿

蒋介石除"好色"外，性格上的另一个大毛病是动辄易怒，骂人、打人。

1919年1月3日日记云："近日性极暴躁。"同月7日，有黄定中者来谈报销问题，蒋介石"厉斥其非，使人难堪"。事后追悔，蒋介石在日记中写道："近日骄肆殊甚，而又鄙吝贪妄，如不速改，必为人所诬害矣。戒之！戒之！"几个月之后，蒋介石接见邓某，故态复萌，"心怀愤激，怨语漫言，不绝于口"。这样的情况发生多次，蒋介石"自觉暴戾狠蛮异甚。屡思遏之而不能"，因此，写了"息心静气，凝神和颜"八字以作自我警惕之用,还曾有意阅读道学著作,用以陶冶性情。

然而,江山易改,本性难移。一种弱点如果已经成了性格的一部分,要改掉是颇为艰难的。1919年6月27日,蒋介石感叹说:"厉色恶声之加人,终不能改,奈何!"7月29日再次为"会客时言语常带粗暴之气"而对自己不满,在日记中写下"戒之"二字。但是,蒋介石有时刚刚作了自我检讨,不久就再犯。同年8月5日,蒋介石与陈其尤谈话,谈着谈着,"忽又作忿恚状",蒋深自愧悔,但是当晚继续谈话时,蒋"又作不逊之言"。这使蒋极为苦恼。

除了骂人,蒋介石有时还动手。

1919年10月1日,蒋介石访问居正,受到人力车夫侮辱,不觉怒气勃发。居正家人与车夫辩论,发生殴打,蒋介石见状,忿不可遏,上前帮力,自然,蒋介石不是车夫的对手,反而吃亏。接着,又"闯入人家住宅,毁伤器具"。蒋介石自知理屈,他想起1917年在张静江门前殴打车夫,被辱受伤一事,真是与此同一情景。当日日记云:"与小人争闲气,竟至逞蛮角斗,自思实不值得。余之忍耐性,绝无长进,奈何!"

蒋介石打车夫毕竟只是个别情况,更多的是打佣人。1920年12月,蒋介石在船中与戴季陶闲谈,戴批评蒋"性气暴躁",蒋声称"余亦自知其过而终不能改",认为要杜绝此病,只能不带"奴子",躬亲各种劳役。

1921年4月,蒋介石因事与夫人毛氏冲突,二人"对打",蒋介石决定与其离婚。4日,蒋介石写信给毛氏的胞兄毛懋卿,"缕诉与其妹决裂情形及主张离婚理由"。正在此时,发现毛氏尚未出门,又将毛氏"咒诅"一通。当日,蒋在日记中自责说:"吾之罪戾上通于天矣!何以为子,何以为人!以后对母亲及家庭间,总须不出恶声。无论对内对外,愤慨无似之际,不伸手殴人,誓守之终身,以赎昨日余孽也。"然而,自责归自责,蒋介石仍然时发暴性。暴躁狠蛮,几乎成为他的终身"痼疾"。

戒名利诸欲

道学家们既反对纵情声色，也反对沉溺名利，视之为"胶漆盆"，要人们通过修养，从中滚脱出来。

蒋介石早年修身时，也很注意戒名利诸欲。1919年，他作《四言箴》自励："主静主敬，求仁学恕，寡欲祛私，含垢明耻"，明确地要求自己"寡欲"。蒋介石要求自己将事业放在首位，而不汲汲于求名求利。这一层意思，他在1920年2月的一则日记中表述得更清楚："事业可以充满欲望，欲望足以败坏各种事业，不先建立各种事业，而务谋餍足欲望，是舍本而逐末也。"

多欲必贪。蒋介石既要求自己"寡欲"，因此，特别注意戒"贪"，保持廉洁。1921年，蒋介石因葬母等原因，花销较大，欠下一批债务。次年9日，孙中山命他去福建执行军务，蒋乘机写信给张静江，要求张转请孙中山为他报销部分债务。写信之前，蒋矛盾重重，思想斗争剧烈，日记云："今日为企图经济，踌躇半日。贪与耻，义与利四字，不能并行而不悖，而为我所当辨。如能以耻字战胜贪字，此心超然于利义之外，岂不廉洁清高乎！一身之荣辱生死，皆为意中事，安有顾虑余地乎！"

1923年7月，蒋日记有云："戏言未成，贪念又萌，有何德业可言！"可见，像他努力戒色一样，对"贪念"，也是力图遏制的。

蒋介石长期生活于上海的十里洋场，习染既久，难免沾上奢侈、挥霍一类毛病。1920年岁末，蒋介石检点账目，发现全年花费已达七八千元之多，顿觉惊心，严厉自责说："奢侈无度，游堕日增，而品学一无进步，所谓勤、廉、谦、谨四者，毫不注意实行，道德一落千丈，不可救药矣！"1925年4月，他到上海的大新、先施两家著名的百货公司选购物品，自以为"奢侈"，在日记中提醒自己："逸乐渐生，急宜防虑。"同年5月，自觉"心志渐趋安逸，美食贪乐，日即于腐化"，曾严厉自责："将何以模范部下，而对已死诸同志也？"

道学家们大都要求人们生活淡泊，甘于"咬菜根"一类清苦生活。上述日记表明，蒋介石早年在这一方面同样受到道学的影响。

其他

诚是中国古代哲学的重要范畴，原意为信实无欺或真实无妄，后来被视为道德修养的准则和境界。道学家无不尊诚、尚诚。北宋的周敦颐将"诚"说成"圣人之本"，要求人们经过"惩忿窒欲，迁善改过"之后，回归"诚"的境界。

蒋介石深受道学影响，他在早年也曾一度尊诚、尚诚。1922年11月20日日记云："率属以诚为主，我诚则诈者亦诚意矣！"这里，"诚"被蒋介石视作一种驭下之道。1923年5月4日日记云："凡事不可用阴谋诡计，且弄巧易成拙，启人不信任之端。"这里，"诚"被蒋介石作为处理人际关系的准则。1924年5月3日日记云："机心未绝，足堕信义与人格。"这里，"诚"才被蒋介石作为一种道德修养准则。

然而，政治斗争讲究手段、计谋与权术，即所谓纵横捭阖，不可能和"诚"的要求契合无间。1926年以后，"诚"字就少见于蒋的日记了。

高增德

一部熔铸了丰富历史画面的日记
——《红尘冷眼》评介

一

《红尘冷眼——一个文化名人笔下的中国三十年》,是著名作家及学者宋云彬先生的一部长达六十八万字的日记。书之封面上配了一幅对联:"亲历红尘,看天下风雨如晦;傲世冷眼,载笔端今是昨非。"已经恰当地概括了"红尘冷眼"书名的本来意义。

在我的书斋中藏有一批日记,长篇巨制和袖珍小品皆有。平常也喜披览日记,所以如此,一是以为日记是野史,可以弥补正史的缺失,二是这多年学界形成了一个识见,认为传记不如年谱,年谱不如日记。我在得到

《红尘冷眼》一书后,几乎断断续续地读了半个多月,边阅读边勾划边眉批,光眉批的文字都不下千字,爱不释手的程度是可想而知的。

二

就出版界讲,近二十年来已经越来越认可日记,相继推出了不少有历史价值和文化学术价值的日记专著;从文化学术界讲,对于日记的看好与认可程度也逐渐热起来,只要看一下齐鲁大地上诞生的《日记报》和吸引了那么多文化学界人士的关注参与,就可窥测到文化学术的发展走向了。而像《红尘冷眼》这部日记的出版,当然也并非孤立现象。

《红尘冷眼》日记的作者为宋云彬先生,他出生于1897年,浙江海宁人,虽然没有高等学历,却是一位饱学之士。作过报人,当过出版社编辑,校勘过二十四史中的《后汉书》《南齐书》和《陈书》等史籍,自身著作亦多;早年参加革命,始终活动于文化出版领域,解放后出任浙江省文联主席等职,其为忠直谔谔之士,因言获罪成为"右派",由此而入另册。宋之经历丰富而且坎坷,可谓20世纪70年代以前的历史见证人之一,在他的日记中差不多都见记载,更多地可以看出他在那些历史时期的足迹和心路历程。

三

《红尘冷眼》一书,从严格意义上讲并非一部通贯到底的日记,由于战争年代生活环境的辗转迁移和解放后政治运动频繁严酷,于是形成了日记的不能衔接和中断;尽管如此,但是仍然可以清楚地看出1938年12月至1966年8月较为完整的全部过程,可以见到:"一个文化名人笔下中国三十年"的基本轮廓。

《红尘冷眼》一书实际包括了宋云彬的十一本日记,计有《桂林日记》(1938.12～1940.8)、《昆明日记》(1945.3～1945.6)、《北游日记》(1949.2～1949.8)、《北京日记》(1949.9～1951.6)、《杭州日记》(1951.9～1953.2)、《甲午日记》(1954.1～1954.12)、《乙未日

记》（1955.1～1955.11）、《日记》（1956.6～1957.6）、《昨非庵日记》（1958.2～1960.2）、《无愧室日记》（1960.2～1962.12）、《深柳读书堂日记》（1961.1～1966.9）。全书728页，六十八万字。宋先生逝世于1979年，从咸宁干校回京直到他病逝，整整九年完全闭口无言，到晚年已近乎痴呆，自然无法继续日记了，是为憾事。

《红尘冷眼》一书从编辑、排版到校对，从版本、装帧到眉批，都体现了编辑者的匠心，在山西出版界能有此等好书面世，实在值得刮目相看；这样的选题，这样的精编、精审、精校和精设计，不能不看出该出版社的识见与追求，不能不体现出他们有走出娘子关，与其他先进省市出版社比肩的雄心，而且也使读书人和学术界有理由相信，只要破除了思想观念上的禁锢，山西出版界也不愁生产不出优秀的精神产品，但愿诸君更加努力。

配以《红尘冷眼》一书的三篇序言亦堪称精彩的秉笔直抒之作，摆脱了时下那种一味吹捧和言不由衷的弊病，三位作者或追忆宋先生之由辉煌变坎坷的经历及其人品事业，或历述宋云彬先生终生追随中国共产党所从事的进步文化事业及其民主言论，或结合宋云彬日记阐发日记与史学的关系以及日记的历史价值和学术价值。三篇序言都能与《红尘冷眼》这部日记相得益彰而相映生辉。

四

就《红尘冷眼》这部日记讲，确有其自身的优长与特色，最可珍贵最为难得的是日记作者真实地记录了20世纪30年代到60年代的诸多重大历史事件，其中涉及到了那些时代的几代文化学术界三百多位著名人物，集中突出地展现了重要的社会变革时期知识分子的心路历程。现就日记本身来扼要地说说它的特色。

其一，历史的丰富性与反思历史。

人生三十年，从历史上讲，可以说不过是极其短暂的一瞬，然而由于宋云彬所经历所记载的三十年具有着极不平常的内容及其意义,也就更显示出它的丰富内涵。日记始记于中华民族那段抗击异族侵略的年代,八年的血雨腥风、生死存亡战争;继之是两种势力的浴血交战,推翻三座大山后的人民共和国的建立;正在人民当家作主之时,却又面临着以人民的名义进行的无休无止的政治运动,直至"文化大革命"。在日记中既有波澜壮阔的历史画面,也有执掌国家政权后的励精图治实践,当然还能看到为了平息争权夺力态势在治国方略上的失策。宋云彬在60年代调至中华书局工作,开始他的"右派"帽子还未摘掉,日记中对于"右派"分子如何受管制,定期汇报思想和不断组织人评论其表现;"文革"中如何确定批斗对象,批判发言人选,如何挂牌子游街以及不同人群的思想动态,都有较为完整的记载和描述。也许承认某些历史事实是痛苦的,但是历史的忠实纪录也是难以抹去和忘怀的。阅读这样的日记无疑是有利于我们反思的。当我们反思那段历史时,自然要牵连到众多的死人或活着的人,然而本意并不在于判明谁的英明和谁的愚蠢,甚至是谁的高尚和谁的卑鄙,所应该着眼、应该汲取的只能是历史的经验教训,它将会更有益于将要变成历史的现实。

其二,人物的纷繁性及历史局限。

《红尘冷眼》这部日记涉及现当代人物之众多,不仅说明了日记所体现的那个时代的丰富多彩,而且也从一定意义上说明了日记作者交往的广泛性及其在文化学术界的历史地位。从宋云彬所接触所交往的人物中还可看到,主要的多属文化学术、科学技术和新闻出版领域中代表性人物,论辈份不仅关系到几代人,而且先驱人物不在少数;论学术修养兼通中西文化者可以历数若干,论学术成就及其地位,有影响的重镇人物可以举出许多;论学术派别几乎都能看到他们中的代表人物踪影。当然也可从日记中看到不少文化学术界人士身上所表现出来的性格及其行为局限,好在宋云彬对于好些人的长短是非都有褒贬评价。原来我们从毛泽东和柳亚子的诗中看到有"牢骚太盛肝肠断,风物长宜放眼量",现在则可以从《红尘冷眼》日记中得到翔实充分的事实依据。在这部日记中,即使像当年炙手可热的郭沫若、茅盾等人,也毫不例外能看到对他们的议论褒贬。

其三,宋云彬在日记中常有自我褒贬,更显难能可贵。

宋云彬在解放后可谓政治地位不低,既是浙江省文联主席、浙江省文史馆馆长,又是首届人大代表和多届全国政协委员,再加上其他多种社会职务,曾经几乎是一位十分活跃的人物,全国每有重要活动、每有重要的政治运动,都能见到他的身影和听到他的声音,为此而春风得意踌躇满志,对自己的现状或取得的成就非常满意;在多数情况下,也以敢于讲真话而自得,就实际状态讲,他的确是维护新政权的,可称得上是一位忠直谔谔之士。不过在一帆风顺的情况下,也表现出"自高自大,文人学士气重,政治工作经验少"的不足,当别人批评他时,不仅不反感,而且认为是"诚定评也",显示出一种雅量。在日记中处处可见他的自我谴责的一面。当他发现:"金君实为一诚笃之学者,而安贫乐道,尤其难能可贵。文史馆成立两年才知金君之名而返聘之。"接着他就自责"巷有颜子而不知,亦吾辈之耻也"。然人无完人,当马寅初在浙江组最早提出"新人口论"时,他曾多次反驳马为"荒唐言",如此冒然上阵批马,历史已经证明是错误的。尽管他这样效命地维护当局的立场,但是1957年却因批评官方一些错误,而被歪打正着地错划为右派分子,从此以后,宋云彬也就从文坛学术界彻底消失了,可以看到一代知识分子的悲剧结局。

2002年3月13日于速朽斋

虞坤林

从宋云彬日记看一九四九年柳亚子北上参政

1949年年初，柳亚老与诸多留港的民主人士一样，受到中共毛泽东、周恩来等领导同志的邀请，北上参加筹备新政协，共商建国大计。他在是年2月28日启程之际，曾作诗云："六十三龄万里程，前途真喜向光明。乘风破浪平生意，席卷南溟下北溟。"3月初与陈叔通、叶圣陶、马寅初、傅彬然、郑振铎、王芸生、宋云彬等先生乘华中轮自港进京。柳先生一路上豪情满怀，在该月6日，已到达烟台市的赴平人士，受到了烟台市党政军民的热烈欢迎。晚六时召开了欢迎会，在宋日记中这样记载：

"六时,烟台市党政军民欢迎会,徐中夫市长及郭子化秘书长先后致词,陈叔老、柳亚老及张绚伯致答词。"(见宋日记110页)第二天(即7日)从烟台至潍县,到晚上九点始到达距莱阳城三十里的三里庄。这里是该地区的领导中心,故在此休息了两天。第三天(即8日)晚上,在田野中开欢迎会,柳亚老自请讲话,颇慷慨而得体(见宋日记111页)。11日晚六时在青州孟村召开欢迎会,许世友司令讲话。后"陈叔通、柳亚子、曹禺、叶圣陶等先后登台发言"(见宋日记112页)。由此可见一路上柳老的情绪激昂,故遇会必讲,以示对新中国之信心。他在该月8日的日记中这样记载:"余被推讲话,人呼'拥护毛主席、拥护中国共产党、打倒蒋介石、打倒美帝国主义'兴奋至于极度。"(见柳日记334页)应该讲这段时间,柳亚老的心情是愉快的。看到和听到的种种事实,使他与广大的民主人士一样,确信一个崭新的中国已在东方崛起。

但此时是新政府将建立的筹备时期,百废待兴,许多事情要办,外加南方某些地区尚未统一,干部人手少,许多问题需要研究解决。而是时的国内情况亦相当复杂,各种势力的存在必将使新政权保安部门做出一些超常规的举动。种种这些,难免使亚老对一些事情的不理解,不适应,而引起情绪的波动,这是情理中的事情。不久前,看到《文汇读书周报》上刊登的两篇有关柳亚老1949年期间的文章,结合自己在整理《宋云彬日记》时所见到有关此时宋先生对亚老交往中的记述,整理如下,以存史实。

与警卫员的争执

4月25日柳亚子先生根据中央的安排,在离开六国饭店后,即搬进了颐和园中的益寿堂。在柳先生该日的日记中有这样的记载:"下午二时后,偕佩妹及余心清同乘车赴园,超及振汉、书香伉俪送行。娄独不送,拂衣竟去,不可解也。三时半抵园,超弟及振汉、书香代为料理,意极可感。余俩住益寿堂之正落,共五间。心清住西厢,安排甚妥帖。五时后,超等走,余假寐一小时,精神颇好,痛亦渐止。"(见柳日记359页)此时柳先生虽因六国饭店所居众代表各奔西东，故他发出了"从此六国饭店，将成云散风流之局面"（见柳日记359页）的感叹，但其时的心情是愉快的。那么与警卫员发生争执是怎么回事呢？其实，我们从宋云彬日记中，就可以了解到当时发生此事的前因后果。时间是在6月5日星期天的下午，柳亚子携同夫人郑佩宜女士，从颐和园前来东四二条看望宋云彬先生，谁知，一到大门口，警卫要他们进行登记方可入内，而柳先生即认为此乃是官僚作风，没有理睬，径自步入。而警卫员则认为做好每一位来客的入内登记，是自己份内的事情，即上前阻拦，于是发生了争执。据柳太太讲，警卫用手枪作吓唬状，故引起柳先生的极大不满，见办公室桌上有一只墨水瓶，即随手向警卫员掷了过去，没掷到警卫员，却将墨水溅满了柳太太一身。现在我们翻开该日宋先生的日记，他这样写道："早起复写太炎手札数通。中午振铎及其女公子小箴、卢芷芬先后来，同赴灶温吃面，彬然作东。归来午睡正酣，忽被唤醒，则黄娄生君已推门而入，谓偕柳亚老、柳太太来访，为门房所阻，柳老大怒，刻在办公室等候。亟披衣出，则柳老怒未息，柳太太满身蓝墨水，金灿然正向柳老道歉。柳老立片刻即辞去，余送之登车。询金灿然，始知柳老进门时，门房请其登记，彼大怒，谓此系官僚作风，不顾径入，警卫员随之入内，柳老至办公室，见案头有墨水瓶，举以掷之，溅及柳太太衣，幸彬然、灿然均闻声而出，向柳老道歉，并申斥警卫一番，事始寝。晚饭后，赴韶九胡同陈宅向柳老道歉。柳太太谓今日警卫员确有不是，因彼曾持所佩木壳枪作恐吓状也。归与圣陶、灿然言。圣陶谓我们不需要武装警卫，今后须将警卫员之武装解除，灿然同意。徐云尧来，请与邓初民接洽书稿。傅又信自东北归来，购赠《联共党史》一册，画片数幅。"（见宋日记131页）发生此事后，宋先生他们的居所的警卫，将不用武装守卫，以免这种事情再次发生。

其实这样的事情不是一次发生，在宋云彬先生2月25日日记中第一次看到柳亚老心情的不愉快的记载:"今日上午愈之来,与柳亚老剧谈,亚老近来兴奋过度,又牢骚满腹,每谈必多感慨,恨无辞以慰荐之也。"(见宋日记115页)我们在柳亚老的日记中也时有发现,如在4月27日的日记中有这样的记载:"至乐善堂,以无字不得入,一怒冲锋,看门者亦无如也。"(见柳日记360页)因为没有进门凭证,看门者不允,而引起先生愤怒,不管三七二十一,冲了进去,这里的同志,没有像上述那位警卫员认真,追赶上去,故也避免了一场矛盾。在5月17日日记补记条下:"傍晚,吴柳生、陈麟飞夫妇挈小孩持敏同来,留之同饭,不肯,送出门外,佩妹邀登景福阁,为哨兵所阻,余大骂拂衣而归,不复管客人事。"(见柳日记367页)因登景福阁未成,又发了一场脾气,丢下客人,自己回寓了。那么柳亚老为什么要发火呢?他在4月11日致尹瘦石的信中其实已经讲得很明白:"因为我看见不顺眼的事情太多,往往骂坐为快,弄得血压高。"(见"选集"608页)柳老是个性情中人,情绪波动很大,这是他一贯以来的性格,朋友们也习以为常,而先生所表现出来的"真"情,却深为朋友们所喜爱。但现在情况有了变化,新中国成立在即,先生的这种情绪波动,不得不引起亲属与朋友的不安与深思。4月7日宋云彬先生在日记中写道:"亚老近来兴奋过度,当有种种不近人情之举,其夫人深为忧虑,特与医师商,请以血压骤高为辞,劝之休息。三时许,医师果来为亚老验血压,验毕,连称奇怪,谓血压骤高,宜屏去一切,专事休养。亚老信之,即作函向民革、民盟请假,并决定两个月以内不出席任何会议。柳夫人之计善哉!"(见宋日记118页)

宋云彬先生的一封信

看到柳亚老以后的这些变化,作为他的朋友宋云彬先生,出于真诚的友谊,于6月27日向住在颐和园的柳亚老发了一封长信,我们也可以从这封信中窥见到当时柳亚老心情变化的缘由。这封信被宋先生较完整地保存在1949年6月27日的日记:

上午写给柳亚老长信，录如下：（上略）我有许多话很想跟您说。但自从搬出六国饭店以来，我们隔得太远了，见面时又常有许多客人在一起，无法畅谈，现在只好写信了。第一桩事情，我觉得您的那篇《文研会缘起》写得不大实际，而且容易引起误会，容易被人当作把柄来攻击您。例如您说'残劫之余，艰于匡复，司农仰屋，干部乏材，国脉所关，敞屣视之'。如果有人把它演绎一番，那么，'司农仰屋'不就是说人民政府的经济没有办法吗？'干部乏材'不就是说干部都是无能的，都是要不得的吗？最后两句，不是说人民政府轻视文化吗？幸而您写的是文言，又用了典故。否则流传出去，被帝国主义者的新闻记者得到了，他们会立刻翻译出来，向全世界宣传说，'你们瞧，连一向同情共产党的国民党元老柳亚子先生都这样说了，难道还是我们造谣言吗？'亚老请您想想，万一真的被反动派当作把柄来作反宣传，您不是要懊悔吗？而说事实绝非如是。即'国脉所关，敞屣视之'来说，可以说决无其事。中共确是重视文化的，赵城藏经之抢救，不是最现实的例子吗？过去确有论斤两卖旧书的，但那些旧书大都是《皇清经解》《十三经注疏》之类的残缺不全的木版书以及旧杂志等等，真正'宋元故籍'，旧书店老板识货得很，哪里肯论斤两卖出来。不但宋元故籍，就是明刻本，他们也当作宝贝的。我在这里颇认识些旧书店老板，这是事实，我敢向您负责这样说的。

根据上面所说的理由，我觉得亚老这次发起'文研会'是一桩不必要的事情，同时觉得做的有点儿过火了。亚老有四十年革命历史，没有人不景仰。到过延安的几位朋友曾经对我说，他们在延安的时候，一谈到国民党的老前辈像亚老、廖夫人，孙夫人，没有不表示敬意的。这是事实，绝非我说的阿谀的话。亚老又是一个热情横溢的人，常常感情盖过了理智，尤其在神经兴奋的时候。现在颇有人利用亚老这一个弱点（热情横溢原不能说是弱点，可是过分兴奋，任凭感情做事，就成为弱点了），怂恿亚老，戟刺亚老，说得不客气一点，利用亚老来抬高自己身份，或作进身的阶梯。而亚老又往往遇事不多加考虑,对人不多加分析,纯凭一腔热情,或挺身替人家打不平(其实有些并不是不平的事情),或具名替人家作保荐,于是抗议之书、绍介之函,日必数通,何亚老之不惮烦也?

这样发展下去,有几种不好的结果是可以预料得到的:一、一些怕受批评,怕招是非的朋友,不敢多跟亚老接近了(我得声明,我还不至于这样),而一些来历不够明白,心里颇怀鬼胎的人,倒多围集至亚老的周围来了。他们不会对亚老有所规箴,只是阿谀顺旨,起哄头,掉枪花,非把亚老置之炉火之上不可。二、常常接到亚老的抗议书或介绍信的领袖们,觉得亚老实在太难服伺了,或者竟觉得柳老先生太多事了,于是最初每函必复,后来渐渐懒于作复了。这样,自然会引起亚老的不快,增多亚老的牢骚。三、一些素来对亚老感情不很融洽的人,更加会拿'亚老神经有毛病'或'亚老又在发神经了'等等恶意中伤的话来作宣传。

我的愚见,以为像亚老那样有光荣的革命历史的人,有崇高的地位的人,在今天最好不多讲话,不多做不必要的事情,逢到有应该由亚老站出来讲话的时候才来讲话,'夫人不言,言必有中'。这样,亚老的德望和地位必然会一天天增高。否则'杀君马者路旁儿',我虑亚老之马力将竭矣。率直陈词,不避冒渎,死罪死罪。亚老自来北平后,精神亢奋,言动屡越常规,而二三无聊之徒复围集其周遭,图有所凭藉,余故致书恳切规劝之。(见宋日记136页)

读之此信,不得不承认信中带有当时时代印痕。但真挚之情不无流于行间字里。接到此信后,柳老为朋友的真诚而感动,但觉得信中所言不尽然也。我们现在已无法看到柳老是怎样给宋先生回信的,但我们从宋先生7月1日所记的日记中,能体味出柳亚老收信后的反响:"接柳亚老乡复函,谓:'辱荷惠笺,深感厚爱,昔称诤友,于兄见之矣',然又谓'事之委曲不尽然者',则亚老仍未能了解余之真意也。"(见宋日记138页)不几日柳亚老又寄一信给宋先生,思想起了很大的变化,在宋先生的7月4日日记中这样记着:"柳亚老来信,谓在文代大会未见余出席为异,又谓前函尚多意气之辞,自在听鹂馆与周恩来等作一夕谈后,日来魂梦都安,更觉心平气静矣。"(见宋日记139页)那么起到思想变化的决定性因素,就是在听鹂馆与周恩来同志的一席谈话。我们翻开柳老的日记,在6月28日他这样写道:"下午,恩来来。偕至听鹂馆饭餐,酒肴甚丰腴。同席者,余与佩妹外,有张友渔、徐冰、蒋子正、陈公恪、卫镇藩、刘俊贞、周荣鑫、何谦、李新、王雷共十三人。"(见柳日记374页)其实这次听鹂馆之宴应该讲是有所指的,当然我们无法知道当时宴会上所谈的是什么?聊些什么?但作为时任中央领导人,又是柳亚老的老朋友的周恩来同志,对这段时间来柳老的思想波动肯定会有所言及。通过这次宴会,对柳老的思想变化是起到了一定的作用。我们从宋先生的两次日记中,已经很清楚地看到这一点。通过宋的日记,我们设想一下,28日晚上柳亚老参加了宴会,微醉而归,是很尽兴的,但对席间的一些谈话,还没有深思过。故第二天或第三天给宋先生写信时,对先生的劝告感到有些委屈,在第一封回信中就出现了"事之委曲不尽然者"一语。信寄出后,又回过头来对28日的谈话,细细思考,认真分析,也渐渐地认识到朋友们的规劝对自己的帮助,而自已以往的举动及言行有些鲁莽。故不出三天又给宋先生发了第二封信。接到信后宋先生是日(8日)致柳亚老一函,末附诗云:"屈子感情原激越,贾生才调亦纵横。倘逢盛世如今日,未必牢骚诉不平。"(见宋日记140页)再次对朋友给予劝慰。同时在6月14日,亚老在给柳无忌、高觐鸿、柳光南的信中这样写道:"我到此后,精神非常好,就是脾气愈来愈躁,喜欢骂人,那也不去管他了。颐和园住得非常开心,不想还家……一切情形都好。中央对我极客气,对文化人亦好……此地是皇宫,我们居然享受帝王之乐,也算翻身了。"(见"选集"1236页)从这封信中可以看到,他已认识到近来性格的不好,但对自己所处的环境,政府对文化人的尊重是感到满意的。

谢其章

《艺文杂志》的『日记抄』

日记是最私人化最自由化的写作体裁,喜欢读日记的人很多。前人的日记,除非特别著名者,如李慈铭的《越缦堂日记》、鲁迅的日记能够结集出版,一般人的日记极少能够流传下来,更不要说出书了。如再想多读一些旧人日记,只能往老杂志中去找。古旧杂志所载日记尽管只是残年断月、一鳞半爪,到底经过岁月冲刷,读来仍饶有兴味。像1944年11月《万象》杂志首篇即唐弢《帝城十日》日记,记叙了当年为抢救保护鲁迅藏书而于北平四处奔走的情景——"西三条的住宅,为鲁迅先生前(1923年)

所购置，经过一番改造和修葺，于1924年5月迁入的。我们到了门前，已是黄昏时候，经××先生介绍后，我就把在沪家属和友好的意见，代为传达，朱女士当即同意。卖书之议，已完全打消。一代文豪遗物，仍由其家属共同保管，必可避免散佚。"另外像1944年12月《语林》杂志连载文载道的《伸脚录》日记，1944年1月23日记："晴爽夜风，星期三。得知堂'破门声明'之明片，此事萌蘖已久，终有此次决裂，即局外人亦至为可惜也……"1944年4月22日记："晨赴《古今》，阒无一人，因黎庵今日在乔迁也。往访雨生，为出版风土小记事……"都从中可知当年文人事。

《艺文杂志》创办于1943年7月，是沦陷时期北平的重要文学期刊，出至1945年5月停。《艺文杂志》刊有周作人的《苦口甘口》、文载道《斗室微吟》、谢兴尧《贼与"贼书"》、傅惜华的《中国古代笑话集》、赵荫棠的《穷之赏味》、郑骞的《论词衰于明曲衰于清》、纪果庵《南方草木状》、傅芸子《从宛平署杂记见明代的京俗片影》、钱蹈孙译的《伊势物语》、俞平伯的《古槐随笔》、王古鲁的《小说琐记》、孙楷第的《说连厢》、谢刚主的《寒夜偶记》、顾随的《禅于诗》、梅娘的《佐藤太太》。《艺文杂志》刊有二部日记，一为署名"螺君"之《日记摘抄》，一为苏民生之《北河沿日记》，记事记人记时俗皆极详尽生动，读得入神时，真有如鲁迅日记所言"殊无换岁之感"（1917年正月22日）。

"螺君"未能查出是何人笔名，从日记中看也是文坛中"往来无白丁，谈笑有鸿儒"的饱学之士。此君日记多记读书、买书、交往、伤逝、褒贬时人。不妨摘几则。记交往——"晚间钱钟书君来访，议论风生，多真知灼见。论文学史，分'重要'和'美'两种看法，二者往往为文学史作者所缠夹不清，其说极是……"（1932.12.6）"钱君送来'秋怀'诗十首，清丽可诵。"（1932.12.6）"柳亚子先生陆续寄来《文艺杂志》四期，已大略阅过。此刊物为柳无忌罗皑岚几位青年文人所办，皆尚留美未归。"（1932.11.15）"在吴公处晚餐，晤盛成君，盛君精神焕发，谈锋甚健，述及法国文坛近状，滔滔不绝。"（1932.12.16）"大公报文学副刊转来张恨水君来信，文甚长，多实牢骚语，盖不满意时人对其小说之批评也。"（1932.1.15）"午后赴欧美同学会访徐霞村君，闲谈。徐君昔为上海震旦大学学生，后尝游欧，多才善文，尤喜治南欧美文学，举止谈吐亦颇活泼。惟其本人之来历，向不泄漏，故知者甚鲜，去秋与郑西谛君谈起，渠亦不知底细。"（1932.2.7）"昨日徐霞村君与吴忠华女士结婚，余仅送礼，未暇往贺。今晚P公来访，据云主婚人为胡适之先生，致辞颇诙谐，谓徐君求婚之事共有三十七次，以往皆惨败，此次终得成功，正合胡先生'自古成功在尝试'之努力主义云云。"（1932.5.10）

记伤逝——"前日报载许地山先生（落华生）在香港逝世，今日又载印度诗人泰戈尔于昨日逝世，享年八十。许君之文章与泰氏之诗歌，在余脑中皆未留下何等印象，惟回忆泰戈尔来游北平时，曾有一阵热闹，而翩翩徐志摩，盈盈林徽音，穿插其间，更有花叶扶衬之雅，今已风流云散矣。"（1940.8.8）"报载张季鸾先生在渝逝世，年五十四。昔年主持大公报，以善作社会论为人所称，同时，益世报之罗隆基与晨报之陈渊泉虽亦时发明论，而终不如张氏之稳键而切要。"（1940.9.9）

论褒贬——"报载罗振玉于上月29日在旅顺逝世。郑孝胥死后，人多纪念其字，罗之可纪念者似应有多事。而余惟不忘其字。其书籍题跋小字颇有小米稀饭之意味。而郑之气派则正西贡大米稀饭也。徐志摩林语堂学郑均有神似处，未闻有学罗者。康有为粤人也，其字亦有似罗汉斋，使人有鸡毛蒜皮之感。梁任公谈书法，最忘学李北海，而其作品则仿佛菜市上之胡萝卜摊，诚去北海远矣。叶誉虎之字好像徐娘半老，个个都患腰疼，有不得劲儿之劲，其侄公超学之，亦神似。孙逸仙胡展堂皆可由字中想象其性格，惟汪精卫之字令人莫名其妙，斯人也而有斯字也。研究系诸公都有几笔字，林长民其一也。画家之字多不俗，孙福熙其一也,林琴南固无论矣。吴昌硕与齐白石,枯藤败草,俱得其意境,下至凌直之,斯矣不足观也矣。斯文人大半不善毛笔字,郁达夫郭沫若一团破烂,邵洵美之敞领,沈雁冰之分头,皆各为其字之表征。如施蛰存之老练,沈从文之潇洒,丰子恺之字画合流,皆可观也。"(1940.7.21)

"下午访杨丙辰先生,谈锋尤不减昔日,话及今日中国文学之这般那样,颇多中肯处。如谓郭沫若之翻译,固不免有错误,然其文章中却有一股子劲儿,此劲儿即其长处云云。惟称许多文人为'二百五',其语殊趣。"(1939.6.3)

"螺君"与郑振铎交谊甚厚,1932年4月20日记:"下午,应郑西谛君约,与友人至其寓宅观书(西郊成府林吉祥胡同)久闻郑君居沪时,已收藏甚富,多为文学珍本秘笈,今日一见,果然话不虚传,真是满目琳琅,美不胜收,尤以词曲小说一类之善本为最多。有新购藏经一部(北藏)有数百卷,皆摺本,据云系某道院之物,转入私家收藏,郑以五百元得之,可谓极廉。又随手翻阅数种,一为洪昉思之婵娟杂剧,每摺歌一女子,即谢道韫卫茂漪李易安管仲姬是,末附随园诗话数则,此书尝闻其名而未见过。二为新刊奇见异闻掌故丛胜一卷,建安雷燮撰,书林梅轩刊(元刻),文章与剪灯新语笔调略同。三为第八才子花笺记,亦皆近日罕见之物也。其他未尝闻名之孤本珍籍尚多,未暇一一细阅。郑君有此宝藏,津津述说,颇形得意,临别食炒面一盘,佐以福建酱油,味殊美。"

《北河沿日记》为苏民生所记。苏为美术史家,曾任教北京师范大学、北平女子师范、国立北平艺专、燕京大学、辅仁大学。日记刊出前置几句话——"余与北河沿特别有缘。初来北京,每日必到东华门北河沿上课。越二年则移寓于阜外之北河沿。今又卜居东板桥之北河沿矣,岂不妙哉。因作北河沿日记。"苏民生日记与"螺君"日记截然不同,多记北京风俗、日常生活剪影,饶有趣味。照录几则——"早起整理旧画,旋刘君来访,一同步行至什刹海边烤肉季。途中寒风扑面,稍一言语,口腔即化为冰冷。烤肉季地僻屋小,幸今日客人稀少,可从容咀嚼。吃烤肉之妙味在乎立食于土地上,数人围绕柴火,自行治菜、治食,有亲炙之乐。""午后到西四候车往新民印书馆。立牌楼下,仰观透雕木刻之栏间,花纹为三巴纹。其他部分之彩涂花纹为方格,每格内有花如野菊,疑从波斯传来者。""伪画以人工熏黑者,须在日光下鉴别之。画地虽系旧格料而笔迹浮浅,色彩糊涂则一目了然也。""步行往石雀胡同访友人,中经交通口南文丞相祠前,见西郊大兴府文庙破旧不堪,大门敞开,门内铺满煤球。""大雨如注,俟其少驻,乃全付雨装外出。在厂甸买乾嘉时代仕女画一幅,为烹茗图。描写烹茗图器具及献茗情形颇为详细。"燕城遗迹,春明旧习,日记中都有描画,当然彼情彼景离现在是非常遥远了。

沈胜衣

日记里外的赵景深

近得谷林先生移赠《赵景深日记》一册。这是日记报社"学人日记文丛"之一种,因为不是公开发售的正式出版物,没有版权页,从整理者赵易林的代序《读先父日记》叙述估计,是2001年至2002年间编印的。但书做得不坏,小开本,木黄书衣,封面极简单,却也显得素雅。

全书收1975年6月、1976年7月至1977年4月、1977年12月至1978年5月间日记,是这位古小说史、文学史、古代戏曲、民间文学专家、教授留存下来的全部日记。它们写得规规矩矩,连字数都大多控制在二百字左右。其子代序谓，这是赵景深"做事拘谨而认真"的体现。但我想与写日记的缘起恐怕也不无关系——代序指出，赵景深是在"文革"后才有记日记的习惯，为的是应红卫兵勒令每日交出思想汇报。这样的外力之下，即使后期风向已转，落笔仍是会小心谨慎的。

翻看中，我特别注意1976年部分，盖该年有政治社会的划时代意义，想看看一个老知识分子在那种时候生活与思想的状况。政治风云的痕迹是肯定有的了，尤其打倒"四人帮"后，赵景深读政论时评的记载明显增多。这固然说明当时变动之巨大令人瞩目关注，也说明，之前是如何使人避谈国事，即使有相关读报，恐怕也不会在预备检查的日记中作记载（另外，"四人帮"中，赵景深对张春桥特别注意，多次提到，甚至1976年11月25日记有着其子抄录张解放后著作目录，估计是早年在上海文坛时与张有过过节所致吧）。

但，即使在那样大变动的时日，人们还是该怎么活就怎么活的。观赵景深日记，他照常每日关心自己的大便、体温（因为生病，以此自己观察身体），与友人往还，与家人打扑克；而更多的内容则是和书有关：读书，写书，借书（其借出丰富珍藏助人的慷慨，在士林向有口碑，林东海便曾撰文记述过这种"仁者之风"），理书（不时将架藏重新分类摆放，教其子修补破损图书，又令其编出九本藏书目录，闲时翻看）……无日不有，真一纯粹的书斋中人。

那几年赵景深的读与写，主要集中在鲁迅和中国古代小说两方面。历来高压时代，知识分子要么附从"主流话语"，要么埋首于古籍中搞搞考据，其子代序便说，他是跟上了1975年研究鲁迅热的形势，金性尧写的《赵景深与中国小说史》，则特别指出了他的小心翼翼做考证。但，它们倒未尝不正是赵景深本身兴趣所在。他做《中国小说史略》的注释、题解（1976年7月16日、17日记等多处），表现出对鲁迅古小说研究的浓厚兴趣，是其来有自的：30年代，他纪念鲁迅的文章就已突出这一方面,题曰《中国小说史家的鲁迅先生》。该文中说:"最近我时常翻阅鲁迅的三部书——《中国小说史略》《小说旧闻抄》以及《唐宋传奇集》",简直就是他晚年这些日记中说的话。

当然,"跟上形势"始终是不可避免的。且不说他曾写过"立愿紧跟华主席"的诗上交并抄赠友人(1976年11月24日、12月24日),还替孙女写和修改过类似的诗与作文(1976年11月29日),以及平时给孙女讲《洪秀全反孔斗争的故事》(1976年10月22日)等等;即以其本色行当观之:1976年8月31日记,读罢《忠义璇图》后,他撰文批判,谓此书"删去《水浒传》中革命的部分","阎婆惜、潘金莲、潘巧云等事则不删,藉以迎合乾隆等皇帝的腐朽糜烂生活,投其所好"云云。这在今日读来令人失笑,当时却是不得不如此或衷心之论。另外,他喜弄昆曲,常与张允和等就此往来,而1978年5月18日则记有:"阴雨,……与希同(其妻,当年北新书局老板李小峰之妹)唱《拾画》和《惊梦》为乐。"如此好情致,可是同年4月25日又记:"最近我还用昆曲歌颂了十一大。"

但在这些紧跟和谨慎之下,仍可偶尔见到与时相悖的闪光:1977年3月1日记:"方平来,借他译的《索尔仁尼琴传》给我看。"这传记居然出现在那个时候,出现在赵景深所读书目中,颇为突兀。也许是因为出自友人手才读,也许读时已存了批判之心,但无论如何,总让人窥见一些边缘的、独立的东西。

更多地提到的作品属于他治学和兴趣的范围,偶有点评,如称《三国演义》第四十六至四十八回,"是此书最精彩的地方"(1977年1月9日)。余冠英、钱钟书等编的《唐诗选注》,"不是人云亦云,有创见",但"校勘不甚精"(1977年1月10日、13日)。张静庐的《在出版界二十年》,读了两次,"仍感兴味"(1976年7月9日)。增田涉《鲁迅的印象》,"说的是老实话,当然在中国是不适宜于公开出版的"(1977年3月4日)。许广平《鲁迅回忆录》第四节谈读书、第五节谈周作人,"颇感兴味"(1977年2月9日)。冯雪峰的《回忆鲁迅》,"分析思想较深刻,但行文似罗嗦"(1977年3月22日),等等。此外令我同样感兴趣的,还有那些可见出治学细节、意见的地方,如为了王映霞的来访,他隆重其事,专门抄出《鲁迅日记》中的记载来作准备(1977年4月5日)。又如他对资料整理赞同鲁迅《小说旧闻抄》的体例,"按类汇编而不按时代;但亦可按时代而加一个索引……这就可以两全其美。"(1977年2月20日、26日)——零零碎碎的这些,便是这本《赵景深日记》对我的最大价值了。

《日记》1978年4月13、17日记有上海古籍社为重版他校注的《英烈传》约其再次修订事。这本讲朱元璋等反元建明故事的演义小说,赵景深早在40年代就开始研究,50年代已修订过一次;后来这个1981年1月的新一版,我读大学时在校内折价旧书摊上买到1985年6月第4次印刷本,当时就有兼以存赵景深于架上之意。他不但进行校勘、整理、订正,以及选用上官周《晚笑堂画传》等作为插图,还汇入了自己的研究成果:其早年写的《〈英烈传〉本事考证》,"根据三十二种著作,替每一回的故事找出它的娘家……这些材料,现在我也都列入各回的注释中去"。(《序》)——这样,这本并不很彰显、突出的旧小说,也就有了难得的价值了。

然而,在学者之外,早年赵景深还有另两个角色:文人、编辑。他写过新诗、小说、散文、儿童文学,译过书;长期担任北新、开明等书局及报刊的编辑。这样的身份地位,加上为人热心厚道,使他成为"文坛中朋友最多的作家之一",从而形成了创作中的一个重要成果:大量的现代作家介绍和回忆录。解放前就结集有《琐忆集》《文人剪影》《文人印象》《文坛忆旧》等,近年,倪墨炎之子倪凡以这些旧著为主,编成一本《我与文坛》(上海古籍社,"白屋丛书",1999年10月)。我购得时曾感叹倪凡所拟书名平实中的大气——将"我"与"文坛"并列,不过赵景深倒也担待得起。他掌握充实的第一手资料，写出许多不为人知的小节、趣闻，虽然都是篇幅不长的"剪影"，但文笔生动，颇能抓住个性、特点。如《沈从文》："他有的是静默，你见了他不会觉得燥热。""手的轻扬，口的微启，每一个举动都是文雅的。"（按：《日记》1976年12月21日记，他写了沈从文、凌叔华、张资平、台静农等人的传略。此未见收入本书，本篇《沈从文》是30年代写的。本文所举引该书文章，均写于三四十年代）。

其他以记所见所闻叙写的作家独特的人与事，如《丁玲》一篇，谓有一次见到丁玲在蓝罩台灯下写作，赵景深惊诧于她的字迹与沈从文十分相似，"可见他们三人（按：另一为胡也频）是多么要好了"。这使他想到戴望舒、施蛰存、杜衡这"三个火枪手"，说沈、丁、胡也一样，将"永远是最密切的朋友"。这一笔迹的细节只能留给人感叹，因为后来并不"永远"，而是反目成仇了。而另一些则能令人发会心微笑。他曾为编副刊向钱钟书索稿，因稿已给了郑振铎，钱回信引旧诗云"还君明珠双泪垂"（《钱钟书杨绛夫妇》）。他自己也不无趣事在其中，如以"活财产"换财完婚，"因家贫无力完姻，只得临时赶译了一篇柴霍甫的《活财产》出来，拿了译稿去看徐师，想换一点钱用。"

这一记载同时也见出徐志摩一贯的热心助人。该文原题《徐志摩》，收入《我与文坛》时，倪凡易为《忆徐志摩师》，此一"师"字在全书标题中绝无仅有，是编者体会作者用心的贴切之举了（但我这里举引的其他文章，仍取赵景深原题）。此文记述往事、哀悼逝者，情意是浓的。不过就文字兼美而论，最佳的则是那篇抒情散文般的《西溪》，回忆与戴望舒、杜衡、钱君等及其家人畅游，描写如画、情意丰盈，如此旧游雅叙，令人神往（其他篇章中插入的优美闲笔也不少，如《林语堂》的结尾，记林宅外的林荫道；《徐霞村》的结尾，因徐喜爱南欧文学，而使"我仿佛看见了南方明净的天，嗅着了橘林的香气"）。

灵动活泼的笔调——正是这些作家印象记与后期文字的重大区别。这本《日记》读来如此枯燥，也许是因为日记体本身的特点，更也许是要上交汇报等外界气候的影响；也许来自学术专攻的变化，还也许是老来文笔衰颓的自然现象，但无论如何，他早年写的文坛逸事要更使人喜爱。后来，他就真像《荷花》集内那首《一片红叶》写的："诗的兴趣一丝丝／从叶里抽出来了。"将《日记》和《我与文坛》对读，我无疑要怀念他从前那种"荷花"的香气。

2003年4月下旬

袁爽之

《日记四种》天然风致

1996年湖北辞书出版社出版了陈文新先生译注的《日记四种》——黄庭坚《宜州家乘》、陆游《入蜀记》、袁中道《游居柿录》、叶绍袁《甲行日注》。"真实地记录了作者某一人生阶段的行状，袒露了平素难以为人所知的心迹"。我尤看重："本书所辑的四部日记选，确乎不乏天然的风致，真实的情感。"(《前言》)

黄庭坚（1045～1105），字鲁直，宋代著名诗人、书法家。举进士，当过起居舍人、知州等官。著有《山谷内外集》(四十四卷)，别集二十卷，词一卷，简尺二卷等。

宋徽宗崇宁四年（1105年），黄庭坚被贬宜州（今广西宜山县）。这《宜州家乘》便是这时的日记，又名《宜州乙酉家乘》。陆游在《老学庵笔记》中说："黄鲁直有日记，谓之《家乘》，至宜州犹不辍书。"工具书常例举解释日记，故称为日记代表作。乘，春秋时晋国史书称"乘"。黄庭坚把日记叫"家乘"，是他流放期间的日常生活记录，帮助我们领略他的情感世界——"脱离烦恼和是非，随分安闲得意"与"善处穷"。

日记中记天气，人员、书信往来，游览见闻等，不乏天然风致。录原文几则，略作说明，不附译文。

一、"九日，戊申。阴寒不雨。步到崇宁，采荠作羹。"（记到崇宁寺采荠菜作汤。有趣）。

二、"初三日……王佺来求白鹇，得雌雄一双与之。此《尔雅》所谓干雉也。"（白鹇，一种观赏鸟）他送王佺一对白鹇，并说我国古代解释名物的书《尔雅》，管这种鸟叫干雉。闲情致趣！

三、"初十日……党君送含笑花两枝。作顺气丸成。"有人送"含笑花"，顺气丸做成了，妙！

四、"二十八日，乙丑。又雨，农夫以为庆"。一日日记，短短几句，喜雨，为农民庆贺。好！

陆游（1125～1210年），字务观，南宋爱国大诗人。有勇力，于雪中搏猛虎；富于爱情，《钗头凤》诗词皆浪漫，自号放翁。据说诗作多至万首，有《剑南诗稿》《剑南文集》《老学庵笔记》等。值得注意的是他还有《天彭牡丹谱》。十二岁能文，活到八十五岁，养生之道备受推崇。

他的《入蜀记》共六卷。记乾道六年（1170），他从故乡山阴出发，赴州上任，记下入四川的旅程及山川景物，并有对古迹的考证。建国前后，中等学校的课本或课外读物均有选段，对一般读者来说并不生疏。陈文新先生全文做了译注，并对《入蜀记》中，陆游所流露的对南宋命运的关心与他的深厚学养，给予很高的评价，说："这赋予了《入蜀记》

历史文化与自然景观交融的独特魅力，一种永恒的如黄菊一般隽永的魅力。"我是很赞同的——这自然风致。

袁中道（1570～1626），字小修，为"三袁"（宗道、宏道、中道）中的小弟弟。明万历年进士，做过礼部主事、吏部郎中等官。著有《珂雪斋集》，其日记著作《游居柿录》，全名《珂雪斋游居柿录》，"是一部情味盎然的日记"（陈文新"导读"中语）。

《游居柿录》共十三卷。传说我国唐代的郑虔，曾用报恩寺柿树树叶学习写字。柿录，做日记的用词，颇有新意。此书由万历戊申（1608）十月初一，记至万历戊年（1618年）四月，十年中的生活经历（某些年代，并非排日记事），可见他不像一般文人只重儒学，对老（子）庄（子）等家及西洋言论也很重视。如《游居柿录·之五》，有利玛窦去世一段记载："看报，得西洋陪臣利玛窦之讣。玛窦从本国航海来……渐通华言及文字。后入都，进所携天主像及自鸣钟于朝……玛窦善谈论，工著述，收入甚薄，而常以金赠人。"距今四百年前，国人有这种记载，很不容易了。"报"指《邸报》。

袁氏三兄弟中，小修境遇坎坷，四十六岁才中进士，功名不遇，心绪也不好，常嗜酒纵饮，学宋代自称"烟波酒徒"的张志和，描摹名山胜水也是"斜风细雨不须归"。如陈文新"导读"所引的万历三十六年（1608）冬一篇日记："夜雪大作……然万竹中雪子敲戛，铮铮有声，暗窗红火，任意看数卷书，亦复有少趣……"评为"这样的笔墨，当得起声情并茂的考证"。

叶绍袁（1589～1648），字仲韶，明天启年进士，任国子监助教等职，有《午梦堂集》等著作。据陈文新先生"导读"介绍《甲行日注》（八卷）是明亡以后所写的一部日记。始于乙酉（1645年）秋，止于戊子（1648年）九月。叶于乙酉年八月二十九日（甲辰）出行为僧。节取《楚辞》"甲之朝吾以行"命名这部日记为《甲行日注》。

这部日记"写在国破家亡、削发为僧的岁月",日记中关心民族命运的内容愤世嫉俗。有隐居生活的困苦与悲伤;有对早逝的才女的思念;还有对自然风光的描述,体现了作者小品别具一格的天然风致。举几例,略作说明,不附译文。

一、"十六日,甲子。晴,冷。张庆常来,方弱冠,亦僧服,自楚中归。云长汇数千里,苍茫无一庐舍,焚之惨,不忍举目。"说一二十岁左右的人便着僧服,入关清军沿长江数千里,烧杀的惨状,人不能看。说现状,怀念亡明。

二、"初八日……庵主慈洲,朴而有情,邻皆淳厚,穆乎仁里之风。"称赞美好的仁义乡风,通过普明庵主朴实重情义,邻居淳厚加以说明。

三、"初五日,乙亥。晴。田间歌声楚楚,甚是凄人。"关心人民听到歌声凄苦,便伤心难过。

四、"(十二月)初九日……颜子之乐,自在箪瓢,予不堪忧者,家国珍瘁,岂能忘心。"他赞美颜回的一箪食,一瓢饮,又加上承受忘明的痛苦。

五、"二十日,壬子,寒露……梦见琼章呈一纸……"叶绍袁的三个女儿都是才女,尤其是老三琼章(小鸾)。记夜梦死去的小鸾送诗,表达对子女的眷恋之情。

古人已远去,这遥远的心灵独白引人思考。

叶昌炽《缘督庐日记》的原稿本与摘抄本

王庆柏

叶昌炽（1849～1917），清末民初著名学者，字颂鲁，别字治廧，号鞠裳，也写作鞠常，晚年取庄子"缘督以为经"之义，自号缘督庐主人。长洲（今苏州）人。少时就读正谊书院，为冯桂芬入室弟子。同学有陆润庠、管礼耕、王颂蔚等。光绪十五年（1889）考中进士，改翰林院庶吉士，散馆授编修。历充会试馆帮总纂、国史馆提调，国子监司业、翰林院撰文；升侍讲。三十四年出任苏州存古学堂史学总教习，宣统二年底辞去。1914年江苏省长韩国钧拟聘其出任省立苏州图书馆馆长，同年赵尔巽欲聘其为清史馆名誉总纂，均被拒绝。叶昌炽一生中最重要的著作是《藏书纪事诗》《语石》《缘督庐日记》三种。

叶昌炽现存日记有两部。一名《梨云仙馆日记》，系同治七年至九年的日记，今存稿本，上海图书馆和上海社会科学院图书馆分别藏有残本。一名《缘督庐日记》，自同治九年闰十月十三日起，记至民国六年九月十五日绝笔，共四十三册，稿本今藏苏州图书馆。两部日记时间上前后相接。前者因记载简略，时间也短，故不为人重视，人们通常所说的叶昌炽日记，指的是《缘督庐日记》。

《缘督庐日记》所记终止于民国六年九月十五日（农历，下同），这天正是他六十九岁生日。七天后，九月二十二日，叶昌炽即与世长辞。这部日记长达四十八年，记载了叶昌炽一生的主要事迹，而且反映了广泛的社会生活，几十年中的学术兴衰、风俗隆替、政治得失，都可从中探讨，被公认为我国近代史上最著名的几部日记之一，与赵列文的《能静居日记》、翁同龢的《翁文恭公日记》等同享盛誉。

这部日记在叶昌炽生前未能出版。叶昌炽临终前将日记托付给弟子潘祖年等，并以日记中有臧否时人、规诲亲朋等言语，嘱勿以全稿示人。叶昌炽去世后，日记稿本辗转归潘祖年族侄孙潘承厚，最后又到王季烈手中。王季烈为叶昌炽同窗好友王颂蔚之子，他得到这部日记稿本后，即摘录其中有关藏书、搜碑、国事、交流等方面的内容，成书十六卷，名为《缘督庐日记抄》，1933年出版。叶昌炽日记原稿则由王季烈、潘景郑（潘承厚弟）等捐入苏州图书馆，1990年江苏广陵古籍刻印社据原稿影印出版，分装六函四十八册。由于原稿（包括影印本）看到的人不多，所以后来人们经常使用的叶昌炽日记，实际上就是《缘督庐日记抄》。

王季烈摘录的"日记抄"占原稿的多少篇幅，说法不一。王季烈自己说占到十之四（《缘督庐日记抄序》），潘景郑说只有十之二五（《著砚楼书跋·奇觚庼文集稿本》）。今据原书统计，原稿共四〇一八页，"日记抄"共一一五八页。两种本子每行均为二十四字高，日期顶格，日记正文低一格写，为精确起见，每行均以二十三字计。又"日记抄"每半页均为十二行，日记原稿有十行的，也有十二行的，此处亦均据实统计。这样，原稿约为一百九十七万一千字，"日记抄"约为六十三万九千余字，则"日记抄"约为原稿的三分之一。

王季烈在《缘督庐日记抄序》中说："于已梓行之古今体诗及米临凌亲往来酬酢无关宏旨之言，与夫规诲亲朋之失，年丈（按：此指潘祖年）不愿示人，以伤忠厚者，皆节去之。"王季烈在这里明确提到了他摘抄的几个原则。

首先王季烈删去了日记原稿中的大量诗作。叶昌炽的诗作除他自己另编成卷的《辛臼簃诗存》外，大都保存在他的日记中。叶氏卒后，潘祖年曾从日记中辑出部分诗作，王季烈接收到日记原稿后，又作了补辑，最后编成《奇觚庼诗集》五卷，于1926年由王季烈、刘承干等人集资刊印。这部分诗作约有十一万字。王季烈在整理日记时，将这部分诗作全部删除了。

其次王季烈删去了日记原稿中许多非常琐屑的记载。叶昌炽在日记中记载了许多亲朋相互往来之事。叶昌炽晚年疾病缠身，日记中又用许多篇幅详细记录了自己的病况以及治疗、用药情况，有时还开出具体的药名。这些对作者来说或许是重要的，但对一般读者来说就不一定需要了。所以王季烈在整理时以其为"无关宏旨之言"，统统给删掉了。

再次，王季烈依照叶昌炽自己以及后来潘祖年的意思，删去了日记中大量规诲亲友的内容。叶昌炽在日记中曾记下了自己的一些家庭矛盾。如宣统三年闰六月初三，叶昌炽好友从育婴堂为叶昌炽抱回一四岁女孩，叶昌炽妾刘氏因未生育，故欢喜至极，而其子媳却不乐意，日记因记道："儿妇滋不悦，有微词，塞耳避之。"叶昌炽在日记中记下自己的内心感受，是很自然的，但如公开发表，则势必激化家庭矛盾。又如1912年三月初三日记道:"五妹一子为鸥枭,一婿又为狼虎,梼杌穷奇,与为骨肉,人生至此,尚有何味?屡劝其割恩绝爱而不见从。"这属于"家丑",而叶昌炽规劝之辞似也有伤厚道。凡此种种,都未为王季烈摘抄。有时叶昌炽也为朋友之间的一些事情而感到烦恼,如1914年正月初二,有好友为求职事上门托叶昌炽找有关人予以疏通,叶昌炽很生气,在日记中写道:"开岁第二日,空谷之中跫然足音,未闻有以益我,先通竽牍,岂闭关之意哉?"叶昌炽性不喜于求,而所托之事确也让叶昌炽无能为力,因而在日记中有如此一段愤激之词。凡此种种,王季烈统统删掉了。

此外有些内容是整理者不愿公布的。如叶昌炽欲为好友王颂蔚整理遗稿,得知有些书稿尚在其子王季烈(字君九)处,他因在日记中记道:"君九方以道府记名简放,名心正热,所志恐不在父书也。"(宣统三年五月二十三日)这类记载对王季烈是很不利的(叶昌炽自己也没有料到他的日记最终会由王季烈来整理),"理所当然"也就在删除之列了。

值得注意的是有些内容还有改动或增加的。如宣统三年四月初五,叶昌炽得知广州黄花岗起义消息后,因在日记中记道:"闻党人皆二十左右英锐子弟,瞀不畏死,可恨亦可怜。"摘抄本则作:"闻党人皆二十左右英锐子弟,憨不畏死,亦可怜矣。"两相比较,所反映的叶昌炽的态度显然不同的。原稿认为起义者愚昧无知("瞀"),对其颇为憎恨,这与叶昌炽反对"革党"的立场是一致的。摘抄本将"瞀"字改为具有"哀怜"意思的"憨"字,又将"可恨"二字删去,则显示了同情之意。这里的删改似乎不能看作是无意的。又如1917年正月初十的日记,王季烈摘抄本作:"君九来长谈,慨然于世变之亟,纲常名节扫地无遗,相对叹息,至暮而去。"原稿是:"君九来,长谈至暮。(下涂去五字)不肖此不过佚荡无行,(下涂去十四字)关纲常名节,非所忍闻。"显然两者文意、文句都不相同。原稿似乎更多是自遣,摘抄本则变成了对社会现象的谴责。所谓"慨然于"云云,原稿并无此语,不过是后来王季烈补充想象当初的情景而已。虽说这是自己"想象自己",不至于纯属虚构,但总不合章法,且有"拔高"自己之嫌。

问题最大的还在于王季烈对叶昌炽辛亥革命以后日记的处理。叶昌炽日记原稿中对辛亥革命时期苏州城内及周边地区的情形有许多具体的记载。如1911年农历九月初三的日记记载了苏州城内机匠闹事、官府镇压的情形;同年十一月初六的日记又有乡农抗租、军队下乡镇压、乡民聚众反抗及城市米铺遭劫等记载。由于作者对辛亥革命抵触情绪较大,所以言辞之间不免多有不满之意,如这年九月十二日日记写道:"满汉初无畛域,皆由外人之愚弄,报馆之鼓吹,人心亦起而反噬。"十一月十一日的日记写道:"今日临时政府开议,集十七省代表于宁垣,选举临时总统。三十年蓄志谋逆,逋逃海外渠帅,得十六票当选。"从民族和睦的角度来看,"满汉初无畛域"这句话并没有错,问题在辛亥革命不仅具有鲜明的抗清排满性质,更在于结束了长达两千多年的封建君主专制统治。叶昌炽难以认识到这一点,所以对此作了错误的评判。而所谓"渠帅",当然是指孙中山。这些内容在自己日记中记记无妨,但在二三十年代将日记整理出版时,王季烈不能不有所考虑。最简单的方法就是将此全部删除。这样,这一时期的"日记抄"中,往往只有"作××跋×通"、"阅抵抄,××予谥××"等记载。王季烈这样做虽有其不得已之处,但经过"简化""净化"处理过的日记,也使人看不到真实的叶昌炽的形象了,同时也失去了许多珍贵的资料,无形中降低了日记的使用价值。

有些内容整理者虽然未删削,但在一些敏感性词语上,打了方框,如1912年十月十七日(农历)日记称常州屠寄"至江宁见□□,大遭白眼"、1916年五月初七日(农历)日记谓当时宣传复辟之说,因说"但恐反对者多,第一报匪,其次革□"云云。查原稿,两处分别为"革酋"、革"匪"字样。这些地方如无原稿对照,是难明白的。

叶昌炽日记中还有一些内容对了解新旧交替时期的社会状况及各界

人士的复杂心理也很有帮助。例如辛亥后的日记中有许多关于剪辫的记载。1911年十一月初六（农历）日记道："阊门外马路、城内泰伯庙桥以西，有浙军赴宁之先锋队，拦路捉人剪发，市中相惊以辫子，皆半途奔回。"同月十二日记道："有村民载薪入城，一船三人，均被剪，号哭而去。"十三日记："昌（阊）门外军警专卫突，小有瘀伤，亦由剪辫而起。"十六日又记道："军府命令岗警各授一剪刀，逢人强迫。"

在清代，辫子曾作为臣服封建统治的标志，而维新改革人士则把剪发作为与清朝统治者决裂的标志，同时也作为接受现代文明的重要内容。早在光绪二十四年夏天，维新派领袖人物康有为就提出了"断发"的主张（《请断发易服改元摺》），到20世纪初，剪发风气在一部分知识分子中已很盛行，清廷也予以默允。中华民国南京临时政府成立后，更通令全国剪辫。但正如任何一项社会变革都可能遭到习惯势力的抵制一样，剪辫同样遭到了许多人的反对，在一部分眷恋清廷的士人中间，也将辫子看作是固守传统甚至是保持操守的标志。但是剪辫毕竟是大势所趋，即拿叶昌炽来说，尽管他将这场运动称为"暗无天日之世界，恶贯将盈矣"，但在看到朋友皆已"髡"之后，也不得不择"黄道吉辰"，将辫子剪去（1912年十一月二十三日）。叶昌炽的这部分日记，使我们看到了这场剪辫革命的曲折过程，也为我们研究当时的社会心态提供了真实的材料。

随着社会的发展，近代西方的一些先进器物与工业技术被不断地介绍到中国来，并大量应用在生活中。由于这些东西本身有一个完善的过程，而被介绍到中国后，也有一个被国人逐步掌握的过程，因此在应用过程中，难免会产生意外，有时甚至造成严重的人身伤害。对这些东西，在社会相对稳定，或它们正常运转时，人们会采取较为宽容的态度。但一旦发生意外，或遇上社会动荡、人心浮动之时，人们就会非理性地看待它们。在叶昌炽1911年11月25日的日记中就记道，他的一个朋友的儿子不幸被火车撞成三截，死状惨不忍睹。而潘祖年的儿子在坐轮船时，也因锅炉爆炸而肢体横飞，叶昌炽因此写道："古人安步当车，和鸾采齐，日行三十里为舍，禹甸之广，亦未尝不可循亥步而周行。欧人缩地之巧，正华人滔天之祸。此等迂谈，明知不理众口，顽固愚蠢，惟人所命。"叶昌炽认为近代西方文明不如古代中国文明，尽管他也认识到自己这是不切实际的"迂谈"。保守的知识分子，总习惯于用传统的理念来诠释现实，可见"成见"是非常不利于人们正常看待事物发展和社会进步的。

日记是心灵的窗口，王季烈将这些能够反映人物内心深处的内容全部删去，就使后人难以通过日记来解读一个真实的人生。

叶昌炽日记中还有一些记载提供了很有用的社会资料，如1911年八月初七日记写道："前为某节妇撰传略，意在表扬，无所求也。今日忽贻润笔二十元，先为人除去中饱四元，骇极，不敢赘一词。天下有出钱买不是，又有讨好转招怪者，此类是也。"1912年四月初六日记写道："来青阁主自来商贸《语石》例价，每部二元五角，减而成为二元，十部以上再减一成。令购二十部，坚求再让以六成收价，共钞票三十元。"王季烈或以为这两段日记说明作者在斤斤言利，有损其形象，故都删除了。其实前者是关于近代"润笔"制度的很有价值的资料，也为我们提供了当时一些人所从事的"文化中介"活动的有用的资料。后者则反映了近代作家和书商之间的关系，对我们了解近代的图书销售制度有一定的参考价值。这些在我们看来都是删除不当之处。

不过总体上来看，日记的精华部分还是被保存下来了。其中如叶昌炽藏书、藏碑的经过和事迹，"日记抄"几乎原封不动照录。有感戊戌变法、义和团运动、八国联军进攻北京，以及晚清其他重要事件，原稿记载得很具体，"日记抄"也尽量予以保留，未作多少删削。日记中有许多与人交往的记载，其中一些重要人物，"日记抄"中删掉的也不多。王季烈删除较多的是有关辛亥革命的内容以及自己对这场革命的感受，这是我们使用《缘督庐日记》时应该注意的。

　　王季烈（1873～1952）字君九，号同愈。其父卒后，应汪仲霖之邀到上海编辑《蒙学报》，又入江南机器制造局翻译馆，后入张之洞幕，兼学校教习。光绪三十年（1904）年考中进士，通籍后服官京朝七年，曾任学部郎中。辛亥革命爆发后弃官，移居天津。王季烈喜藏书，所藏主要是曲本，这也是在藏书诸家中另辟一途。藏曲之外，他对曲律多有研究，编著有《集成曲谱》《与众曲谱》《孤本元明杂剧提要》等书，被王謇《续补藏书纪事诗》称为"皆可传之作"，也是今天研究曲学的重要参考书。

陈大康

张文虎留下的一部日记

方行先生任市文管会副主任时，很想整理出版一批人所罕知的上海文献，但因种种原因未能成功。后来方老将那张书单交给我，其中的《张文虎日记》立即引起了我的兴趣。张文虎（1808～1885），字孟彪，号啸山、南汇周浦镇人，同光年间，他以"天目山樵"为名评点的《儒林外史》风行一时，上海申报馆曾多次刊印。实在没想到，这位清末海上名人竟有日记留在世间。

其实，张文虎早在评点《儒林外史》之前就已因学问渊博，精于校勘而名噪一时，他校刻的"守山阁丛书"、《指海》、"小万卷楼丛书"等收书数百种,世称善本。曾国藩曾以"大江南北唯此一人"为赞,筹办金陵书局时便力邀他入局。张文虎在南京校勘诸史书长达十年,今日中华书局版《史记》,就是以他的校本为底本。那部《日记》是关于这段时期校勘、著述、交往与生活的纪录,记载始于同治三年九月十五日,终于同治十一年十二月三十日(内缺一年),四册手稿久藏上海图书馆,从未刊行。

《日记》的内容十分丰富,其中有关评点《儒林外史》的思想线索与生活积累会引起不少读者的兴趣,如同治六年八月十二日描写了一则程烈妇故事:

烈妇绩溪胡氏,嫁四年矣。不答于其夫。程翁,鄙人也;常厌恶烈妇,而妯娌亦不与烈妇和好。夫两兄皆前死,同治六年,其夫病垂死,谓烈妇:"我死尔如何?"烈妇默然。夫曰:"尔何不死?"烈妇曰:"然,则死尔。"夫死,其家不谓然也。遂饿而死,后其夫四日,七月初十日也,年二十一。程翁乃乞人为传略征诗,盖徽人有此风俗,谓之阴贵,岁恒有之。噫嘻!

五日后,张文虎"往二道高井吊程烈妇之丧",但他显然不是推崇殉节,而是哀悯这位少妇的不幸。《儒林外史》中有王玉辉鼓励女儿殉节,女儿饿死后又仰天大笑,连赞"死得好"的情节,张文虎的批语却是"此矫揉造作",联系日记的记载,其间的思想联系是不难发现的。

《日记》对科举的议论也透露了张文虎与《儒林外史》批判精神共鸣的原因,同治三年十月十三日日记中还写到曾国藩曾劝他下场,张文虎答以"半生只下场一次,并未终场,今卅三年矣",于是两人一笑而罢。他俩间确有较特殊的关系,在三年多时间里,曾国藩亲往张文虎下榻处拜访过六次,当然,张文虎去拜谒的次数更多,达四十八次。他俩一起谈学术、谈书局章程与刻书规划,这些内容是研究曾国藩与金陵书局的重要资料,且为他书所未载。同治七年十月十六日,曾国藩还书写楹联相赠:"多闻欲过刘中垒,富欲差同徐伟长。"后者虽很感激,但也有批评:"虽非所敢承而句意殊美,惜复'欲'字耳。"(后曾国藩改写重赠)张文虎与曾国藩的公子曾纪泽、曾纪鸿也过往甚密,有时批评更不客气,如同治四年六月初九日日记云:

> 曾劼刚(即曾纪泽)公子向来俭朴,其在安庆,出只步行,随一仆。及来金陵,出必肩舆,以城大地远故尔。近乃闻其舆前顶马,四健丁持刀前导,后从仆亦骑,此节相未北征时所未有,然而平日俭朴特强制耳,识力犹未定也。

然而,尽管曾国藩对张文虎礼遇有加,后者对自己的处境其实并不满意,同治六年十一月一日日记中就有这种心情流露:"衰年远客,为贫所使,往返千里,音问都难。使故乡有五十千文馆,决计归峪,亦不恋此非幕非官之一席矣。"

除曾国藩外,先后任两江总督的李鸿章、马新贻等人对张文虎也是礼遇有加,关系却远不如曾国藩那般密切,但即使如此,《日记》中的有关文字,仍是不可多得的第一手资料。如马新贻被刺是清末重大案件,张文虎与马新贻的幕僚交好,故而能较快地载录审讯刺客张文祥的情况,这在当时是独家新闻,在今日恐怕也有相当的参考价值。

当时,西方列强加紧侵略中国,西方文化与科学技术也开始输入,这些在《日记》中都留下明显痕迹。在同治十年十一月初四日日记中可看到,曾国藩曾对上海新刻翻译西人诸书如《运规约指》《制火药法》《汽机发轫》《开煤要法》《化学分原》《航海简法》《御风要术》与《金石识别》等书产生了兴趣;张文虎也很热衷新学,日记中常有阅读西人译著或钻研算学的内容。这位国学大师并不拒绝外来的文化与科学技术,在这点上他与在金陵书局共同工作、生活了几年的近代数学家李善兰志向相类,且互相影响,但对后者"每言西国风俗敦厚",则颇不以为然。

张文虎学习新学的目的是希望中国富强,对好朋友容闳实业救国的主张也很赞同。同治七年五月二十一日日记之眉端有补记云：

> 纯甫（容宏之字）之来也，以上海旗行洋人欲尽擅华商之利。凡西至湖广，北至辽东轮船，出资广买，皆归于一。往来商贾及海运沙船，一网而尽。纯父（甫）恶之，因与同乡有力及相识中富者，集资四十万，置备轮船，召募水手。春间载漕北上，余则商贩，使利权不独归之洋人。慈请于节相（即指曾国藩），往弥利坚买轮船也。

张文虎也不盲目崇洋，他曾与朋友分抄斌椿的《游西洋各国记》，但读后却很不满意，因为该书"侈述彼国人民兵甲之多，宫室园囿之丽，夷妇之艳、戏剧之奇，而于其政令邦谋不著一字，徒使浅见之夫读而艳羡，其出使意定如是而止耶？"张文虎对西方宗教的东来也很不满意，同治八年三月二十日，他记录游上海租界的观感时写道：

> 耶稣教人所建讲书堂每日聚众，讲其所谓耶稣救世、代人赎罪、劝人入教者，不厌不倦，已为可笑，今竟有妇女持教者亦聚众讲书，高立台上，口讲指画，与盲婆唱书相似，廉耻之道尽矣。

对于张文虎的封建"女德"观点当然不必苛求，而1869年春上海街头这幕景象的记载，实为宗教史、妇女史研究不可多得的珍贵史料。

总之，张文虎地位特殊，又与社会各阶层都有十分密切的联系。他的日记不但记载了金陵书局校勘、出版书籍的活动以及各类考证和批评，而且还描绘了同治间重大政治事件和社会动态，如朝廷重大事变、官场人事变动、太平军余部、捻军与清兵的交战，以及清朝官员与外国人的交涉等。这部日记对南京被攻克后一片凋敝景象，后又如何逐渐趋于繁华有相当具体的描绘。对该地区风土人情与街头巷语、社会逸闻也多有记述。这些内容涉及面广，可信程度高，对于研究史学与文学的读者均是有所裨益的。

注释《郁达夫日记》的联想

丁言昭

1996年9月25日为《郁达夫日记》写了前言后,就着手做注释,谁知这一做,就是两三个月,虽然时间耗去不少,但得益也很多,且听我慢慢道来。

各国文字 交错进行

郁达夫懂好几国文字,因此,在他的日记中就经常出现日文、英文、德文、法文、意大利文,甚至还有佛拉芒语。

在这些众多的外文包围之中,本来就像坠落在云雾山中似的,再加上误排或笔误,那就更使人茫茫然不知所措了。

在做准备工作时，读了几种版本的《郁达夫日记》，发现外文的误差很大，如《芜城日记》中1921年10月2日的外文，三个版本三个样。

《郁达夫文集》第9卷，1984年1月花城出版社与生活·读书·新知三联书店联合编辑出版的，是"Ein Uebe'fices iger Meusoh"。

《郁达夫日记集》1984年7月陕西人民出版社出版的，是"Ein u¨berzdh liger Mensch"。

《郁达夫日记集》1986年10月浙江文艺出版社出版的，是"Ein u¨berza¨hliges Mensch"。

根据笔者的分析，发生错误的原因有多种：一种是误排或笔误，将"e"写成"a"，或把"a"排成了"e"，这样一来，不是在词典里查不到，就是意思相差甚远；一种是不懂外文的规则而造成的错误。例如：德文中的"a"、"u"等字母的上面有两点；法文的"a"，上面有个"＾"，"e"上面有个"'"。不懂的人，往往会把这些符号漏掉，或写"'"，那就会造成混乱，弄不清是哪国的文字；还有一种可能是，一个单词有时是由好几个字母组成，如"English"，碰到这个单词正好排在一行的末尾，不够排，通常就划上一小横，意为是与下一行的开头是一个单词。遇到不懂行的人，就会认为它是两个单词，这样以讹传讹，最后就错得一塌糊涂。

郁达夫不懂俄语，碰到俄国作家的名字，就会用不规则的英语来拼写。如：将陀思妥耶夫斯基写成"Dostoieffsky"；将普希金写成"Pushkin"；将高尔基写成"Gorki"。

当时郁达夫可能并不打算把所有的日记都公布于众，只要自己看得懂，怎么方便就怎么写，因此就产生了一个有趣的现象，那就是郁达夫会用几种文字来组成一个句子。

拜访专家　寻求援助

本人学过一年的俄语，几个月的日语，很多年的英语，可是面对郁达夫日记中交相辉映的"多国部队"，笔者学的那些外语实在是显得太可怜了。好在上海是块风水宝地，不愁找不到各类语种的专家。

在把自己认识的外语稍作"梳理"后，首先，我找了上海译文出版社从事英语翻译的章洁思女士。要将郁达夫日记注释得准确，除了精通英语外，还得有现代文学的根底。例如郁达夫日记中，有"Moden Library"，一般的人，也许会译成现代图书馆，其实，这是施蛰存先生在30年代办的现代书局。章洁思的父亲章勒以是30年代著名的作家、编辑家，写过三十多部小说和散文，编过十多种文学期刊，有1934年1月与郑振铎合编的《文学季刊》、1936年6月与巴金合编的《文学月刊》、1937年3月的《文丛》、1940年的《国民公报》副刊、1940年4月的《现代文艺》、1943年的《文艺丛刊》、1947年3月的《中国作家》、1948年7月与茅盾、巴人、以群、周而复等编辑的《小说》月刊、1957年与巴金共同主编的《收获》等。在父亲的熏陶下，章洁思对30年代的文化界也比较熟悉，因此，翻译起来会得心应手的。

一天，我又去章家取译好的稿件。一见面，章洁思就说："这里面有的我译不出来。""是吗？""郁达夫写的英语很多是不规则的拼法，我不翻。"我知道，她的治学态度和她父亲一样，严肃认真，来不得半点马虎和差错。因此我说："没关系，将来我就在注释上写：待考。"

有一天我听见大姐丁言文在给钱绍昌先生打电话，立刻抢过听筒，说要向他请教几个英语单词，遂约好第二天下午去。钱先生曾翻译过许多电视连续剧，如《鹰冠庄园》《成长的烦恼》等，对郁达夫那些不规则的英语也许能猜出是什么意思。

第二天一见到钱先生，他就说："我们家与郁达夫很熟。""真的？""当然。"我疑惑了一阵，突然想起了一个人，脱口就问："你父亲就是钱潮？""对呀。"

钱潮也是留日学生，和郁达夫是同学。1919年与郭沫若一起翻译过19世纪中叶德国诗人和小说家史托姆的短篇小说《茵梦湖》。

"你父亲在这儿有个注释，你看看，还有什么要补充的？"

那条注释是这样写的："钱潮，是郁达夫在日本东京帝国大学求学时的同学。曾是上海静安区中心医院副院长。"

"后面再加一句：儿科专家。"钱先生说。

为了弄清这些"多国部队"的来历，钱先生搬出来好多本厚厚的外文词典。一边查，一边说："其实翻译就是考你翻词典的水平。"虽是一句戏言，却也道出真理，那就是：学无止境。我这辈子是赤了脚也赶不上了。走，再去上海外语学院找法语专家范小雷；还得到同济大学找懂德语的俞仪方等专家学者。一圈兜下来，我也长了不少知识。

买书为乐　读书为快

与郁达夫同辈的人说，听郁达夫讲话是一种享受，他学贯中西，讲外国文学，会从希腊、罗马一直谈到近代，渊博精辟，时有独到之见，这与他"读破万卷书"有关。

早在郁达夫十九岁的时候，就写过"行李家贫只旧书"，后来又赋诗云："出卖文章为买书。"他在留日时，就已读过一千多部外国小说，常常将书放在衣袋里，一有空就拿出来翻阅。据日本友人小田岳夫回忆，郁达夫每天晚上最少得读一部欧美原版文学著作。

郁达夫平日里读的书，一是来自于图书馆，一是买自于书店。他在杭州读中学时，由于家境不好，供他购书的钱不多，但他总爱在休息天到梅花碑和丰乐桥直街的旧书铺去。随着文学事业的成功，郁达夫购书的欲望愈益强烈，这在他的日记中表露得很清楚。《闽游日记》是郁达夫于1936年3月在福建时写的，他到那儿的六十多天里，跑书店购书竟达二十九次。每次买三四十元的书是经常的事，把身边的钱拿来买书了，要用钱时，再去借。

郁达夫买的外文原版书比较多，在上海经常到内山书店、伊文思书铺、中美书店、俄国书铺、璧恒公司、德国书铺和一些旧书店去买书，这些书既有名著，也有二三流的作品，只要郁达夫认为有文学价值、好看，就一股脑儿地买回来，有空就读。

看电影

在郁达夫的日记里，时常有记载看电影的内容，看的基本都是外国电影，如《风流寡妇》《名利场》《在岩石上》《唐璜》《星期六的晚上》《特罗伊的海伦》《碧血黄沙》《第三级》《飞越山村》《三剑客》《庞贝最后的日子》《泰拉斯·布尔巴》等。

赵景深曾说起过在电影院巧遇郁达夫的事。有一次，赵景深到武昌大戏院去看狄更斯的《贼史》。他刚踏进戏院，就看见坐在后排的郁达夫和王映霞。他与郁达夫夫妇打了个招呼，就坐到不太有人愿意坐的最前排上。这一方面是为了不打搅情笃意浓的郁达夫和王映霞，另一方面因为赵景深是高度近视眼，坐在后边，看了也白看。散场时，赵景深问郁达夫，是否愿意再赶一场，到奥迪安影戏院继续看狄更斯的《双城记》。郁达夫摇了摇头，赵景深就独自前往观赏。赵景深后来风趣地说："可见当时我的狂热比他还高。"

正因为郁达夫看了不少电影，所以能写出很有见地的电影评论。1927年，中国电影正处在混乱中的发展时期。针对电影界大量的迎合小市民低劣趣味的现象和弥漫的商业习气，郁达夫应《银星》杂志编辑的邀请，以作家的身份写了《电影与文艺》。在文中，他首先肯定电影具有享受的娱乐功能，把看电影比作大暑天吃冰淇淋，认为电影与文艺的关系，实在是同要好的夫妇一样，不可分开。为此，他呼吁搞电影的导演和演员要多读真正的文艺作品。

在《如何的救度中国的电影》里,郁达夫提出电影要大众化、通俗化,不要模仿外国电影,要拍中国人自己的电影。在《说国产影片中的插入歌曲》里,再次亮出自己的观点:"有声影片中,插入歌曲,第一,要使有助于剧情;第二,也要使观众不至于感到'这是做作','事实上是不会在这个时候唱起曲来'的感想才对……"

注释《郁达夫日记》的过程,也是更进一步全面理解郁达夫创作、生活的过程,得益匪浅。

王稼句

关于《志摩日记》

《志摩日记》1947年由晨光图书出版公司出版,作为《晨光文学丛书》的一种。书前有陆小曼序,正文收《西湖记》与《眉轩琐语》,另制版复印《一本没有颜色的书》,作为插页。

《西湖记》写于1923年。8月末,志摩祖母病逝,他南归奔丧,所记自9月7日至10月28日。在这一个多月里,他曾与堂弟徐绎莪同游雷峰塔和烟霞洞,作诗《月下雷峰影片》;曾与胡适、陶行知、陈衡哲(莎菲)、汪精卫等去海宁观潮,与汪谈了一路的诗;又曾与张君劢去常州游天宁寺,当晚便写下了《常州天宁寺闻礼忏声》。至上海，又与郭沫若、田汉、陈独秀、王云五、高梦旦等诗酒流连。生活既丰富多采，他更是兴致高昂，遂有这十五篇断续的日记。

如果说《爱眉小札》是徐志摩的"婚前记"，那么《眉轩琐语》便是徐志摩的"婚后记"了，时间自1926年8月至1927年4月，地点是在北京、上海、杭州，共有十二篇。刘心皇在《徐志摩与陆小曼》里这样分析作者当时的心态："现在呢？小曼就在目前，不仅形影不离，而且在絮说着爱情的话，而且在做着'闺房之事有甚于画眉'的事。《日记》便不能代表了，由'亲近'的话变做'姑且翻开'了。""本来是一件得不到的'物事'，经一年的奋斗，终于得到了，他哪有不兴奋、不高兴的？但，从他的话里往深一层看，似乎他还有些怕！怕什么？怕将得来的还失去。"志摩婚后的生活，朋友们都认为是失败的，胡适在《追悼志摩》里说："志摩最近几年的生活，他承认是失败，他有一首《生活》的诗，诗是暗惨得可怕。"梁实秋在《谈徐志摩》里说："志摩临死前几年的生活确是濒临腐烂的边缘，不是一个敏感的诗人所能忍受的，所以他毅然决然的离开上海跑到北平。"几十年后，叶公超给台湾《联合报》副刊撰文时还说："志摩、小曼结婚之后生活的堕落是一般人意料中的，所以志摩死了之后，我们这些人差不多整个远离了陆小曼，她做什么我们都不清楚，耳闻而已。"（《新月旧拾》）而《眉轩琐语》正是志摩自己的内心吐露，刘心皇的话，是有所依据的。

《一本没有颜色的书》是一本纪念册，志摩亲笔题签，20开本大小，由颜色各异的北京笺纸精制而成，册内有闻一多、胡适、杨杏佛、陈西滢、顾颉刚、曾孟朴、林风眠、俞平伯、章士钊、任叔永、张正宇、邵洵美等人的手迹，共二十五幅，都为外界所未见，特别是印度诗人泰戈尔的两幅，都用毛笔，一幅是水墨的自画像，画在洒金的大红笺纸上，笔调粗犷，近看是一位老人的大半身坐像，远看又似一座小山，他并用钢笔写下了一句富有哲理的小诗:"小山盼望变成一只小鸟,摆脱它那沉默的重担。"另一幅是用孟加拉文写的小诗:"路上耽搁/樱花谢了/好景白白过去了/但你不要感到不快/(樱花)在这里出现。"

如果将《西湖记》与《眉轩琐语》比照着看,就会发现志摩的情绪与心境,竟有了如此的变化,是令人难以置信的。

叶嘉新

辛笛的《春日草叶》

曾先后以《珠贝集》《手掌集》这两本"弥满了由时代的压抑与青春的敏感糅合而成的孤抑和忧愤,意象飘逸,感悟精细"的诗集饮誉现代诗坛的诗人王辛笛,20 世纪 30 年代初在清华大学外文系读书期间曾任《清华周刊》的文艺编辑。王辛笛真是遇上了好时机,因为这正是中国现代文学史上最光灿、最优雅、最富丽的时期,用他的诗友唐湜的话说,这时"到处涌现出才人,哪儿都有光彩的才华闪现"。且不说北大的"汉园三杰",单说清华园就聚集了后来的戏剧家李健吾、曹禺,诗人孙毓棠、林庚、曹葆华、陈敬容，学者钱钟书、常风等。虽说辛笛此时还年轻，也时有佳作在《水星》《文学季刊》等刊物上发表。1935年辛笛自清华园毕业后，在北京贝满女子中学教书一年，这时他曾写有一篇题为《春日草叶》的散文，而且是一篇"婀娜生姿"的日记体散文。

辛笛先生是一位在诗歌写作上经历了无限甘苦，于诗、于文有过"一番挣扎，一番坚持"（唐湜语）的作家。他曾说过："新诗在打破旧体诗的藩篱后，其美即在于一定的散文美……而散文如果有神来的诗意之笔也必然婀娜生姿，绚烂出色。"而《春日草叶》正是这样一篇有"神来的诗意之笔"的"婀娜生姿，绚烂出色"的散文。这篇起笔于1936年2月20日，写讫于3月28日的日记体散文是作者一个多月的生活实录。日记中既有对贝满女子中学校园雪景之美以及活泼的学生"有玩有耍"情景的记叙，也有对"每夜每夜"听到街巷里一个凄凉的少年的"微颤的悠长的"叫卖声的感喟；既有或远或近的文朋诗友的行踪和消息，也有自己心灵的剖白。然而日记中更多的则是他在东安市场、中原书店淘旧书、买新书的记录，以及对文艺作品的摘抄和诠释，因而文学名著中的警言名句在日记中比比皆是，缓缓读来真如汲饮了浓酽的咖啡，又像是欣赏着一幅又一幅的小幅油画。

这篇以"诗意之笔"写就的日记体散文，曾由作者收入上海出版公司1948年12月出版的书评散文集《夜读书记》。六十多年过去了，这一簇"春日草叶"依然是那么绚烂出色。八十多岁的辛笛先生也依然忘情不了这一极富青春色彩的《春日草叶》，又将它选入上海教育出版社1998年11月出版的"学人文丛"之一的《嬾媍偶拾》一书，以重温那一段温馨的青春的旧梦。

叶嘉新

王礼锡及其《笔征日记》

上个世纪的1989年,是中华全国文艺界抗战协会组织的"作家战地访问团"成立五十周年,也是王礼锡先生逝世五十周年。当时从报上获知《王礼锡文集》出版的消息,但因一时买不到书,只好读上海丁言昭女士的一篇题为《让人们了解他》(刊本年7月15日《文汇读书周报》)的书评以解书渴。作者在书评中提及,数年前她有一次陪同朋友去拜访王礼锡先生夫人陆晶清先生,这位"五四"时期成长起来的曾和同学好友石评梅合编《妇女周刊》和《蔷薇周刊》的女作家,几乎是战士不减当年勇,其时正值老山前线战事紧张，她坚决要求参加赴老山前线慰问团。此举让人想起了1939年6月陆晶清参加作家战地慰问团的事，更让人想起陆先生的夫君王礼锡先生记录作家战地访问团从重庆出发到他病逝前一周情况的《笔征日记》。

就在读了丁女士那篇书评的四五年之后，我终于得到一部比《王礼锡文集》收文更丰富的《王礼锡诗文集》，也终于获读王礼锡先生那部著名的《记"作家战地访问团"》(即《笔征日记》)。

王礼锡先生是一位杰出的爱国志士、诗人、学者和政治活动家。1929年王礼锡应陈铭枢等人约请参加筹办神州国光社并主持编辑部工作。1930年赴日本，1931年春与陆晶清在东京结婚。在日本期间，结识王亚南、胡秋原、梅龚彬、方天白等人，并与他们共同商议神州国光社翻译介绍编辑出版社会科学书籍的计划。同年夏，以上诸人先后回到上海，正式创办了《读书杂志》。三年之间，《读书杂志》出了四个《中国社会史论战》专辑，在社会上产生了广泛的影响。由于神州国光社编辑出版的一些进步书刊为当局所不容，王礼锡受到反动当局的通缉，夫妇俩遂于1933年3月被迫赴欧洲。同年冬回国参加建立福建人民政府的活动，失败后再度赴欧。在欧洲度过的五年艰难流亡生活中，王礼锡先生时刻关心着祖国的前途，民族的命运，并为她奔走呼号。1934年8月，他参加了苏联全国作家代表大会；1935年6月，他在巴黎参加了第一次国际作家保障文化代表大会，并在会上作了关于中国文化被压迫和斗争的报告；1936年9月，他出席了在比利时首都布鲁塞尔召开的世界和平大会，被选为主席团成员，会后成立了全欧华侨抗日救国联合会，他任执行委员。1937年抗日战争爆发后，王礼锡积极从事国际反侵略援华工作，担任全英援华会副主席、英国"中国人民之友"社名誉秘书等职。

1938年12月，王礼锡先生偕夫人陆晶清回到燃烧着抗日烽火的祖国，翌年初到重庆参加了中华全国文艺界抗敌协会（简称"文协"），并当选为该会理事。其时"文协"组织"作家战地访问团",王礼锡被选为北路访问团团长。他和副团长宋之的率领着由李辉英、白朗、袁勃、陈晓南、葛一虹、罗烽、以群、张周、杨骚、杨朔、方殷等多位小说家、戏剧家、诗人、画家组成的被誉为"笔部队"或"笔游击队"队伍,于6月18日离开重庆北上,经过内江、成都、绵阳、西安,于7月中旬到达第一战区司令部所在地洛阳。王礼锡先生因征途上艰苦备尝,积劳成疾,于访问团进入中条山访问驻军时病倒,不幸于8月26日在洛阳去世,年仅38岁。消息传开后,举国痛悼。后葬于洛阳龙门进口处的西山峰,与东山峰的唐代诗人白居易的墓遥遥相对。

"作家战比访问团"有一个规定:在访问途中团员要轮流写集体日记,每人写三天(王礼锡于7月3日至5日的三天日记已录入团体日记)。除了为团集体写的三天外,自己每天照写不误。访问团集体日记《笔游击》后来陆续发表在"文协"会刊《抗战文艺》。王礼锡自己写的《笔征日记》,其中少部分曾由访问团交香港《星岛日报》发表。十年浩劫中,陆晶清先生想尽办法,藏匿原稿,逃过失劫之灾。新时期开始以后,1982年第2期的《新文学史料》以《王礼锡日记》之名全文发表了《笔征日记》,当年的访问团团员、诗人方殷还为这部日记写了一篇热情洋溢的序文。

读王礼锡先生的《笔征日记》,真是如闻其声,如见其人,仿佛随着"作家战地访问团"投入到当年全民抗战的洪流之中。王礼锡先生率团出发前在重庆欢送会的告别词中说,此次北上访问的主要目的是"尽力把敌后方一切壮烈英雄的事实,用诗歌、小说、戏剧、散文和绘画等种种形式"表现出来,并访问前线抗战守军。日记中写到了团结抗战的积极拥护者和执行者且屡建奇功的卫立煌、孙连仲等一些国民党抗日高级将领,也写到了红枪会以及组织红枪会投入全民的浴血抗战。王礼锡先生对内战是深恶痛绝的,他在1939年7月7日的日记中这样写道:"……抗战了两年,团结还没有如三合土似的坚固。在国共并肩接踵的陕西,还没有消灭磨擦；在敌人后方的河北，还不能亲密合作，这正是侵略者的厨子利用来做血的盛餐的材料……我们不仅为了抗战要统一团结，为了建国也要统一团结，今后的中国人内争是不容许的。"六十余年过去了，这些话依然具有生命力，依然富有时代意义。

尽管战争是如此惨烈，访问前线是如此艰苦，王礼锡和团员们始终保持着革命的乐观主义精神。从重庆出发的第二天，礼锡先生在长途车上为了解闷想出一妙法，和团员们作打油诗。团员杨骚在梦中老说"真好看"，醒后尚有喜色，又因他患有胃病，囊中累累都是胃药，但他最爱吃零食，终日不停嘴，除非有纸烟或烟斗塞进嘴里。礼锡先生咏其诗云："梦嚼多情空是色，文人出力笔为兵。杨骚病胃却劳胃，吃过玉米又花生。"就这样他们"用七言绝句来写同行的朋友的性格、趣事，一路的游踪，一些零碎的一刹那间出现的感想，或感情的一个小水花"。他们沿途做了好些，时间果然容易过去了（见6月19日日记）。傍晚抵成都，王礼锡一行访问了成都被轰炸区，参观了杜甫草堂和武侯祠等。6月20日晚他们参加了蓉文协的朋友们在望江楼举行的联欢会。大家在蓉文协准备的一张宣纸上签名并随兴写诗绘画。萧军写了"一支笔，一头颅，头可断，笔不可侮"作为对访问团的赠言。礼锡先生则写了三首七绝，其第二首云："燕赵风云敌骑骄，锦官城外水迢迢；北行万里从今始，寂寞江头万里桥。"（见6月20日日记），革命的乐观主义精神不仅表现在这些作家艺术家的诗词翰墨里，同样也表现在礼锡先生对战地风光的描绘中。如8月12日的日记中，王礼锡先生这样描绘中条山的战地秋色："立秋好几天了。山中雨后居然有点秋意。就是景物也像有点秋色。满地的落槐，漫山遍野的红透了的山枣，微显得干老的蝉声，织成中条山的初秋。在这样的环境里面，中条山的十万战士是艰苦，可趣味也是很浓郁的。这雄伟而美丽的游击队之家，对于我们从南方来的巡礼者，一草一木，一片岩石，一个石头，一条深沟，都是无上的诱惑。"即使是与夫人陆晶清的

"惜别",与重庆的"惜别",在王礼锡先生的笔下也充满了战士的豪情:"……小鹿黯然地在雨中挥手,我感到从来分别所没有感到的难过。残酷的仇人啊,是谁使我对母亲不能尽为儿子的责任,对妻子不能尽为丈夫的责任,对儿子不能尽为父亲的责任,无论是为家,为国,为世界人类,我们只有牺牲一切,反抗侵略者。""暂别了,重庆!雄伟的大江,秀丽的嘉陵,像一双美丽的玉腕,日夜拥抱着你。敌人可以从高空来侵袭,可是千里山,万重水,数万万人民血肉的长城,保护着你。……"(见6月18日日记)这一切,诚如诗人方殷先生所说的:"王礼锡的日记里,字里行间,我们可以深切感到,他对访问团各个成员的友爱,对战地军民的关切,对祖国前途的热望……都是多么深沉的,多么炽烈的!"

王礼锡先生这部《笔征日记》,八年前读了一遍,如今又读一遍。每读一遍,都要为王礼锡先生那一代在长期苦难中成长起来的中国知识分子的爱祖国、爱人民的风范品质感动得热泪盈眶。这是一部值得我们永远珍视的杰出的抗战文献。说它是现代文学书林中的散文名著,也是当之无愧的。

旧中国的一面镜子
——读叶浅予《打箭炉日记》札记

康健

叶浅予先生是我国现代画坛上的著名漫画家,他素爱日记写作,每到一地,就要用那生花的妙笔,记下他的所见所闻。

1945年,叶浅予在成都庆祝完抗战胜利后,便和爱妻戴爱莲、摄影家庄学本,于9月15日奔赴西康进行采风。途中,叶浅予一边写游历日记,一边还给当天的日记画了插图。五十三天的西康之行,使他写下四万字的插图日记——《打箭炉日记》。这些日记,因用了漫画图解日记,又用了日记说明漫画,因而图文并茂,妙趣横生,在上海的《世界晨报》发表后，引起了读者的强烈共鸣。

通读叶浅予的《打箭炉日记》便会发现，作为当时知名的艺术家，叶浅予所关心的是劳动人民的疾苦和艰难，尤其是鸦片给他们带来的危害，更是叶浅予在西康之行中关注的焦点。

9月16日，叶浅予一行度过水流湍湍的雅水，回到川康公路，当他在这条路上第一次看到那些以吸食鸦片来支撑自己出卖苦力的滑竿夫时，他的心情十分沉重，于是写下了这样一段让人读了为之揪心的日记："从前读到别人记载这条路上滑竿夫为吸食鸦片大伤脑筋的事，我们所雇的三乘滑竿和一个背子中，果然有个人面有烟容。走不到五里，我的滑竿渐渐落后，我便和滑竿夫们攀谈，知道这条路上每隔五里、十里便有大烟馆，好像美国公路上的加油站。这帮两条腿的'汽车'随时可以'加油打气'，方便得很。他们每天在这上面的消耗大概在一二千元之谱。我问他们为什么不拿这笔钱吃鱼、吃肉，他们似乎也羡慕每天打牙祭的享受，但他们说戒烟是一桩难于登天的事，过不上瘾，就等于汽车断了油，只好在路上抛锚，而断了瘾的人，只能躺在路上腐烂。"读到这里，我的心中不禁一震：是的，鸦片犹如饿蚕一样，吞食了多少强壮的生命！

在叶浅予的日记中，像这样的记述随处可见。11月4日，叶浅予离开康定地区的猴子坡宿营地，向始阳场行进。快到始阳场时，叶浅予又看到了一个吸食鸦片的人，于是，他在这天的日记中写道："……有父女二人跟在我们马后面走……那父亲有烟瘾，一到始阳场就钻进了鸦片馆，女儿很结实，一直跟着我们走，对于父亲的嗜好，虽然有些不高兴，但也无可奈何。快到飞仙关时，父亲过足了瘾，追上来了……今天路上见到这个吸鸦片的父亲，使我重新想起9月间这条路上滑竿夫的脸相。"这段日记，表面写的是一个父亲是怎样不顾一切地吸鸦片的，可他，不正代表了与他一样的一代人么？

在旧中国，鸦片不但残害了滑竿夫、"父亲"这样的人，就连那些有知识有文化有本事的人，也难以逃脱鸦片的戕害。9月19日，叶浅予在泸定城的旅店里，看到一个吸食鸦片的画师，他的日记中，便记下了他与这个画师的谈话以及他对鸦片的仇恨："他手上的画是一个道士请他画的，十殿阎王一共十幅，可得八万元。他的收入比我还多，但看他那副穷困的样子，不懂他的生活费用是怎样安排的。等他抬起头来，仔细观察，原来是一脸烟容，话题便转到鸦片上来。他似乎痛感潦倒之苦，我乘势劝他戒烟，他有气无力地说，他能作画，全靠鸦片支持。没有鸦片便没有精神，没有精神便不能作画，不能作画便没有收入，没有收入便不能戒烟；不能戒烟，不如不戒。这位画师和这条路上的滑竿夫同一命运。千千万万的人被锁在这条鸦片锁链上，不知何年何月才能把这条锁链熔化掉。"从这段日记中可以看出，鸦片犹如一条毒蛇，将千千万万身强力壮的人毒害得已经身不由己，没有出路。而画师的话，深刻地揭示出了他们深受鸦片之苦，不只是他们意志薄弱的原因，与当时的社会制度和社会环境不无关系。

日记，是时代的缩影；日记，是历史的见证。叶浅予先生的《打箭炉日记》就像旧中国的一面镜子，反映了旧社会的众生之苦。读这样的日记，既可以了解当时人们的生活境况，又可以使我们更加珍惜今天的美好生活。因此，在我看来，叶浅予的《打箭炉日记》，不仅是日记宝库中的珍品，更是一部历史的教科书，对于今天的青少年朋友，它有着特殊的教育作用。

康健

读《学斋日记》札记

2001年8月,我将拙著《名家谈日记》书稿交给了《日记报》主编于晓明先生,请他代为编辑。其间通话时,我从于晓明先生口中得知,著名日记学专家陈左高先生的日记手稿《学斋日记》也将由他编辑出版。我与陈老通信多年,他对我的"名人与日记"专题研究极为关心。当时我想,有朝一日若能读到陈老的日记,那该多好!

2003年3月的一天,我忽然接到了于晓明先生打来的电话,说他就在北京,问我能否去畅谈一番。放下电话,我便启程,直到下午两点方才见到神交多年的于晓明先生。他告诉我，陈左高先生的《学斋日记》，经与自牧先生仔细编校，已于2003年1月由中国新闻出版社出版。这真是一件令人高兴的事情。于是，我想早点读到陈老日记的愿望便与日俱增。

这天下午六点，我刚走进家门，就见桌上有邮包，打开一看，竟然是自牧先生寄赠的《学斋日记》。我急忙将它捧在手中，废寝忘食地读了起来。

《学斋日记》选录的虽然是陈左高先生1984年至2002年十多年间的部分日记，然而透过这些日记，我仍然可以清晰地看到陈老焚膏继晷、躬身治学的动人身影，可以真切地感受到他老人家尊师谊重友情的君子之风。

是的，凡是了解当代日记研究盛况的人都知道，陈左高先生是"中国古代、近代、现代日记研究的执牛耳者"（引自自牧《学斋日记·跋》），他不但出版了《古代日记选注》《清代日记汇抄·晚清二十五家日记辑录》《中国日记史略》，编著了九十万字的《历代日记丛谈》，而且和郑逸梅先生联袂主编了《中国近代文学大系·书信日记集》两巨册，为我国日记学的建立和发展奠定了坚实的基础，做出了卓越的贡献。

从《学斋日记》中可以看出：陈老的日记研究资料的得来，主要通过下列途径：（1）上图书馆摘抄日记原文；（2）搜求私家日记藏本；（3）恳请亲朋好友提供日记线索。如1989年5月15日的日记："偶于《饮冰室合集》中，发现梁任公宣统二年著《双涛阁日记》，爱手抄起讫，余拟复印。"1995年11月16日的日记："冒鹤丈有日记，据其孙怀苏兄云，起1921年，至1959年。藏于上海博物馆，约二十册，遗失部分，起讫不详。怀苏处有复印件……"1989年9月9日的日记："晴。上午马国权来函，告《大公报》退休副总编李宗瀛先生，乃父李祖年，甲午进士，为翁同龢所抑。恳代查是否著有日记。"像这种记叙，在《学斋日记》中随处可见。而陈老每次获得一则日记信息后，便要在日记中作一记录，以备后查，并且还要按图索骥，据此写成有关文字在报刊发表。《学斋日记》中不但记录了他编纂《古代日记选注》《清代日记汇抄·晚清二十五家日记辑录》《中国日记史略》《历代日记丛谈》《中国近代文学大系·书信日记集》等著作的具体经过，还有他在《大公报》等著名中文报刊上发表有关日记文章的记载。读它们时，陈老在日记学研究领域里上下求索的身影便清晰地浮现在了我们眼前。

从《学斋日记》中还可看出，与陈左高先生交往的都是些文化大家、学界泰斗，胡道静、刘海粟、许国璋、陈子展、伍蠡甫、施蛰存、赵景深、陈从周、周谷城、胡邦彦、苏渊雷、蒋天枢、袁运开、郭豫适，顾廷龙、钱仲联、钟叔河、王瑗仲、王蘧常、徐中玉、贾植芳、王元化、柯灵、赵家璧、郑逸梅、汪静之、冯其庸等人，均在《学斋日记》里有所记录。他们与陈左高先生或师或友，来往密切。虽然只是君子之交，但经陈老饱含深情的描述，字里行间便蕴含着一种人间最美的真挚情谊。如 1987 年 6 月 8 日的日记中写道："雨转晴。八时半，赴泰安路，谒周谷城师，当即为书两张封面：'中国日记史'、'习苦斋画絮'，周谷城题。起初，予恳请用繁体字，师动笔写二字，询能否用简体字，答曰：'可。'乃改用简体。由于我逗留较久，师至师大主持王国维学术思想国际讨论会，已为此迟到矣。"从这种原汁原味的实录当中，我们即可以看到一代名师周谷城先生平易近人的道德风范，又可以看出他与陈老之间的情谊之深。像这样的记述，在《学斋日记》中俯拾即是。

总体看来，陈老的日记十分简短，但他却用凝练的笔墨给我们勾勒出了各路名家的个性风采。如 1987 年 10 月 10 日，关于著名出版家范泉先生的日记是这样写的："阴雨靡定。上午八时，正拟出门谒谷师，适范泉再度莅访。为上海书店拟出《中国近代文学大系》，分十集，共两千多万字。第一集由徐中玉主编。第八集《书信日记集》，由郑逸梅、陈左高主编，字数一百万字。允之。当其出门时，雨下沛然，予归取伞，未及追送。""未及追送"这四个字,便把为人耿直、办事利落的范泉先生的性格特征淋漓尽致地刻画了出来。

是的,陈左高先生的《学斋日记》就是这样的美。它像荒漠上的一行脚印、夏日里的一缕清风、文坛上的一束鲜花、文史园地里的一朵奇葩,读它,可以使我们坚定脚下走着的日记研究之路;读它,可以使我们感受人间朴素的友情之美;读它,可以让我们了解更多的文化信息;读它,可以使我们获得更多的文史知识;读它,可以愉悦双目;读它,可以净化心灵。

总而言之,读《学斋日记》,的确是一种美好的享受。

王春瑜

读王元化《九十年代日记》

余性也愚,既学不好数理化,也未读懂《资本论》。犹忆读小学时,老师即向我们宣讲俞铭璜编的一本书,强调要克服小资产阶级的弱点,改造世界观,当时听来一头雾水。读中学后,老师更直言不讳,说你们要时刻注意改造小资产阶级世界观。但上了大学后,在各种场合,两耳充斥的谆谆教导忽然变成:你们一辈子——也就是直到最后双脚一蹬、两眼上翻为止——都不要忘记改造自己的资产阶级世界观。我一直不明白,自己出身贫苦农家、参加过儿童团、共青团,为什么世界观行情陡涨，为俗语所说，一下子"从糠箩跳到米箩"，由小资产阶级变成资产阶级？

最近读了王元化先生的《九十年代日记》(浙江人民出版社)，终于恍然大悟。该书第440页写道："最早的国家政权是包括资产阶级、小资产阶级在内的。可是在七届二中全会决议中，则指出建国后的主要矛盾将是无产阶级与资产阶级的矛盾……至于把小资产阶级包括在国家政权之内，也同样是策略性的权宜措施。1954年毛泽东在中央文件上已将'小资产阶级'一词的'小'字全部删去。当时我在上海文委工作，文委书记是夏衍，下设三个处，我是其中一个处的处长。有一天夏衍对我说：'你注意到没有？毛主席在中央文件上把小资产阶级的小全部删去了。'当时我们都不理解为什么要这样做。实际上这是把一向称作小资产阶级的知识分子划作资产阶级了。"原来，我以及我们一代知识分子，由小资产阶级变成资产阶级，是毛泽东"钦"定的。从那时到1978年十一届三中全会的历史表明，他老人家删去"小"字可不得了！知识分子既然成了资产阶级，随后而来的阶级斗争的弦越绷越紧，直到"对资产阶级实行全面专政"的口号终日在神州大地上无处不喧嚣，无数知识分子被凌辱、遭迫害，在黑暗中呻吟、挣扎，也就势所必然了。呜呼！我承认对《毛选》的学习很肤浅，这是我"活学活用"的一点体会："资产阶级知识分子"是从哪里来的？是从"天"上掉下来的——这就是历史的真相。

读王元化先生的日记，每有振聋发聩之感。我曾经想：鲁迅是非常理性的人，除了他在私人通信里，有时忍不住激愤，骂出"文人多是狗"、"人面狗心"那样的话来，在公开发表的文章里，詈骂极少。但是，他却骂以郭沫若为首的创造社是"才子加流氓"。何故？令我不解。读《九十年代日记》第350页，即感疑团冰释："前刘人寿邀我担任正在编辑的潘汉年文集的顾问，送来潘的著作目录。我发现潘在20年代在创造社做小伙计时，曾写过一篇倡导'新流氓主义'的文章。这使我理解到鲁迅当年撰文批判创造社有所谓'才子加流氓'的说法，并非毫无根据。可惜这一点至今无人谈到过。"原来，鲁迅对创造社的尖锐批评，是实有所指的，其实不能叫"骂"。还需指出的是，长期以来，一些人一提到郭沫若，就引鲁迅的话，说郭是"才子加流氓"，这并不切合实际。现在捧鲁迅饭碗者不少，希望有人对此深入研究，写出像样的论文来，还原历史的本来面目。

桂苓

手泽余墨：掌纹间的历史

天蓝的书脊封面，氤氲着几个白色的大字，恰似蓝天白云、秋高气爽的优雅。曾纪泽三个字分列于三本书的书脊，又相映成趣，令人眼睛一亮。读过曾文正公文集的读者都知道，曾纪泽是曾国藩哲嗣。即使不是大快朵颐地读如此高头讲章，但曾国藩家书还是读过的吧。前几年明清小品随笔书札尺牍热的时候，曾氏家书与各种示儿教侄之类的训谕文字还是颇为现代人熟悉的。那时心中生羡地想，为子女者，有曾氏和傅雷那样的父亲当是有福的，那谆谆的教导，严中有慈，刚中有柔，充满理性与智性的光辉。他们，除了是历史上优秀的伟男人，还是社会最基本的细胞——家庭中的好父亲。如果把国家版图比作手掌，历史这条大河便是掌纹，他们的生命线、事业线、情感线的交互相织、相契的过程，个体生命与国家命运是休戚相关，更是患难与共的。

我们的确更愿意看一个人的掌纹所写就的个人历史与他在整个人类社会中的历史。

读《曾纪泽日记》便有如此的感觉。那些自同治九年（1870）至光绪十六年（1890）共二十年积累记载，展示了作者本人生动的生活历程：随侍直隶、京师与金陵的读书、交游以及受读、庭训经历，代父批阅文件、草拟信札、应酬官司场以及管理署中庶务，料理其父丧事、整理其父遗集，督率编校刊印的详细过程，湘中绅士的日常生活与浸润西方文明的种种表现——学英文、诵英语、用洋器、结洋友、研洋科技、阅览洋小说，记录诗文、联语酬和创作，记载耳闻目睹的京师政局、朝廷政事、两宫起伏、六卿臧否以及光绪亲政后究研西方政治、经济、文化、科技的直观感受，记述任职总理衙门、海军衙门、户、刑、吏部与同文馆、钱法堂之经历及其作为……凡此种种，不胜枚举。

这条个人历史的大河不是潺湲的小溪平静无波，作为使节大臣，一代"曾侯"，个人与国家是机枢相关的。有关交涉事件、各国风土人情、皆当详明记载，随事咨报。而迎来送往，批阅奏章，均关乎当时民生大计。故其日记作为与自己心灵的深夜对话，便半为表白，半为评论，洋洋洒洒，下笔如纵马驰骋，决胜千里。一天生活的追述，故往旧知的追怀，先辈前人的追思，心手合一，个人胸怀一一体现在掌中、笔下。如光绪四年九月初三，表现其不避艰险、为国尽职的忠臣心态；十月初五的"中西通商上市，交际旁午，开千古未曾有之局，盖天运使然，中国不能闭门而不纳，束手而不问……穷乡僻左，蒸汽之轮楫不经于见闻，抵掌拊髀，放言高论，人人能之"，这是理直气壮的洋务鼓吹。同月二十七日大段追记,读来令人荡气回肠,绘声绘色地指斥英领事之妄自尊大与浅薄无知,同时也表露了自己的民族气节与外交艺术。另外,生性耿直的大清帝国钦命出使大臣郭嵩焘、卓然有识的张焕伦、直隶总督李鸿章、美国驻上海领事馆贝礼、清廷驻日使臣何如璋,皆栩栩如昨跃然纸上,其记述皆具有珍贵的史料价值。

读前人日记、书信,其手泽墨香,令我们由衷地为中国曾有过的历史与文化心生感动。自历史的上游灌注而来的滔滔流水,润泽着中华民族这一方水土这一方人。

杨念群

杨度日记：让我们一起进入历史的现场

杨度一生几起几落，毁誉荣辱似乎总是如影随形缠绕在身，原因是无论传记还是评论，都愿意把他当变色龙式的"政客"加以对待，然后用政治这把剪刀裁来剪去，结果可想而知，拼贴出的图像肯定是要变形的，因为一剪刀下去，杨度不是被贬成了"鬼魅"就是被捧成了"圣人"，于是滑稽尴尬的场面不时会出现，当听说杨度晚年思想转变的消息时，人们开始小心翼翼地修补早年被损毁成"帝制罪魁"的政治肖像，心照不宣地把评价尺度纳入了某种被现实认可的关系。

可白脸变红脸并不仅仅是简单换换戏装，一些人不懂这个道理，结果杨度那张脸常常被随意涂抹成不伦不类的花脸。而唐浩明很聪明，他的那本《旷代逸才》只写到杨度晚年落寞蛰居，归一于平凡，对于其晚年是否再涉足政治，却暧昧含糊地不着笔墨，倒是给人留下了一些余韵渺渺的想象空间。

历史的复杂之处在于它是由人的活动构成的，主观随意的成分非常大。所以"后现代"的一种极端看法认为写历史其实是和写小说一样的，此话不必当真，却也并非戏言。谁敢说我们自己真有百分之百的把握辨出我们看的历史书中哪些是真实的，哪些是想象的呢？这与历史的人的瞬时心态有关，写历史的人如果尽想着后人会怎么琢磨自己，或老想着给后人提供点什么教训，那他记录的真实性就会相当可疑。

比如《曾国藩日记》公开声明就是给后人看的，自己"圣人"的位置先给定了，事情自然会往好的地方写，读史的人似乎只有受教训的份儿，那这与作家写小说的心态有何区别？这种日记往往只能当说教式的伦理教科书看，因为内容总让人感到恐怖，如果当信史读总觉得是中了曾国藩设好的圈套，多少让人觉得有些毛骨悚然。所以有人读完《曾国藩日记》后恍然有所醒悟，写出的文章标题竟然叫《可怕的曾国藩》。

日记是心态的表现，心态显得随意松弛，内容随感而发，才会更加逼近历史的常态。这次发现的《杨度日记》给我的最直观印象，就是杨度早年心态居然表露得如此直白而率真，简直没做任何矫饰。

杨度一生以"帝王之学"安身立命，以纵横之术推己及人，这些都算是他在政治风云场中的后话。可《日记》中的表现哪里像个城府极深，擅长察言观色的"帝王学"大弟子，那份想当"帝王师"的狂狷在乡间里井中表现得是如此充分酣畅，真叫人怦然心动。如杨度说唐宋八大家文章如同儿戏，他自己儿时即能写这样的文章，够狂的吧！

又说：余诚不足为帝师，然有王者起，必来取法道。颇有坐等帝王三顾,准备在隆中应对的自负心态。他可以在慕名拜访了梁启超之后,因为学问门径不同而嘲谑梁氏年少才美,却以《春秋》骗钱,大叫"可惜!可惜!"他可以把胸中激情倾泻于《大阅赋》中准备上达天庭,而在无人代奏时却又自吟自叹"相如虽有上林赋,不遇良时空自嗟"。至于那种自比卧龙未遇到明主,佐国经邦又难窥门径的微妙感觉,更是时时从笔底流淌出来,那份儿鲜活潇洒,那份儿率性而为,创造的是一种氛围,传递的是一份感动。面对此场景我们会发出会心的微笑,哈!原来板着面孔的"帝王师"也有如此的顽童般的心理。

一般来说,日记传达的是隐秘而又相当私人化的感觉,这种感觉往往与公众的感觉有所不同,而我们却往往习惯用群体意识替代个人化的体验,历史教科书中到处弥漫着的常常只是枯燥干瘪的几条规律和若干趋势,"人"在其中却消失得无影无踪。而活生生的历史恰恰可能是个人貌似琐细的经验碎片拼贴而成,当历史人物的喜怒爱恨通过涓涓的感觉之流扑面涌来时,它才会直接撞击催化成我们具体切肤的现实感受。哪怕是一段乡绅瞬间即逝表露出的心态,一宗人们习以为常的家族琐事,一件乡间司空见惯的民事纠纷,都可能偏离我们过去为历史剧情设计的主线。"人"的影子由模糊走向清晰,在传统的史学里只有一种可能,那就是他必须成为政治猎奇中的主角。

杨度自然也不例外,作为政治气候转换的风向标,他变得时髦而又流行,人们刻意寻找的往往是能揭露政治内幕的秘闻,私人感受算得了什么呢?它只有成为群体感觉的注解或成为现代版本的"纵横家"传奇时才有意义。这样说来,日记的琐碎岂不是等于平庸无奇?

仔细想想却不尽然,《杨度日记》笔墨细腻地展示出了杨度作为地方乡绅在求取功名、协调社区事务和处理家族纠纷等几乎所有社区功能中发挥作用的有关情况,在以往的史学叙述的场景中,他们就像是主角出场时的背影,常常遭到观众目光的忽略。可这恰恰是历史场景中最具有活力的常态，关键就在于我们如何重新调整传统的新闻记者姿态。

我常常在想，如果我们总是轰轰烈烈地热衷于叙述一个个大事件、大故事，却根本不能了解一个普通乡绅平常如何处理他和周边生活网络的关系，那么这种历史的真实性到底何在？生动的个体生命之流只能被阉割成政治表述的符号。其实人们根本不用担心，细节的过分描述会造成历史像断了线的风筝越来越远地飘离开历史主线，"常态"和"变态"的发生总是相对的，真正意义的社会史应该描述一个个生活在基层的普通人物如何重新想象他自身与现代世界的关系。这种关系的处理，实际上成为其个人真正步入现代社会的起点。你看，"常态"中的杨度不是也在开始学习英语和几何学了吗？让我们一起跟随他的身影，步入湖南乡绅生活的历史现场，那才真是一个"皮肤脱落尽，唯余一真实"的杨度。

张志强

黄侃的日记

印象中似乎听人说过，黄侃曾有"五十岁以前不写书"的言辞，理由是五十岁以前尚未观尽天下可观之书。吾生也晚，算算只能亲炙黄侃先生的再传弟子。作为一代国学大师，黄侃先生的学术在今天已是曲高和寡了。只要翻翻眼前这本《黄侃日记》（江苏教育出版社2001年8月版），"历时十五载，两易出版社"，最后才由江苏教育出版社出版，其间的曲折，反映了国学著作在当今的命运。

黄侃曾师从章太炎先生。师生二人，在20世纪初的中国，对传统的语言文学和文献学作了系统的总结,"在传统文化向新文化过渡的时代,起了承前启后的作用"(陆宗达《序》)。后人常用"章黄之学"来并称这两位师生的学术。黄侃先生的弟子、著名学者程千帆先生在1986年写的《后记》中说:"先师蕲春黄公之为学,撰述之矜慎而研习之勤恪,此人之所共知也。其所创获,多笔之书眉,或载之日记。故虽不幸早逝,著书未成,而遗说故在,班班可考。"黄侃号称五十岁前不写书,但天不假年,恰五十而逝。先生的学术只能体现在他平时阅读所作的眉批,以及日记中的记载。黄侃先生去世后,他的笺识评校陆续得以出版,但日记一直未问世,于是,黄先生的弟子们,共同对黄侃先生留存于世的日记进行了整理,这就是目前问世的《黄侃日记》。

《黄侃日记》起于1913年6月20日,止于1935年10月7日(逝世前二日)。这些日记,基本上是读书生活的记载,"访书、订书、购书、理书、借书与还书、翻书、点书、抄书、评书、讲书、写书,是《日记》的中心"(吴永坤《附记之后》)。日记按年编排,有些时段直接以当时所读书作记载。如"读全史日记"、"阅严辑全文日记"等等。在日记中也时时可见"竟日小得读书,甚苦"(《量守庐日记》八月丁丑朔)、"作文未成,甚苦"(《量守庐日记》八月卅日丙午)等记载。更感人的是,据书后黄悼敬述的《黄季刚先生年谱》记载,黄侃先生逝世的前日,晨起吐血,但仍"伏案点《唐文粹补编》,力疾将末二卷圈点讫,甫搁笔,又大吐,皆淤血,趋起床卧,晕眩少愈,适订购《宛委别藏》寄至,又取《桐江集》五册披览一过。医至,云胃中血管已破裂……嗜书之情,可见一斑"。

《黄侃日记》整理完成于1986年。但由江苏教育出版社刊行问世时,作《序》的陆宗达先生、写《后记》的程千帆先生、参与整理日记的唐文先生等先后归于道山。世事沧桑,《黄侃日记》今之问世,九泉之下的黄侃先生及其弟子,当可欣慰。

陆宗达先生在《序》中披露了这样一件事情："1928年冬天，季刚先生曾对我说：'记日记是很好的方法，既可留下心得，又能锻炼笔力。'看到教师的日记，我便清晰地想起了他的话。"那么，黄侃先生的日记，便是他的心得的最好实践。对有志于学的后人而言，更应从这句话中获得做学问的方法。

散木

沈元和他的日记

在我们学校科研评审的学术刊物级别上,中国社科院历史所主办的《历史研究》是作为国家一级刊物来看待的,在那上面发表论文,对一个并非训练有素而且无暇长期积累和不具有原创思想的人来说,几乎是"难于上青天"的事。我在玩赏《历史研究目录索引(1951~1983)》时,发现有一个名叫沈元的人,他在那上面发表了三篇文章,研究跨度则是从汉代跳到晚清,但是1963年以后这个名字不见了(他在《历史研究》上发表的最后一篇文章是1963年第3期以"张玉楼"为笔名的《马克思注意阶段分析方法和历史研究——评刘节〈怎样研究历史才能为当前服务〉〉），好像从人世上蒸发了一样，这背后一定有故事，最近我买到一本《黎澍十年祭》的书，看了以后才恍然了。

沈元原是北大历史系学生，1957年因出身问题和政治言论（仅仅是议论了苏共二十大上赫鲁晓夫的秘密报告）被打成了右派，勒令退学，到农村劳改三年，后来虽然摘了帽子，却只能做临时工，在北京史家胡同的街道办事处里抄抄写写度日。可是他聪颖好学，又极有才华，自己又不甘就此潦倒无所作为，他还继续研究本行，于是在1962年年初完成了一篇《〈急就篇〉研究》的论文，那是评论分析汉代一本学童开蒙的字书的文章，由一本蒙学读物研究出汉代社会的状况，见出其学识不凡。看了这篇论文的人都以为它充分显示了沈元的研究功力和驾驭文字的能力。事情被社科院的领导、学部副主任的刘导生所知，他惜才，把沈元推荐给历史所的黎澍，当时黎正主编《历史研究》，毅然顶住各方压力，在该刊是年第三期上发表了沈文。文章发表后得到郭沫若、周扬等的好评，郭甚至许之为"神童"，后来沈元也被调入历史所内的近代史所，在黎澍身边从事研究工作和助手。沈元很快在《历史研究》上发表了《〈敦煌遗书总目索引〉出版》的通讯，而后又在黎澍指导下发表了《洪秀全和太平天国革命》的长文，《人民日报》也以两天两个整版的篇幅转载了这篇论文（后来他又有一篇笔名文章也被转载了）据说这是《人民日报》历史上不多见的例子，学术界为之轰动，由是也引来许多非议。

所以，沈元这个例子即是刘导生、黎澍他们求才若渴的故事，也是才人见嫉、左倾罡风毁灭人才的例子。沈元调入历史所、《历史研究》发表其论文又得到了热烈反响，这就被某些人所嫉恨，有人借此发难，写信告状，攻击黎澍重用和抬举右派，并且不依不饶，把沈元案搞成"御案"——他们居然联名告到了毛泽东那里。于是一时间历史所里阴霾密布，黎澍承受了巨大的压力，而且由于周扬他们曾经赞许过沈元，中宣部也被敲山震虎地感到了不同寻常的压力。这以后，沈元只能以笔名写文章，再后来中宣部来文，通知历史所注意影响，少发表"白专"典型沈元的文章，此后他所有的文章都不能再发表了。

1964年，在沈元案的阴霾中，黎澍先生不畏权势和左倾罡风，在《光明日报》上以评论员的名义发表了一篇当年温暖过不少青年人心灵的文章，那就是《让青春放出光辉》，文中引用许多青年人发奋有为的历史故事，鼓励年轻人立大志、勇于探索、努力上进，不须多说，这篇文章是他激于沈元案而发愤写出来的。果然文章发表不久就有人将之与沈元案相联系，又指责黎澍提倡"白专道路"，错误引导青年。

沈元以右派和准右派的身份一再受到不公平的对待，心有不平，遂在日记中倾诉苦闷。迨"文革"爆发，学部的造反派要打倒刘导生等，于是再次以沈元案开刀，批判刘、黎等任用、提携右派，是"招降纳叛"，同时大打"死老虎"，批斗沈元。沈元在日记中表达悲愤和不满，结果被人发现，罪加一等。沈元熬不过批斗，遂做"置之死地而后生"的绝望之举，化装成黑人跑到一个非洲国家驻华使馆，结果被抓，终于1970年在公审大会上处以极刑，以"叛国"罪被枪决了！

这颗中国历史学界的新星就这样陨落了。事后，黎澍先生不仅受到牵连，也常为沈元的死而深感自责和不平，心情极度抑郁。有此教训，黎先生后来总是告诫弟子要有所谨慎和警惕（沈元的性格也有弱点，他恃才傲物，少有忌讳，但这又往往是才气横溢的人所不免的）。

沈元的例子不过是左倾年代"被侮辱与被损害的"众多中国知识分子中的一个，而他们受难的许多原因中，许多又是因为人类公法中早就被列为给予保护的"隐私权"内容之一的"日记"，在没有"隐私"和丝毫个人空间的日子里，日记竟成了他们苦难的一个源头。现在谢泳和王友琴两位正从事中国知识分子苦难史和"文革"受难者记录的研究，我想他们应该把沈元作为一个例子。《中国日记史略》和《日记悲欢》如有续书也应该把他列入。

散木

杨树达先生的日记

昨近学人留下来的回忆录不能算多,这是憾事,贾植芳先生在其《狱里狱外》中说:"我们这一代吃文化饭的人,如果能潜下心来,写一本直面历史的真实的个人回忆录,对历史来说,实在是功莫大焉。"但是,写与不写,有时并不能自说自话,先前是唯恐文字魔障避之不遑的,后来昌明了宽松了你大可以写,然而冯友兰《三松堂自叙》也好,周一良《毕竟是书生》也好,有些看法犹不如意。说到叙事策略吧,比较了中外"自述"的陈平原先生就概括出这样一个结论:"以'追忆'而不是'自省'

为中心，乃现代中国学者自述的基本特色。"也即常取"外部视角"而非"内部视角"，"其基本立场并非'向上帝忏悔'，也不是'与朋友推心置腹'，更不是'自己同自己的内心对话'，而是'对后代说话'"云云（《中国现代学术之建立》）。这样的回忆人们委实看了不少，像卢梭、托尔斯泰、河上肇、陀思妥也夫斯基以及巴金此类"决心自食"的灵魂拷问者的文字，却真是不能算多。庶几，能见本色的回忆尤其是日记就可以说更为不易了。

"一旦忽易阴森惨酷之世界，而为清朗和平之宙合，天而不欲遂丧斯文也，则国家必将尊礼先生，以为国老儒宗，使弘宣我华夏民族之文化于京师太学。"有这样资格和冠冕的学者，如果他写回忆，想来气度也不凡矣，果然先前陈寅恪为《积微居金文说》作序（出版时被人删除了）的这个"国老儒宗"、"积微翁"留下一部日记体的《积微翁回忆录》就率直得令人刮目相看，个中月旦人物直是寸铁杀人，若说其价值，陈平原说："学养丰厚者的自述，其中涉及学界同行，评论时往往一针见血。"能言人所不言，也就是"这一个"了。这本书是作者仙逝三十年后、1986年以《杨树达文集》之一种出版的，我于多年后在杭州一个冷摊拾得，成为鄙藏中一本"得来全不费工夫"的得意之作。

杨先生的本行训诂小学吾辈是不敢妄议的，只能窥其学问外之林薮言谈，以为知人论世之助。杨先生自序有云："余性不喜谈政治。中年涉世，见纯洁士人一涉宦途便腐坏堕落，不可挽救，遂畏政治如蛇蝎。"但是又不能不觉悟到"由今日观之，人在社会，决不能与政治绝缘"，这也就是小子如吾侪亦常惘然蹩躠手足无措的斯芬克斯难题，于是看先生如何化解，也是捧读此书的一个初衷，虽然出版者于"整理后记"云"极少几处作了必要的删节"，较之冯友兰《哲学史》的出版发行迄今不能令人窥得"全豹"，也就完满多矣。

依自传者的本色，这本回忆就往往涟漪在治学交往上而鲜少语及社会政治。其谓:"昔年在京,往复论学之人有喜欢谈政治者,而政治上犯大错误之人如陈独秀者,与余虽未谋取一面,然以讨论文字学之故,亦曾有书札往还。此等皆属学问上之因缘,与政治绝无关涉也。"固然小心,"人在社会,决不能与政治绝缘",其回忆所及,我所关注的就有30年代初北方学人如何浸染马克思主义、"新启蒙运动",即使向属旧学的"小学"(文字训诂音韵)也有太炎三大弟子之一吴承仕思想转向等。再比如,此之后,在国难临头之际学人如何自持?周作人、钱韬荪等恬颜下水,士林中其他人物如何安排?阅之多有收获,不能一一。还有一个"阅读期待":在"今日人民政府之时代",如"国老儒宗"之人物又如何安身立命,或者怎样"自我批评"以适应时代?出版者云,作者"解放后之自我批评于己之缺失纪录无隐",观之"可知其人之爽直",洵为的论。

还在新中国成立在即时,杨先生记有:"有人在香港见章行严,行严极道毛泽东之贤。"章士钊与杨先生俱是毛泽东的乡人,又是有过交往的旧雨,这就有了感情相通的一面,不久杨先生读《认识论》(即《实践论》),"余谓列宁、斯大林、毛泽东三君不惟有政治才,亦富于学识。我国古来君师合一之象,今日见之矣。"后来又撰《实事求是》,"大致谓清代皖派又汉学家戴东原等标榜实事求是,故其党派有超越汉唐。今中共治军行政概以实事求是为口号,且能实行,建国成功,决无可疑也。"这不全是择良木而栖的一种欢呼,新中国气象一新,给不谈政治的学人一种从未有过的喜悦,连带他们的自我角色认同也发生了变化,这是时代大潮下的趋势,影响所及,学者们治学的门径和方法也逐渐发生分化,杨先生读斯大林《辩证唯物论与历史唯物论》,欣然以为"简明扼要,读之有如石投水之乐",这就和要求不宗马列不学政治保存一个治学"特区"的陈寅恪不同了。尽管不同,那条"尾巴"还是能看到的,所以不久,杨先生亟叹"今日局面,对于古文字学殊不重视",而月旦人物,依然是文人相轻的积习,如见北京设中央文史研究馆,"乡人某任馆长,某乃佞人，不识一字。果有其事，亦是轻朝廷、羞天下之士矣"，乃符定一先生果"不识一字"乎？又有湖南大学文学院长之杨荣国，"二杨"勃谿，李达校长无计调和，至惊动中南海，先是杨先生要求钦定，人劝之"今日教授当以思想为主"（已经是知识分子思想改造运动了），杨先生遂"自悔孟浪"，毛泽东以为"取这种态度是较好的"。杨先生这些人要"洗澡"要"割尾巴"谈何容易，先前"持短笔，照孤灯，先后著书高数尺，传诵于海内外学术之林，始终未尝一藉时会毫末之助，自致于立言不朽之域（陈寅恪为之书序）"，以学者的孤傲让他低下头来俯首称"毛将焉附"，岂能真的爽快不二？杨先生又听得杜国庠在中山大学并赞陈寅恪与容庚，不由起火："官吏尊重学人，固大佳事。然以容配陈，有辱寅恪矣。"学校评薪，最高级为杨先生，他自问"决不为少"，却疾首竟与杨荣国、谭丕模为伍，视为"一种侮辱"，真是快人快语，不稍遮掩，一本回忆所非议者几网罗学坛名流众人，在出版者以为其"是非留待后人评定，不必为贤者讳。且为儒林留佳话，亦可以使后学者见各人之长短"，则无论作者抑或出版者皆得为妙人，如果搁在今天，恐怕是吃不了兜着走要沸沸扬扬上法庭了。

1952年好戏开张，看杨先生如何"洗澡"过关。彼时陈恒、裴文中等在报上揭载"颇深刻"的"自我检讨"，杨先生拜读，继湖南大学有"群众意见书来，凡六条，内容为自高自大，轻视他人，专家学者思想包袱极重，强调业务学习，喜爱奉承"云云，杨先生于是开始检讨，不是依样画葫芦而是"脱裤子"亮丑了："生平最大之错误，为应日本人之请续修《四库提要》一事。次之则反对学生运动（抗日运动除外）……他如强调业务，自高自大，自私自利，皆极端错误，急需改正者。""检讨毕，同事同学多人与余握手道贺，幸获通过。"杨先生一番"检讨"即蒙通过，真是福人，逾四年，他病逝了，又幸免1957年和1966年两劫，世上的事端的是可遇不可求。不过看杨先生的回忆，"洗澡"真不算什么事了，未免心中有些忖度：杨先生是中南海的旧雨，他早年日记于1919年记有："湘省督军张敬尧行为不法，蔑视教育。学界人人愤慨，发起驱张运动，推举余及罗教铎为入京代表。十一月，余偕罗君入京，到国务院请愿，当局不顾也。"入京驱张，教员代表杨先生，学生代表则有毛润之了，而毛泽东后来是以礼遇曾与之交的长者闻名的，则后来湖南大学之"二杨之争"，杨先生及得北京答"杨遇夫教授"之函，顿时领悟"1920年驱张之役，余与毛公司事，故有违教一语也"，后李校长调武汉大学，行前告杨先生：杨上书两信皆被示之于李校长矣，杨先生乃"大惊"，"以毛之周到不遗小物也"，有此情节，想来湖南学界思想改造于杨先生是有所轻重矣。

这是左倾罡风尚不威烈时的故事了，此后风筝升天，到1955年作为胡风分子的贾植芳先生入狱，受了狱中难友一番调侃，才算解惑："你们这种小资阶级，又不是章士钊、梁漱溟，你们本来就是跟随革命的人，你们喊万岁，上面才不稀罕呢。"那是另一类的故事了。思想改造是分对象的，若胡风、贾植芳这些"本来跟随革命"且自居为有功于革命的国统区的知识分子，"他们的狂妄是与他们曾经有过的奋斗经历联系在一起的，他们决不会像朱光潜那样，解放后靠不停地自我检查来表示昨非今是，也决不会像冯友兰那样，去重新改换门庭投靠新主以求新生"（《狱里狱外》），贾先生的话虽有些言重，但"改造"的方方面面、中间的曲曲折折，也是值得人们思考的。

散木

读夏承焘先生的日记

一

人好像都是有窥视欲似的,比如朱光潜就曾说过:"我们都是人,了解人性是人性中一个最强烈的要求,我们都有很浓厚的好奇心要窥探自己的深心的秘密和旁人的深心的秘密。"如果说有什么东西可以展现这"深心的秘密",那一定是日记了。

说到日记,现在民间有一份《日记报》,是山东一位文学青年于晓明办的,小报尽管办得辛苦,却坚持办了下来,那上面刊登过许多关于日记的研究,比如说学人日记,似乎近来很多人就对宋云彬日记的出版(书名为《红尘冷眼》)特别关注,它可能是《吴宓日记》出版后(只是1949年后的日记仍然没有上市,未免吊足了人们的胃口)读书界和出版界的又一热点,不过,它让我想到的却是另一学人的日记——早已出版了的词学大家夏承焘的《天风阁学词日记》。

学人日记,自然有学人记录治学的体会和心得,同时也记录了学界的过从,所以它被关注学术史的研究者看好,这是很自然的,不过,学人日记中不仅有问学、游学的"第一现场",它还保存了学人赖以生活于其间的社会变故的消息,要说日记的价值,它可是了不得的,因为只有通过它你才可以于日记主人予"同情之了解",比如理解夏先生词章之津梁,是断断离不开大时代之下词人所折射出的心路历程的。而夏先生从十四岁起就坚持写日记,他是仿《越缦堂日记》的体例,以迄其终的(共有七十余册,"文革"中有散佚),现在出版了的,是他1928年到1965年的部分(其1966~1986年部分不知可有遗存或出版的机会)。看看这个年代,正是中国大动荡的历史时期,其中之繁胜、曲折已经让人眼花缭乱了,而其文字又要言不烦、隽永秀美(这与杨树达先生的日记可以比肩),说它载有学术和历史的双重文献价值,那是一点也不夸张的,特别是编者取"为存其真,概不删削,无所避讳"的宗旨(由夏先生夫人吴无闻和其弟子吴战垒编辑),其价值更是难得了。只是由于它先前以《天风阁学词日记》之名分册出版问世(浙江古籍出版社),第一册(1928~1937)出版于1982年,第二册(1938~1947)出版于1992年,两册分别出版横跨了十年,期间中国图书出版和读书走向已经发生了变化,也许因此其第三册(1948~1965)就再没见有单独出版(显然是已经没有订数可言了),于是在我的藏书记忆中就留下一段可人的回忆:夏先生第二册的日记精装本(价仅十元),后来不时仍可见于杭州的书肆,曾被各地淘书人视为奇珍,吾友湖北程巢父先生曾来信嘱搜尽余书,以为馈赠好友的礼物,只是可惜无法配套了。由上述原因,加上夏先生的日记可能因"学词"两字的过于专业而失去了许多读者(施蛰存先生主编《词学》时曾予以连载),后来收入《夏承焘集》时又因文集的厚重和价奢(日记是第五册至第七册)又吓退了一些读者,所以,夏先生的日记,其价值至今还是鲜为人知的。

二

夏先生是中国词坛泰斗,后来又是杭州大学(今统称浙江大学)文科的两大"校宝"之一(与姜亮夫先生并立,曾为中文系之"两大白旗"),如果把中国知识分子从科举结束以后按其不同的性格和禀赋分为超然问学、以学术救国和干预社会、直接参政几类,他和吴宓、俞平伯、杨树达等应该是与宋云彬、郑振铎、叶圣陶等略有不同的(他们都已有日记问世),前者几乎是粹然学者,所以夏先生的日记会以"学词"为名,于是今天读其日记除满颊余香,领教一部中国"词史"之外,还能感受到金针度人的温馨,将它作"励志"的图书也是可以的,不过这就仅仅是学人日记了。

其实,当词人意识到"从前种种譬如死"之后,关于知识分子的分类可就模糊了,词人也要"与时俱进"了。他"阅闻一多年谱,其晚年声光熊熊,诚可叹佩,自顾恧然,真陈死人矣",就是检读自己的日记,也觉得它"因循过日,于人生不能见其大,感其深,做人治学皆甚浅薄"了,所以,当一解放,瞠目于学生张贴的《农民养活了你,你该如何报答》的壁报,读了校园里《史学家陈垣变了》的大字报,议论了冯友兰参加土改是否是"投机",听了马寅初校长的"旧学而能翻新则旧学仍非枉费"的讲话、从费孝通文章中引述的艾思奇描写"小资产阶级知识分子"的"小本经纪"嘴脸……他惊觉不已,憣然有悟了,从此他也"变"了,兴到时他会发愿"一年左派,六十岁入党"(他真是羡煞陈垣、梁思成、梅兰芳、金岳霖、郭绍虞、夏鼐、苏步青等的光荣入党),放歌"百里直成歌吹海，千年不羡汉唐人"，且作《枕上诗》云："风逐歌唇起，春随酒靥深。老夫岂真醉，红透少年心。"果真是"老夫聊发少年狂"？没有多久他就意兴阑珊矣。"白旗"的他与陈寅恪、郑振铎（日记中记有其飞机失事之时，也正是文学所开会批判其人之际，吴晓铃等当场失声痛哭）、王了一、吕叔湘、高名凯、王瑶、周谷城、游国恩、姜亮夫等同类，甚至竟与王维、李清照、周邦彦、李商隐、陶渊明、章太炎、王国维为伍而受到批判了。那么，编者慨言的"无所避讳"是什么呢？这就是我所说的其日记的"历史价值"了，某种意义上说，它就是一部史书，所谓"六经皆史"么。

我们可以从中读到别的地方读不到的东西，而它又是那么鲜活的历史的存在，尤其是它的第三册，树立了中国知识分子一部心灵炼狱的个案，深浸其中，你会对共和国历史上的许多风风雨雨、知识分子们又是如何跌跌撞撞走过那深渊，取真正的"同情之了解"的。比如始自1950年的思想改造，怀有"原罪"感的他们是如何认同了自己的"小我"又走向新的泛道德主义的（日记中记录了夏先生的历次检讨），他们又是怎样从虔诚的"批评与自我批评"中痛感"从前种种自误与误人"，又如何逐渐学会不惜自诬与诬人来获得生存"智慧"的；"三反"在高校是如何开展、"老虎"是如何逮到的；"胡风案"中知识分子们的群噬大观（其前胡风在浙大有讲演）以及反右时的"眼花缭乱"；在一场经济浪漫主义的乌托邦运动中，学人们又是怎样相互"竞赛"的呢？当意识形态越来越火药味发作，不断的"教育改革"中高校里的"老九"们又是如何应对和自保的呢？举凡共和国历史上一次次针对知识分子的运动和政策波动都反映在夏先生的日记中，其中一些记载今日读来仍有寒意，比如那一些几乎被人遗忘殆尽的"命案"（夏先生记有50年代初和50年代末在浙江图书馆、之江大学、浙江大学的几桩命案），可能只是因为夏先生的记录，这才让人思及而凛然其酷烈的。

三

夏先生交游颇广，他本来就是中国词坛的盟主之一，所以此中消息也就格外丰富。比如说学者的生活，那不大为人所能窥见的一隅，一经读，可能就会读出眼泪：梁启超曾有"战士死于沙场，学者死于讲座"的名言，其例便有拚死翻译莎翁的朱生豪，三十二岁毙命，竟遗言若早知一病不起，就不该疗病耽误了工夫。其言之痛若何！月旦人物，夏先生尽可在日记中直抒胸臆，如评价郑孝胥的字、胡朴安的古史观，乃至钱钟书的著作（谓其《谈艺录》系"积卡片而成，取证稠叠，无优游不迫之致"）等等，更不用说夏先生亲历亲闻的浙江学风丕变、浙江学人行藏（马一浮、邵祖平、郑晓沧、苏步青、张其昀、谢幼伟等等）了，单说一部浙江学术，把夏先生的日记与竺可桢的日记合读，就会有相映成趣之处。

日记是个海。夏先生的日记是个宝藏。

散木

田汉的日记

近日见《田汉全集》二十册出版。我曾经想："五四"以来中国新文化的创造者们，他们中许多人已经有了《全集》，其中大多都是有日记的（基本上都是最后一卷），如果开列一个名单，按"出场"顺序，把他们的日记逐一阅读一遍，可能就会有很大的收获，这个收获最保守的估计，也就是现代中国迈进世界现代化潮流后的"实录"，那是其他书籍无法替代的。

田汉最早的日记结集出版似乎是1922年由上海泰东图书局出版的《蔷薇之路》。那时田汉在日本求学，计划写十年的日记,作为"内外生活的记录",用以记录他周遭世界蜕变演化的宏大叙事以及他个人的隐私和微妙变化。所以命名为"蔷薇",似乎那是那一时代人们普遍爱做的"蔷薇的梦",青春中国撩起许多中国青年无比的梦想,他们不会知道历史将击碎所有建筑在贫瘠且沙化、板结化社会土壤上的一切梦幻,就是当时,田汉也不禁犹豫和彷徨着:"但将来我们的路上到底是蔷薇是荆棘,还不可知。"

《蔷薇之路》是写"五四"后一个中国青年在异乡的生活和思想经历的,田汉后来的生活以及他艺术的道路(既受到左翼文艺的影响,也不同程度受到唯美主义、唯心主义、精神分析说、恶魔派等等的影响,而人道主义、民主主义痕迹最深),都可以在这中间看出迹象。但后来,历史场景发生变化,一度参加了创造社并与郭沫若、成仿吾合住在上海"民厚里"的田汉开始蜕变,张扬"革命文学"的同仁要"改造"他,成仿吾毫不客气地批评了《蔷薇之路》,他以托尔斯泰的日记为例,以为"一个作家的日记应有较深的思想内容,所谓灵魂的对话",这样来看田汉的日记就不过是"新闻报道性的东西"和无足轻重的东西了。田汉接受了批评,"做深刻的自我检查",但终究"浅薄任性"也即个性主义作怪吧,他受不了这样近乎苛求的批评,离开了创造社,去从事他的南国社了。

又是若干年,历史场景再度迁变,田汉不得不接受最严厉的批评——不,是批判了。《田汉全集》收入了他于"文革"初期的日记片断,与《蔷薇之路》相比,不独文字萧杀了许多,内容也单薄了许多,通篇都是"新闻报道性的东西"和自辱性的文字了。一个勃勃青春气息的田汉哪里去了?

不仅仅是自辱,还不得不相噬。田汉日记中还对一条黑线上的周扬有所"揭发",他谈"周扬对我的几手",说自己"犯错误"的根源:"周扬总是浸浸润润地让我同意他的一些政治见解,这样使我跟着他走向反党反社会主义反主席思想。"当然今天我们不必过于认真看待之,不过,其中许多我以为是可以作为珍贵史实的。比如田汉那部引火烧身的"鬼戏"——《谢瑶环》，周扬为什么故意不透露上面要批判它的内幕？"怕我紧张"还是"他想顶回去"？后来终于说"这戏除了武则天外都是不好的干部，问题很大"，田汉觉得委屈，"这戏写成那样就跟周扬的理论有关么"？这即"一、他说过去人民有委屈就靠造反、中状元、找包拯。二、而当时三年灾害中不能写造反，怕刺激人民，所以就写人民告状，清官私访……"想知道"鬼戏"的背景、"文革"的来龙去脉，这就是一条可贵的史料了。至于日记的主人，他的日记的文体和内容的起伏、演变，不也是其"内外生活"如何发生剧变的记录么？

顾农

鲁迅与周作人合作写诗
——读《周作人日记》小札

《周作人日记》辛丑年后附有一份杂记,内有诗文手稿及抄件多份,其中的《惜花四律步藏春园主人原韵》,作者署"汉真将军后裔",眉批云"都六先生(周作人)原本,戛剑生(鲁迅)删改",又说"圈点悉遵戛剑生改本"。鲁迅改得很多,现照改本抄录如下:

　　鸟啼铃语梦常萦,闲立花阴盼嫩晴。怵目飞红随蝶舞,关心茸碧绕阶生。天于绝代偏多妒,时至将离倍有情。最是令人愁不解,四檐疏雨送秋声。

　　剧怜常逐柳绵飘,金屋何时贮阿娇。微雨欲来勤插棘,薰风有意不鸣条。莫教夕照催长,且踏春阳过板桥。只恐新秋归塞雁,兰艘载酒桨轻摇。

　　细雨轻寒二月时,不缘红豆始相思。堕茵印展增惆怅,插竹编篱好护持。慰我素心香袭袖,撩人蓝尾酒盈卮。奈何无赖春风至,深院荼蘼已满枝。

　　繁英绕甸竞呈妍,叶底闲看蛱蝶眠。室外独留滋卉地,年来幸得养花天。文禽其惜春将去,秀野欣逢红欲然。戏仿唐官扩佳种,金铃轻绾赤阑边。

　　据周作人眉批,第一首只有第一句、第二联是原稿上的,第七句的"不解",原作"绝处"。第二首也是只有第一句、第二联是原稿上的,其余都是鲁迅改写的。关于三、四两首无眉批,大约全部由鲁迅重新写过。以此,则鲁迅的笔墨超过了四分之三。可惜我们现在看不到周作人的原稿,否则可以对大哥修改的用心有更多的了解。

　　所谓"汉真将军",指著名的将领周亚夫。《史记·绛侯周勃世家》云,亚夫驻扎在细柳,天子前来劳军,先驱先到,进不了营门;稍后文帝本人驾到,还是进不去,于是——

　　上(文帝)乃使持节诏将军:"吾欲入劳军。"亚夫乃传言开壁门。壁上士吏谓从属车骑曰:"将军约,军中不得驰驱。"于是天子乃按辔徐行。至营,将军亚夫持兵揖曰:"介胄之士不拜,请以军礼见。"天子为动,改容式车。使人称谢:"皇帝敬劳将军。"成礼而去。既出军门,群臣皆惊。文帝曰:"嗟乎,此真将军矣。"

　　所以"汉真将军后裔"表明姓周,指鲁迅、周作人皆可。日记中这样署名,恰好表明这四首诗是他们兄弟合作的成果。

　　《惜花四律》曾经被收入十卷本和十六卷本《鲁迅全集》。不久前听说有人认为该诗原作者不是鲁迅而是周作人,主张新版《鲁迅全集》不复录入。对此已有人提出不同意见,不知最后如何处理此事。我想,既然是两位"汉真将军后裔"合作写成的,还是以收入为宜。《周作人日记》的读者,总要比《鲁迅全集》的要少得多。

关于义和团的日记:《庚子使馆被围记》

顾农

《庚子使馆被围记》一册三卷,英国朴笛南姆·威尔著,冷汰、陈诒先译,中华书局民国五年(1916)四月印刷发行,定价银七角。

作者朴笛南姆·威尔(B. L. Putnam Weale)是英国驻华使馆的外交官,亲历过1900年义和团围攻东交民巷使馆以及八国联军攻入北京两大历史事件,留下了一部日记,正如作者在1906年写的序言中说,此书"据目之所睹者而述之",因此具有重要的文献价值。

本书最得注意之处在于比较真实地写出了八国联军在北京奸淫掳

掠的罪行。书中在 8 月、9 月的两册日记中分别写道:

……顺民旗触目皆是,均以数尺之布,仓卒制成各国旗,每家均插一面。墙上又贴有污秽之小纸条,有法文,有美文,又有其他各国之文,半带诙谐,半带勤恳。此等奇异之告白,皆受过抢劫之苦百姓,或经他种虐待者,则请兵丁写数字于纸上,以免再被劫掠。彼兵丁粗劣之手,所书之字,大半皆以下二语,即"严禁抢劫,予等已尽取之",可见彼等匆遽猖狂之状也。(下卷第32页)

昨日有余素识之数中国人前来视余,及见众人散去,忽倒地痛哭,甚为凄渗……久之始言当此骚乱之时,彼等所有,一切失亡,或为拳匪所取,或为洋兵所劫,但此等物件尚不在意,所最痛心者,即其家人之被污辱是也。彼等眷属,不分老幼,无得免者。此等事皆自战栗之唇中,含糊道出。(下卷第64页)。

强盗兵或明火执仗地抢劫,或鼠窃狗偷,或将古董店抄掠一空留下一文钱算是付了款。抢来的财物就地变卖。冷汰在译序中指出:"观此书所载联军骚扰之状,其文明为何如耶?且出之彼族之口,尤为确凿无诬。吾国人其详观之。外兵之入国中,其残酷侮辱有如此,可不惧哉!"

关于义和团的所作所为,书中也有具体的记载,他们彻底排外,将矛头指向三种人:一是洋人,或曰"大毛人";此外"尚有二三等之人,亦为奉拳团者所同声咒恨,则加以二毛子三毛子之号。二毛子者,凡奉耶教之人皆是也。三毛子者,凡直接间接与洋人有关系皆是也。茶馆中昌言,凡官员家中,有少许西洋物件,即为三毛子"(上卷第16页)。这么宽的打击面,就决定了义和团的起义虽然充满爱国热情,但根本不可能成功。书中还写到义和团为了攻打英国大使馆,于 6 月 23 日从该馆的北邻翰林院发起火攻(书中附有使馆区建筑示意图)曰:"厥维翰林院中排积成行,皆前人苦心之文字,均手钞本,凡数千万卷。所有著作,为累代之传贻,不悉其年,又有未上漆之木架,一望无尽,皆堆置刻字之木版。置身于院中之翰林,虽未梦见西方之学术,而在此国中,则自矜博涉,处于读书人最高之位,上自王公下至乞丐无不尊敬者。如谓此地可以放火,吾欧人闻之,度未有不笑其妄者。然今竟何如,在枪声极猛之中,以火具抛入,人尚未知,而此神圣之地,已烟焰上腾矣。"英国使馆中人为了自救,前来救火,同时也就趁火打劫,又云:"有绸面华丽之书,皆手订者,又有善书人所书之字,皆被人随意搬移,其在使馆中研究中国文学者,见宝贵之书,如此之多,皆平时决不能见者,心不能忍,皆欲拣选抱归……将来中国遗失文字,或在欧洲出现,亦一异事也。"(中卷第18~19页)收藏在翰林院中的《永乐大典》(已有残缺)、《四库全书》底本以及其他大量的典籍、版片,就这样毁于一旦。一部中国藏书史,原多惨不忍睹之事,而这一次则是中西合璧联手完成的空前浩劫!

曾国藩日记及家书中的治家八字箴言

徐明祥

曾国藩作为封建社会货真价实的"高干",被清王朝称为"中兴第一臣",权势大,地位高。令人不可思议的是,曾家数代无一废人,未出一个纨绔子弟。长子曾纪泽是清代著名外交家,后任驻俄公使,签订过《中俄伊犁条约》,挽回了部分领土主权。小儿曾纪鸿自学成才,是我国近代著名数学家,有《对数评解》《圆率考真图解》《粟布演草》等多部数学专著传世。孙辈中曾广钧二十三岁即中进士,是翰林院中最年轻的一个,其他的也都从政从军,善始善终。曾孙辈多是学者,各有专长。究其原因,在于不管如何改朝换代、风云变幻，其家庭始终保持着严谨的家风。具体来说，这与曾国藩念念不忘、竭力倡导的"治家八字箴言"的熏陶和影响是分不开的。

治家八字即："早、扫、考、宝、书、蔬、鱼、猪。"早，早起；扫，打扫，洁净；考，诚修祭祀；宝，善待亲族邻里；书，读书；蔬、鱼、猪，指勤于劳作，参加农副业劳动。这一套治家方法是曾国藩的祖父总结出来的。曾国藩的祖父曾星冈，年轻时沾染"游惰"习气，有书不读，常骑马到湘潭与一些"裘马少年相逐，或日高酣寝"，引起不少长老讥笑。后来，接受别人劝诫，他"立起自责"，卖了马匹，步行回家。自此以后，他"终身未明而起"，苦心治理家业。为便于耕作，他领着耕夫"凿石决垠"，将小丘改为大丘，还精心钻研水稻和蔬菜的栽培技术。此外，还喂猪养鱼，一年四季无空闲。曾国藩曾致信儿子纪泽说："昔吾星冈公最讲求治家之法，第一早起，第二打扫洁净，第三诚修祭祀，第四善待亲族邻里……故余近写家信，常常提及书、蔬、鱼、猪四端者，盖祖父传之家法也。"

曾国藩对于这八字家法在日常生活中一直非常看重，不断地重复、解释、告诫，意在贯彻落实到每一个家人身上。同时，曾也很注意以身作则。打开《曾国藩全集·日记》，几乎每天的日记开头都是"早起"，内容大都是习字、清理文件、巡视等。道光二十二年十一月初八日："醒早，沾恋，明知大恶，而姑蹈之，平旦之气安在？真禽兽矣！要此日课册何用？无日课岂能堕坏更甚乎？"因为想睡懒觉而骂自己为禽兽，律己之严，可见一斑。

咸丰四年八月十一日，曾国藩致函其四位弟弟澄侯、温甫、子植、季洪曰："诸弟不好收拾洁净，比我尤甚，此是败家气象。嗣后务宜细心收拾，即一纸一缕，竹头木屑，皆宜捡拾伶俐，以为儿侄之榜样。一代疏懒，二代淫佚，则必有昼睡夜坐、吸食鸦片之渐矣。四弟、九弟较勤，六弟、季弟较懒，以后勤者愈勤，懒者痛改，莫使子侄学得怠惰样子，至要至要。子侄除读书外，教之扫屋，抹桌凳，收粪，锄草，是极好之事，切不可以为有损架子而不为也。"咸丰八年十一月十二日，致函其弟曰："嗣后诸男在家勤洒扫，出门莫坐轿；诸女学洗衣，学煮菜烧茶。少劳而老逸犹可，少甘而老苦则难矣。"曾国藩是一个崇尚劳动的人，提倡勤于劳作，自食其力，这与儒家名言"劳心者治人，劳力者治于人"所体现出的对劳动的鄙视，明显区别开来，至今仍有光大之价值。

关于读书，曾国藩更是至为重视。他本人几乎是无一日不读书。道光二十四年八月初六的日记曰："夜抄家训百字，自誓以后非有大故，每日皆抄百字；倘有不抄，永绝书香。"他曾制《求阙斋课程》："读熟读书十页。看应看书十页。习字一百。数息百八。记《过隙影》（即日记）。记《茶馀偶谈》一则。——右每日课。逢三日写回信。逢八日作诗、古文一艺。——右月课。熟读书：《易经》《诗经》《史记》《明史》《屈子》《庄子》、杜诗、韩文。应看书：不具裁。"

关于"宝"，曾国藩致信其弟解释道："宝者，亲族邻里，时时周旋，贺喜吊丧，问疾济急，星冈公常曰'人待人无价之宝'也。"（咸丰十年闰三月廿九日）

咸丰十一年二月廿四日，曾又致信"澄侯四弟左右"，谆谆告诫："家中兄弟子侄，惟当记祖父之八个字，曰：考、宝、早、扫、书、蔬、鱼、猪。又谨记祖父之三不信，曰：不信地仙，不信医药，不信僧巫。余日记册中又有八本之说，曰：读书以训诂为本，作诗文以声调为本，事亲以得欢心为本，养生以戒恼怒为本，立身以不妄语为本（即不扯谎也），居家以不晏起为本，做官以不要钱为本，行军以不扰民为本。此八本者，皆余阅历而确有把握之论，弟亦当教诸子侄谨记之。无论世之治乱，家之贫富，但能守星冈公之八字与余之八本，总不失为上等人家。"往事如云，历史沧桑，当我们认真地阅读这些话时，内心难免被隐隐地触动，同时也感受到一丝清凉，一缕生机。

撇开政治评价不谈，认定曾国藩是一个有学问的人，这一点似乎毋庸置疑。但我要说的是，在家庭教育这个范畴，曾氏是中国历史上一位不可多得的教育家，他不仅有系统的切实可行的理论，更宝贵的是，他还有成功的实践，虽身居高位却富有平民意识。

施蛰存日记可贵

李国涛

文汇出版社于2002年1月出版了施蛰存先生的日记一册，包括《闲寂日记》和《昭苏日记》二种。前者是1962年至1965年的；后者是1981年至1985年的，相去二十年。此书装帧典雅，很有特色。将影印原件印出，同时在一旁铅印原文。只可惜铅字太小，老年人看，颇费目力，但这也是不好安排的事。

施氏早已是新文学史上的人物，但以前只注意他的小说，前几年读他的《沙上的脚迹》，进一步了解其为人，可谓耿直而坦率，并且勇敢。这只要回想当年他与鲁迅先生就《庄子》与《文选》的争辩便可知。从他编刊物大胆发表鲁迅的《为了忘却的纪念》也可知。从他近年对沈从文、冯雪峰、戴望舒等各种倾向人物的公正不阿的评价上也可看出。所以我很愿意读他的日记。

《闲寂日记》时期,他已经六十岁,历尽政治运动的坎坷。但是,闲放、沉寂中,有悲愤痛苦,也有奋进争取。那时他对种种事件,包括对学问、人物、旧友、新交,也还是有三言两语的短短评论。这些评论常是警醒的、有见解的,至今足为治学者所重,也足为治理文化教育者借鉴。比如读韩愈诗,记曰:"奇崛处转觉山谷之费力。东坡亦甚得力于退之。然东坡非使事不能成篇,退之不甚至使事。"又"卅年前初读山谷诗,喜其峭峻,今则殊不喜之,此亦老人爱平淡之征也。"又如他比较钱钟书的《宋诗选注》和陈石遗的《宋诗精华录》,也有见地。对陈氏之书也评为"犹取圆熟一路"。可贵的是他也不只着眼于古代。1936年6月24日记:"阅报,知希克梅特已于本月3日卒于莫斯科。渠近年有作品反个人崇拜,故此间久不齿录也。"希克梅特是土耳其的大诗人,我记得50年代我们出过他的诗集。诗作也常见于我们的报端,评价极高。现在死了也迟迟才见报道。原因是他有"反个人崇拜"的作品。施氏的这种议论,是尖锐而深刻的,写在日记本上也是大胆的。由此也看出,施氏仍关心世界,并不退缩到蜗牛壳里。他读了那么多书,写了也不少,拟定一个又一个的著述计划,但他把主要精力集中到碑帖研究上了,虽然也有成就,我以为终是可惜。以1965年9月而言,请看:"8日录碑一通。9日撰碑跋一篇。10日录碑一通。11日仍录碑终日。"以他的渊博,兼通中外,出入百家,他原来可以有大得多的成绩。读到这里我感到痛心。我总感到,这有点像鲁迅在"五四"以前几年,在绍兴会馆的阴沉的屋子里"抄碑"以度时光,以忘却痛苦。施氏自己也这样说过。

《昭苏日记》是由1980年开始的,止于1985年。这时作者已过八十岁,且动过癌症手术,这时教学工作和研究工作的量都很大,所以日记就很简了。所记只限于金钱收支、朋友往来、购书赠书、参与答辩。每天所记不过五六字、十来字，这也都是有价值的。但是，毕竟不像《闲寂日记》那么丰富。我在这日记里看到"洗足"的记事，忽悟鲁迅日记里"濯足"之记，不值得多加猜测。另外，还想说点趣事。1984年12月2日，"助听器朴落四五。"朴落"何物？我又忆起鲁迅《"题未定"草》开头所说，"沙袋扑落开关"，"这是上海话"。再查，"朴落"者，电线插头也。英语plug也。施先生松江人，一直生活在上海，一口上海话。还有一次记请厨师做菜，最后曰："厨司赏每席十元。""厨司赏"者，我猜想就是大师傅的工钱。这是上海话，还是很久以前的上海话吧。

伊九州

王渔洋的日记

王渔洋,名士禛(1634~1711),字子真,号阮亭,又号渔洋山人,山东新城(今桓台县)人,顺治进士,历官扬州司理,至刑部尚书。他是清初著名的神韵诗宗兼散文家,一生著述颇丰,卓有成就,作品有《带经堂集》等数十种。他不仅诗文卓有成就,有"泰山""北斗"之誉,且有大批笔记、日记行世,时称"说部大家"。他的笔记、日记大多是依照年月日时气候的程式记载的,详细展示了他所生活的年代的政治变迁、经济动态、社会生活、战争始末、自然灾害、文艺活动等各个方面,可以说是囊括万千矣。同时，他皆以所见所闻、亲经亲历为素材，因此出语率真，史料价值较高，故中国人民大学历史研究所等单位编著的《清史编年》等书，便采录了王渔洋日记多则。

王渔洋先生一生治学严谨，他在诸多笔记的写作上，多按日记程式记录，因此，他的一些笔记如《池北偶谈》《居易录》《香祖笔记》《古夫于亭杂录》《分甘余话》等，读之则有如日记之感。如《池北偶谈》卷二《谈故》（二）中载："……四月二十二日赐天花，特颁御笔上谕云：'朕召卿等编纂，适五台山贡到天花，鲜馨罕有，可称佳味，特赐卿等，使知名山风物也。'用乌丝阑书，人二幅，士禛得'存诚'二字、唐人张继《枫桥诗》；（陈）廷敬得'龙飞凤舞'四大字、唐诗一首；曲江垂柳一条条。（叶）方蔼得'存诚'二字、唐人崔国辅诗，遗却珊瑚鞭。别赐士禛石刻二幅，一'清慎勤'三大字，一'格物'二字。论云：'去冬曾以石刻赐经筵诸臣，时尔士禛未与，故特颁赐。'……"《居易录》二十六卷："九月二十二日，经筵会讲毕，上御乾清门召见内阁九卿，询问原任将军赵良栋、御史任宏嘉事。""十一月初三日，贵妃薨。初五日，赴南郊殡宫陪祀。"《香祖笔记》卷二："三月十八日万寿节，大赦天下。十九日赴畅春苑，启奏刑部释放囚犯八百余人，是日请旨，御批又减等二十一人。"《分甘余话》卷三："……十一月十八夜，始得微雪，晓起即晴，著屐过石帆亭，忆萧亭方卧病山中，赋一诗寄怀云……"如此等等，不一列举。除去这些日记式笔记外，王渔洋还写了许多纯日记的著述。如康熙十一年（1673）他奉命典试四川乡试，写下了日记《蜀道驿程记》，详细记录了每天行程，途径城镇，名胜古迹，各地发生的故事等。康熙二十三年（1684），王渔洋以国子监祭酒、翰林院侍讲学士奉命祭告南海，又完成了日记《粤行三志》（包括《南来志》《广州小志》《北归志》）。康熙三十五年（1696），王渔洋以户部侍郎奉命祭告西岳，他虽已六十三岁高龄，但仍笔耕不辍，老而弥笃，又撰著了日记《秦蜀驿程后记》二卷、《陇蜀余闻》二卷。

由于王渔洋身居高位，又诗文卓著，多留心历代典故、民间习俗、故事传说，故他的日记内容丰富多彩，或记与文人雅士聚谈，或记论文诗词的流别，或记解析经史的疑义，以至国家典故、历代沿革、名臣硕儒的言行、神怪传说等，因此，历来各家对王渔洋的日记评价极高，称其学术性与文学性兼而有之。清乾隆年间，四库全书总纂纪晓岚把他的这些笔记、日记一律放入"子部杂家类"，因此史家尤其关注王渔洋的日记著述，称其日记内容富于史料，极具参考价值。如《池北偶谈》中"翰林卿寺属"条，记清初太仆寺增设满洲员外郎及翰林院起居注馆增设满洲主事、中书舍人员额的情况；"八旗开科"、"台湾开科"、"满洲乡试"等条。记顺治、康熙时乡试制度的若干情况；"殉葬"条记清初八旗用仆妾殉葬的旧俗，可以与《清通礼》《清通典》等典籍参证裨益。其日记中有些系传闻，但由于王渔洋文朋诗友皆是些像黄宗羲、顾炎武、朱彝尊、孔尚任、蒲松龄之流的硕彦鸿儒，他又官居扬州，典试四川，祭告南海，祭告西岳，足履大半个中国，阅历丰富，因而他的日记中的传说条目，也可补史籍记载之缺。如"史阁部"条，记扬州城破时，史可法骑骞自诣清军军营，不屈被杀等。

王渔洋的日记还记录了诸多有关自然灾害及气候异常的记录，《池北偶谈》卷二十三："顺治十三年（1656）二月初十日午时，宁陵县忽有响声自东北来，黑气如斗，光芒甚异，坠落城中民家，其形如石，重二斤十四两。"《池北偶谈》卷二十五："己未（康熙十八年，即公元1679年）秋，江南江鸣，水立如山，久之乃复其故。又顺天府东安县河水暴涨，居人见水中有物如蛟龙，而目赤色，后有白马随之，目亦赤，随涨徐去。""己未七月二十八日，京师地震。""康熙丙辰（1676年）五月初一日，京师大风，昼晦，有人骑驴过正阳门，御风行空中，至崇文门始坠地，人驴俱无恙。"《池北偶谈》卷二十二："康熙戊申（1668年）六月十七日戌刻，山东、江南、浙江、河南诸省，同时地大震，而山东之沂、莒、郯三县尤甚。郯之马头镇死伤数千人，地裂山溃，沙水涌出，水中多有鱼蟹之属。又天鼓鸣，钟鼓自鸣。"

王渔洋还在日记中记录了诸多文友相聚评论诗文书画的事情。《池北偶谈》卷十二："丙辰（康熙十五年）二月二十一日，过商丘宋子炘户部观画，李伯时白描十八应真最为奇妙，有'友谅''益之'小印。巨然山水，为贾秋壑故物，有'悦生'小印，首有'宣和之宝'。又勾龙爽《蜡屐图》、吴仲圭山水卷，为东原杜琼家藏，后归沈恒吉。恒吉，即石田父。后归吴文定，有石田跋。郭忠恕《雪景》、黄居宝《花鸟》、胡廷晖《山水》、沈石田《秋林读书》、宋元人画二册。其高房山小幅，有鲜于伯机题云：'素有烟霞疾，开图见乱山。何当谢尘迹，缚屋住云间。'赵松雪题云：'每爱侍郎山水，绝与画史离群。谁以高怀如许，曾看香炉晚云。'展子虔画《高欢归晋阳图》最奇。子虔，高齐、宇文同时人。即不必确出其手，亦唐、宋高手所临摹也。"又"康熙丁未（1667年）上元夜，于礼部尚书王公崇简青箱堂，恭观世祖章皇帝御笔山水小幅，写林峦向背水石明晦之状，真得宋、元人之三昧。上以武功定天下，万机之余，游艺翰墨，时以奎藻颁赐部院大臣，而胸中丘壑又有荆、关、倪、黄辈所不到者，真天纵也。"《池北偶谈》卷十三："戊申（康熙七年，即公元1668年）九月十六日，偶过陈翰林子端（廷敬）所出手抄白云先生陈昂五言律二卷读之。""乙巳（公元康熙四年，即1665年）七夕（农历七月初七夜），余北上京师，诸人祖于禅智寺，即席赋五言，茶村（杜浚）有句云：'记逢人日雪，造我吟穷愁。'"《居易录》卷二十七："重建太和殿自二月二十五日鸠工。"《居易录》卷三十一：康熙三十八年（1699年）"六月二十日内直。蒙恩赐御书大字一联云：'烟霞尽入新诗卷，郭邑闲开古画图。'御玺三，曰'佩文斋'、曰'康熙御笔'、曰'保和太和'。"

由于王渔洋日记具有数量多、资料翔实、语言简明、形象生动等特点，历来研究王渔洋的学者大都在他的日记上下苦功夫，或撰写论文著作。我在几十年里一直研读王渔洋日记及其著述，因此，在编著《王渔洋先生年谱》（山东大学出版社1989年出版）、《王渔洋诗友录》（北京燕山出版社1993年出版）、《王士禛志》（待版）过程中，减少了诸多查找典籍且难免疏漏之弊。

邓云乡

俞曲园日记

《曲园日记残稿》一册，清俞樾撰，《春在堂全书》中未曾收入。先生著述浩繁，此乃沧海遗珠，吉光片羽，弥足珍贵。苏州图书馆于1940年作为吴中文献资料予以排印，虽版本未足云珍，惟因系非卖品，因而外间流传颇少，其文献价值亦至为重要也。《日记残稿》乃曲园老人于光绪壬辰春所记，送其孙俞陛云先生由苏州到上海，乘海轮北上会试者。是行老人由苏抵沪，又由沪至浙江德清原籍扫墓后赴杭，于杭小住月余之后返苏。《日记残稿》起于阴历二月初十日，终于四月初三日，其年二月小，三月大，共记录了五十三天的起居情况。按光绪壬辰乃光绪十八年（1892），曲园老人于光绪二十八年以八十二岁高龄重逢乡举，重宴"鹿鸣"，于光绪三十二年去世，享寿八十有六。因而按此推算，《日记残稿》乃老人七十二岁时所写，清代会试，逢"辰、戌、丑、未"年举行，这年是会试的年份，会试在三月举行，其时海上已通轮船，由上海坐轮船到天津，快船两天两夜即可到达，故二月初十始由苏州起身，十八日始乘船北上，仍甚从容，较之过去走运粮河乘木船及走旱路，真不知要快多少倍了。曲园老人在《茶香室丛钞》中曾有一则记云：

大鞍旁开门后挡车，道光年间三品以上大员皆乘之，光绪丙戌，余送孙儿陛云入都会试，此车竟不复见……

老人乃道光三十年进士，三十六年之后，即光绪丙戌，为光绪十二年，六十六岁时亦曾送俞陛云先生入都会试，如该次报罢，其后又经"己丑"一科，因而这次陛云先生会试，最少已是三上公车了。按这次仍报罢，陛云先生戊戌（1898）科一甲三名及第（是科状元夏同和），后此十二年矣。《日记》所记距今已足足八十八年，约言之，都是九十年前的旧事了。九十年，从整个人类历史来说，还不足一世纪，真不过一瞬间耳，而从现实生活看，却已是很古老的事，不要说亲身经历过的，即亲身能记忆那时事情的人，现在也可以说是真如凤毛麟角了吧？去年在北京见到俞平伯老师，三里河新居会客室墙上还挂着曲园老人写给女婿许子原（平伯先生外祖父）六条大屏，都是很古拙的碗口大的八分书，很可仰见老人当年的精神，距今那六条屏最少已是近百年前的旧物了。俞平伯老先生现已八十余高龄，而书屏时及写此《日记残稿》时，平伯先生尚未诞生，岁月悠悠，岂非真是很古老的事了吗？

我很爱读古人日记，读日记和读历史资料不同，史料再详细，所接触到的历史事实也总是机械的，没有生命力的，使人对当时生活总有隔靴抓痒之感，而读古人日记，则完全不同了，好像使人感到和写日记的人生活在一起一样，有起居与共、谈笑如闻之感。读了老人这五十三天的《日记》，真像跟在老人身边，由苏抵沪，又由沪抵杭，像回到九十年前跟老人一起生活了五十三天一样，这是十分有趣味的。

当年由苏到沪，已很时兴用小火轮拖坐船，老人此行都是借用上海道的小火轮拖着坐船走的，只此一点，现在看来已十分落后，而在当时却是很摩登的了。对此当时的老辈们已有不同看法，老人在最后一则记道：

忆青溪金友筠曾劝余勿借轮船，谓此乃热闹排场，非江湖散人行径也，余深韪之。乃此行往返，皆以小轮船曳带，恐不免为高人所笑矣。

为了来往都借小轮船作拖轮，在《日记》最后还特地写了一笔，其襟怀难道是今天的人能够想象的吗？当时上海已是十里洋场，十分热闹，虹口公园也已开了，而老人到上海后，生活起居都在船上，很少上岸。二月十七日有一段很有趣的记载，文云：

余自十二日至沪，至今六日，始得送陞云等登船北上，每日所用之轿及马车，皆蔡二源所供给。二源时为英界会审之员，俗称"新衙门"者是也。甚感其意。然余虽有车轿，此因拜客登岸二次，洋场风景，不一观览。子戴至虹口大花园，见狮子，虎二，豺一，猩猩二，狗熊二，或劝余往观之。余笑曰："余力不能驱虎豹犀象而远之耳！何以观为？"子戴言一虎熟睡，对肉满前，一小鼠窃食之。嗟乎！鼠以嗜肉之故，前有虎而不知；虎以贪睡之故，旁有鼠而不觉，是皆可为世鉴矣。

"余力不能驱虎豹犀象而远之耳！何以观为？"口吻如画，正代表了当时老一辈学人们处于帝国主义侵略日渐加深下的无可奈何的心理状态，然而虽然有"何以观为"的愤慨，却照样借了英租界"新衙门"官员的车轿出门拜客，这又是十分矛盾的了，这不免使人感到，即使如学际天人的曲园老人，处在那样的时代之中，环境之下，也难免于生活中的矛盾了。光绪十八年会试，共中三百一十七人，状元是刘福姚，这是停办科举之前十二年的一次会试，其后连那拉氏六十岁恩科张謇中状元，七十岁恩科王寿彭中状元在内，一共举行了五次，到光绪三十年刘春霖一科，"科举"在历史上便寿终正寝了。实际当时在新潮流冲击之下，科举制度早已在风雨飘摇之中，但老一辈对科名却仍是极为重视的，老人亲自送孙儿北上会试，由苏州到上海，小火轮拖着坐船走得并不快，初十动身，十一船到闵行沙港，便因顶风走不动了，《日记》记云：

是日满望至沪，而风不顺，轮船力小，行不能速，枯坐舟中，戏作小诗示两儿妇："竟日狂风遇石尤，今宵野渡暂勾留。声声波浪船头撞，拟为吾孙报状头。"

小诗最后一句，非常生动地显示出老人送孙儿赶考，十分重视科名的心情了。

老人此行在上海一共住了六天，十七日送俞陛云先生乘招商局新裕号轮船北上之后，十八日即乘船假制造局小火轮拖曳赴杭矣。在船过嘉兴之后，特地经塘栖到德清扫墓，《日记》中记云："自伤衰老，未知能几度瞻拜松楸。"以七二高龄，犹笃于慎终追远之行，然亦难免要自伤迟暮了。旧时对于老人有一副非常概括的联语道："诸子群经平议两，吴门浙水寓庐三。""平议两"指老人的苏州、杭州的三处寓所，即苏州马医科巷的曲园，春在堂；杭州孤山脚下，西泠桥边的俞楼，及苏堤西里西湖南山右台山畔，近法相寺的右台仙馆。俞楼现在仍在。苏州马医科巷曲园，春在堂，几十年前尚在，后亦荒废，西面的花园，已盖了一所简易楼，住了人，东边的房舍尚完好。至于右台仙馆，于今知之者更少，早在民国初年就拆除了。老人此行于二十一日到俞楼，老人当时是苏州"龙湖书院"和杭州"诂经精舍"两处书院的山长，这次来杭还补试"诂经精舍"的望课，评阅课卷，给龙湖书院出试题，为传统学术文化培育后进，老而不衰，这种精神，都是足以使后人景仰的。老人到杭之后，一时杭州官吏名流如谭仲修（复堂）、金石家吴清卿（大澂）等争来俞楼拜会，人客甚众，二十二日记云：

客来，以便衣见之，并预告以腰腿酸楚，不能行礼，手书一联悬于客座曰："止谈风月，不具衣冠。"

文字不多，却颇能想见老人之风趣，盖当时来客中奔竞请托者颇多，不要说一般人这样，连和尚也多是这一流的。《日记》二十三日记净慈寺僧人雪舟等四僧来俞楼之情况道：

……所见四僧矣，高冠广袖，颇称草堂座上之客，惜其人皆止以庄严佛地为事，无一语契合禅机也。雪舟能书画，在西湖缁流中，尚为不俗，然亦惟乞书札谒达官而已。

"尚为不俗"尚且如此，其他可想而知了。所以老人写了这副妙联来挡驾，好像"免战牌"一样，只不知是否起过作用？再有这副联语想来一定也是用"八分"吗？八十八年过去了，不知此联尚在人间否？亦颇系人思念了。

老人此行，居于俞楼者二十一日，居于右台仙馆者十八日，湖山胜地，又值春时，因而时出游胜，写景文字虽然不多，但偶有写景之处，却极为萧疏有致，是炉火纯青之文字，如三月十九日记其生圹闲坐云：

薄暮扶杖至曲园墓上，二儿妇及班宝皆从，夕阳满岭，宰树萧萧，遥望雷峰、宝俶两浮屠，分列左右。坐凳上吸淡巴菰，饮苦茗，颇有萧疏之致。班宝采蕨盈把而归。

又如三月二十七日游云栖云：

过徐村，循钱塘江，傍崖而行，巉岩峭壁，时起时伏，即所谓九龙头也。幸江干无水，可免山行。遥望过江山色，浓青浅黛，风帆一二，出没烟霭中，风景殊胜。将至云栖，夹路修篁，亦颇可爱，既至则香客如云，转觉少味……。又至虎跑泉，四山环抱，万树参差红踯躅，花遍满崖谷，望之如绣，其胜似更在云栖竹径之上矣。

此种闲中笔墨，写来极不经意，但读来却像酒一般地醇，像橄榄一般地有味,尤其是前一则,是坐在自己的坟前,以七二高龄,对斜阳暮景,无生死之感,有萧疏之致,这种像陶渊明般地悠然的境界,岂是容易达到的吗?

老人此行虽只短短数十日,而公私韵事都办了不少,均又见老人的襟怀兴致。如三月初七日记一事云:

是日以婢瑞香嫁新市人沈阿长,阿长在西湖为余操舟有年矣,人颇勤谨,因以婢妻之,并拟为制一小舟,使操以为业。赋诗遣嫁云:"浮家莫笑似浮萍,为制烟波一小舲,他日我来湖上住,渔童前导后樵青。"……云水光中,浮家泛宅,亦是神仙眷属,数十年后,吾此诗流播人间,好事者来游西湖,以此两人及事曲园,争求一见,则雨笠烟蓑,青裙白发,亦西湖志中人物矣。

以年龄推算,这两位"浮家泛宅"的"神仙眷属",最少在抗战之前依然健在,不知是否有人访问过这二位,自然也应是"雨笠烟蓑,青裙白发"了,至于如今,则当然早已消失于云水光中了,此亦所谓俯仰之间,均成陈迹了吧。

老人对饮馔馈赠之事,曾云:"余生平无口福,十余年来不赴嘉招,不受盛馔。"然日记中偶一记之,则另有情趣,如其记溧阳食品云:

孙女入城,宋澄之馈肴核,其制甚奇,蒸熟鸡子,穴一小孔,去其黄,而实以肉,其所出之黄,另制为饼,云溧阳人食品也。凡馈肴核不书;异常馔,故书。

又如一则云:

余自来湖上,以食物馈者甚多,然不可书,书之则为酒肉账簿矣。惟涌金门外三雅园豆腐干及岳坟烧饼,则皆西湖美品也,不可不书。

老人这些天"日记"中,值得引用的地方太多了,引不胜引,亦近文抄,因此引文到此为止吧。老人所谓食物不书,"书之则为酒肉账簿矣"一层,实际是指不值一书之食物,而对于别有生活情趣之食品,老人则是颇为称许的。老人在南中所著之二首《忆京都词》，皆为回忆京都食品之作，如"忆京都，茶点最相宜，两面茯苓摊做饼，一团萝卜切成丝……"此即忆"茯苓饼"、"萝卜丝饼"也；又如"忆京都，小食更精工，盘内切糕甜又软，油中灼果脆而松……"此即忆"切糕"与"油炸鬼"也。词中所记均可与三雅园豆腐干及岳坟烧饼一并垂誉艺苑矣。惜乎年代虽不太远，而三雅园等等，早已无处问津矣，连昔时满街都是的"忆京都"中的"油炸鬼"，似乎近年亦已绝迹于京华了。

几十年前，记得有人曾编辑过《日记文学选》之类的书，如今则此调之不弹焉久矣。真想再编选一本有趣味的古人日记，把曲园老人这册《日记残稿》也编进去，但又一想，这种不一定合乎时宜的不亟之务，又谈何容易呢？只好瞎想想罢也。

附记：

最近传来消息，有关方面正准备修复曲园，"春在堂"旧匾原书件尚在，可以重做，这都是有关祖国历史文物的好消息。

又，此文在《学林漫录》五辑刊用时，书局小样寄来后，先寄呈俞平伯先生审阅，夫子看后，寄来了详细的修改意见。我便根据意见，作了修改。不过因为版已排好，在校样上改，不能大动。如"浮家泛宅"数行，如抽去后，要移动版面，比较困难，所以保留了。此次汇编入《杂稿》中，仍如其旧，题目亦未改动。因我所见之苏州图书馆排印本，就是这个书名。平伯夫子的修改意见，我按原件抄录，附在文后，作为附录。

周郢

日本汉学家竹添井井及其『蜀道日记』

"噫吁戏,危乎高哉!蜀道之难难于上青天。"(李白《蜀道难》)但就在这条充满艰辛曲折的秦蜀古道上,却屡屡留下日本友人的诗踪游迹。从元代的诗僧雪村友梅,到近代的画家福田眉仙、汉学家山川早水等等,众多日本文士在迤逶蜀道间创作了大量跌宕雄奇、开阖万端的诗文佳制。而其成就最高影响最大者,当属明治时期文学大家竹添井井之《栈云峡雨日记》。

竹添井井(1842~1917),是日本明治时代的汉学家,文学博士。本名进一郎,字渐卿,号井井,肥后

（今熊本县）天草人。其父为名诗人广濑淡窗高足。井井初从学于熊本的藩儒本下韦华村门下，明治维新后出任外交官，官至朝鲜公使。其在任时，因明治十七年（1884）朝鲜发生甲申事变，负咎去职。其后，任东京大学教授，从事创作和研究，直至逝世。其经学造诣深厚，主要著作有《左氏会笺》《毛诗会笺》《论语会笺》等。此外，他还擅长汉诗文的创作，是明治时代屈指可数的大家，所著诗文于大正元年（1912）集为《独抱楼诗文稿》刊行于世。（以上竹添生平，主要摘译自日本平凡社版《世界大百科事典》第19册311页神田喜一郎先生撰"竹添井井"词条。）

明治八年（1875），竹添井井随日本驻清公使森有礼常驻中国。他在北京使馆时，"每闻客自蜀中来，谈其山水风土，神飞魂驰，不能自禁"。于是顿生壮游秦蜀之豪情。明治九年（1876）五月，竹添同乡人津田君亮、翻译侯志信一道，扮作喇嘛，从北京出发经过保定、邯郸，又从孟津向洛阳；后向西越函谷关，经华阴至西安；然后翻过秦岭，自汉中入蜀历游剑阁、成都、重庆。乘舟下长江三峡，经洞庭湖去上海。全程九千余里，费时一百二十余天。

百日蜀道之旅，竹添沿途逐日作记，附以吟咏，用汉文写成了题为《栈云峡雨日记》三卷数万言著述。正如严绍先生所指出："竹添光鸿作为一位汉学家，第一次与中国文化相接触，沿途的诸种体味，'活化'了他从中国古典中所获的知识观念。"（《日本的"中国学"》）因此，《栈云峡雨日记》正可视为一位日本汉学家的一段心路历程，书中处处体现出作者对中华历史文化的崇拜及对中国民族美德的敬慕。基于这种心理情感，作者面对华夏之多娇江山、壮丽风光，时时流露出了无比的激情，故笔端融情入景，使全书文情并茂。

竹添行旅之中，曾取道陕西汉中府。这里是汉文化的发祥地之一，千里云栈便经由府境，沿途留有众多的历代胜迹。竹添日记中对其风俗、胜迹详加记述铺陈，自云"西南则详于梁蜀"，文辞恣丽奇谲，是全帙之精华所在。

竹添井井之行经汉中，盖先取道北栈（连云道），由宝鸡入府境，复由汉中行南栈（金牛道）入川。前后经过是：六月十四日至留坝厅——十五日逾画眉关——十六日过青桥驿——十七日发褒城——十八日抵沮水铺——十九日逾五丁关——二十日过牢固关入蜀。在汉中六天中，竹添对所过道路、驿站、关隘、地名，无不作了详细的记录。所见景物亦作细致描述，文笔恣肆酣畅，记叙翔实准确。如所记"栈中之险，有岭有关，皆以十数，而碥为之最；碥之险，有燕子，有火烧，有小鬼，有青石，亦以十数，而阎王为之最。自中丞（贾汉复）嗣之，险变为夷，石栈如砥，置佛像焉，更名观音碥"。是十分难得的古栈地名资料。又如叙五丁关"岩峦陡峻，乱石嵯峨，路广不过数武，秋潦一下，波流激湍，纵横回转，行旅病于经涉"。则使百余年前的"蜀道难"景象，形象地展现在读者面前。《日记》中还每每叙及止宿驿站，沿途茶亭以及栈道上的各种交通工具，这对今天了解古栈风貌很有帮助。

在《日记》中，尤对栈道的繁华和昌盛作了生动描述：

余经直隶至西安，一路荒凉，稻米不易获，意谓中原、秦中而如此，蜀栈则深箐宿莽，狐兔所窟，虎豹所嗥，道途险狭，行旅皆负担而过，无由得粒食也。既入两栈（按指南北栈），山间之地皆垦为田圃，岩缝石一罅，无不菽麦。所至鸡犬相闻，牛羊载路。路之险者，凿而辟之；栈之危者，磴而栏之。宛为康庄，两骑联而走矣。都邑则繁盛，客店则闳壮，肩舆络绎，昼夜不绝，小站亦皆炊膏粱以待客。

他不禁为中国民众劈路垦荒、化荒岭为坦途的勤劳勇敢精神而感到由衷的钦佩："吁！天下之事，每出意料所不及，非深于阅历者宁可与语之哉？"所记栈道经济情况，在中国史书中很少述及，其文可为探究古栈兴废与经济的关系提供参考。

竹添虽行色匆匆，仍不忘吊古瞻故，《日记》中便多处留下了他流连光景的文字。其中有些记载，颇有助于文物史迹的考证。如有关"白石神像"及"武侯真墓"的两段文字，即具有这一层价值。

"白石神像"曾见于宋人宋积之题名，但此后的《汉中府志》《褒城县志》中均未见述及，以致像为何神，设于何处，皆难于考索，而在《日记》中，却有十分详细的介绍：

鸡头关隔溪山腹有白石，莹然照映，相传为汉时山神所化。道光中有二炼师就关西碥，依山架木，设像奉之（引者按：像宋时已有，此处当作"移像奉之"），过者多进香，号白石土地庙。发逆之乱（引者按：指同治二年太平军入汉中之役），罹灾，同治中再造，轮奂映日。

竹添行经沔县时，专程拜谒了武侯祠墓，并留下了一段考辨诸葛亮墓真伪的文字：

明万历时，赵健来相地势，指侯墓为伪，遂就墓后更立一碑，东北面，题目"汉丞相诸葛忠武侯之墓"。按《蜀志》曰："因山为墓，不起坟垄。"《水经注》又云："因即地势，不起坟垄，惟深松茂柏，攒蔚川阜，不知茔墓所在。"去北魏时距侯殁不甚远，而道元之言既如此，不知赵健所何据而得实之。

武侯"真墓"的始作俑者，过去均认为是清嘉庆四年（1799）陕甘总督松筠的幕宾谭炳。今据竹添所载，则知最早作伪之人应是早于谭氏的明人赵健。竹添据亲见赵健之碑址著录，应无谬误。而由于后人将赵健碑移置双桂前大墓之亭中，此问题遂益滋烦扰，今据《日记》所载，乃可一清疑案。无怪汉中史专家陈显远先生称"这段资料，极为重要"，使其大开眼界，顿释旧疑。

其他如沮水源流、樊河桥、武休关、褒姒铺、黄沙镇、阳平关等，竹添也逐一作了调查和考证，语多可采。且有些内容，是中国官书所不详记或不屑记的，如所记留坝厅"冬天多获豹皮，极贱"，大安至黄坝间"七十二道脚不干"的谚语，鸡头关上的"祷福之碑，累累相依"，等等。

凡此都大有裨益于地方风物研究。

《日记》之摹山范水，不独有精细之观察，且擅优美之意境，绘影绘声，惟妙惟肖。其壮写褒河景色："褒之水潴则蘸蓝，奔者翻雪，奇岩怪石，如蟠龙，如奔马，栈道一线，通于其间，行旅皆在图画中矣"；写观音碥乱石："崖转路回，怪石攒矗，有顶相抵者，有肩相倚者，有腹裂而喷沙，有股跨而夺路"，皆刻画欲活，读之令人心荡神驰。最奇者，竹添描摹褒水，用了"翻雪"二字，与此前千年魏王曹操留题的"衮雪"瑰词，同一机杼，真可谓"英雄所见略同"。

不仅写汉中云栈景色如此，其他写成都风物、三峡景象，也都浓笔重彩，与此相若。

此后竹添井井《栈云峡雨日记》由日本奎文堂付刊，其色彩纷呈的椽笔，受到中日文坛的高度评价。名儒俞樾对《日记》颇为看重，于所著《春在堂随笔》卷七中论曰："日本人竹添光鸿……过我春在草堂。以诗文见示，并以《栈云峡雨日记》求序。盖自京师首涂，于河南、陕西而至四川，又由蜀东下，以达于吴。记其途中所历山川形势、民风土俗，其学颇其过人者！"其赠竹添诗中，有"万里云山俱入画"的誉辞。又桐云评其书褒水一节："景奇而笔亦奇，妙在能达得出。"朗庐评曰："画亦不及。"至观音碥乱石一节，蔡尔康（紫黼）更在评语中调侃道："古称谢灵运为山贼，此恶谑也。今读此文，探幽凿险，如画如活，恐山贼尚不能尔尔。一笑。"（见《栈云峡雨日记》眉批）皆十分恰切地道出《日记》山水文字的特色。其中推许最至者，当属胜海舟之评："记仅二卷，曲尽蜀中山水胜景，流读之间，有逍遥于栈云峡雨之想。而水利也，地质也，土产也，漕运也，政治也，民情也，教害也，条分缕析，识透而论确，蔚乎经世之文，岂非蜀山之灵，助其胸中之奇，以作此一大篇者邪！"

竹添《日记》中，还附以大量的行旅诗作，其诗沉实苍凉，如《凤岭》诗云："栈雨开云满客袍，我行愈远兴愈豪；秦川如线树如荠，立马天边凤岭高。"诗中凤岭，在汉中府凤县境，为历来履栈者视为险途，而竹添"立马"岭上豪气愈增。其诗笔力沉雄，《日记》题名便取意于此。又如《马道驿北一水曰樊河，相传侯追淮阴至此及之》一诗云："隆准是盲龙，重瞳乃沐猴。天下几人识英雄，独有漂母与武侯。一夜东遁鞭匹马，非我负汉汉负我。樊河水涨不可行，下马河上藉草坐。无端听取碧蹄声，何人履我呼我名。厚意未报一饭德，回鞭且酬知己情。却有神骏留化石，祸机似讽狗烹客。千载钟室有人吊，石马不嘶山月白。"当代文学史家程千帆先生评此诗曰："论史别具手眼，造语亦磊砢英多，佳作也。"(《日本汉诗选评》)。清末学者桐西漫士《听雨闲谈》中评竹添蜀道之诗："日本诗人竹添渐卿工诗古文词，光绪丙子挟赟游陇蜀，著有《栈云峡雨日记》……断句如'一涧白云人影淡，千林绿雨客衣凉'、'衣带栈云疑有雨，日蒸峡树欲生烟'……皆清隽可诵。"

严绍先生论称："《栈云峡雨日记》及《诗草》的记述，是一位日本汉学家所表述的对于中国风土的情感。这种情感，正是日本汉学家把中国作为自己的精神母国的一种尊敬的观念。"(《日本的"中国学"》)或许正是基于这种浓郁的"恋母情结"，才使得由日本学者完成了这一部咏赞蜀道的空前杰作。清代初年，著名诗人王渔洋曾奉使蜀栈，据其闻见，留下了《蜀道驿程记》这部日记名作。而二百年后竹添氏这部《栈云峡雨日记》，不论文学成就还是史料价值，都可追衡渔洋之作，为日记文学增添了一笔亮色。

林乃忠

『日记九种』琐谈

受淡庐先生影响,笔者自1994年开始记日记。与此同时,也注意搜求他人日记(自然是出版物),一度到了见一本买一本的程度。后来发现,有的虽也冠名以日记,实际与日记毫不相干,大抵是借日记之名,行撰普通文字之实。比如,某社推出的名人日记系列,像《陈村日记》《沙叶新日记》《潘虹日记》等等便属此类。当然,我并不反对以日记为形式的所谓日记文学,但一时走眼,购入这些作品,总有一种上当受骗的感觉。言归正传,近些年也淘到不少好的日记,读之有味,存之心安,遂有下列之

"日记九种"琐谈。

一、《郁达夫日记》。一直未能访到单行本，所藏《郁达夫文集》，花城出版社1984年出版，1996年秋从三联书店（当时还叫"学者书店"）访得，第九卷为日记和书信。十一大本，才九十多块钱，当时就感到赚了很大的便宜。说出来不好意思，别的文章先不看，而是将其中"日记"看了两遍。达夫先生毕竟是奇才，且胆子极大，所经所历，事无巨细，没有不可以写入日记的，且不出数月就敢拿出来发表。以不才之见，他至少有两个方面的目的已经达到：一是赚了不少的银子；二是娶得了一位娇妻。尤其后者，无论如何，公开发表日记，是促成王映霞爱达夫先生的直接"导火索"。行文至此，又不免为二人后来的婚姻破裂万分惋惜。这一场纷争，公说公有理，婆说婆有理，但无论如何，使这对才子佳人的彩色影像上涂抹了黑色的一笔。不说也罢。

二、《顾准日记》。经济日报出版社1997年出版，1999年底购于泉城求是书店。此前曾购得《顾准文集》一部，日记到手，得以从容审视先生心路历程。这部日记由三部分构成：一是"商城日记"（1959年10月~1960年1月），其时先生正于河南商城监督劳动；二是"息县日记"（1969年10月~1971年9月），著于河南息县学部五七干校；三是"北京日记"（1972年10月~1974年10月），是先生在北京读书与生活的记录。我是怀着高山仰止的心情读完全书的，先生在物质贫乏、精神折磨的双重压力下，仍然关注着人类的命运、国家的前途，令人钦佩之至。这些血泪构筑的文字丰碑，应该提醒善于忘却的人们，那段历史可永远不能再重复了！捎带说一句，有人说顾准先生是当代中国第一位真正的思想家，我是支持这种观点的。我以为，纵不能讲是绝后，但总可以说是空前的。不信，请读他的日记，请读他的文集。

三、《胡适留学日记》。海南出版社1994年出版，1995年春天以三十八元"高价"购于济南"东图"。"高价"其实即为定价，只是本人以为定得太高了点，考虑到该书印装尚属精美，且印数总共才三千册，以我心度之，近年内恐难以再印，全国如此多的读书种子，我得以读存此书，也该知足了，高就高点吧。适之先生的著作自从可以在大陆公开印行，可以说是始终高居榜上，"各领风骚一两年"的当代作家是无论如何也难以望其项背的。胡先生的这本日记，是其1911年1月至1917年7月二十岁到二十七岁在美国七年留学生活的记录。他自己称之为"自言自语的思想草稿"。翻读全书，从打牌、吸烟，到读书、访友，林林总总、拉拉杂杂，大致可称得上是"私人生活、内心生活、思想演变的赤裸裸的历史"。行文中英文杂陈，双语并用，一代才杰的思想脉络遂之跃然纸上。

四、《郑孝胥日记》。中华书局1993年出版，1997年底购于泉城"东图"。论规模之大，郑氏日记实为"秦月山房"（注：笔者书斋名）所存日记之最，皇皇五巨册，可能仅有《吴宓日记》与之相仿佛。日记起自光绪八年（1882），止于民国二十七年（1938）。郑氏一生七十九年，几乎与中国近代史的首尾相当。此间，我国所发生的政治、经济、军事、外交、文化教育方面的种种剧烈变化，郑氏多身经目验，在他五十六年不曾间断的日记中留下了不同程度的反映。所遗憾者，作者虽早年颇知民生疾苦，奋发有为，但最终以效忠一人为节操，逆历史潮流而动，为封建皇族尽孝，由遗老沦为国贼，助桀为暴，身败名裂。

五、《白坚武日记》。江苏古籍出版社1992年出版，系"民国名人日记丛书"之一种，1996年冬自"东图"购得，两大册，仅二十三元，也就是今天一本书的价钱，可看出近年物价上涨之神速。如有多余之钱，购书想必是保值的好办法之一，比炒股保险，比存银行利大，只是将来能否顺利出手拿不准。白氏日记自1915年12月23日始，至1937年7月23日止，日记原文全部用墨笔书写于印有九行红色竖格的毛边纸本上，共四十六册，近百万字。白氏日记有三年缺载略有补记，较完整地反映了他近二十年间的个人生活。涉及当时社会时事，记载了他个人交友、访谈、函电往来、宴请、商务、诗词写作等活动。白氏一生甚至不如上文提及之郑孝胥，不曾为民众做些许好事，与郑氏类似的是于1933年就企图投靠日军，并最终沦为汉奸，后被处决。不知其与郑氏见过面否，但从日记中可见，倒是与郑氏之子有一面之交。如1920年5月6日所记："偕李实忱宴桂代表郑垂。郑系郑孝胥之子，词锋尚可，惟多不知妄谈之事，动称家父，亦可丑也。"凭心而论，其修身养性、为文论理的见地实在是差强人意。如其在1921年10月2日所记，"少读书，多作文，学者之大病；懒练兵，好打仗，笨将之祸胎"，言之成理。

六、《邵元冲日记》。上海人民出版社1990年出版，1999夏天于"三联"访得。出版后九年还能购得，是我的福分，也说明日记作品之销路不畅，此乃可悲之处。邵氏乃国民党元老，当过孙中山先生的秘书。其日记始于1924年5月13日，止于1936年12月4日，详细记述了国共合作、孙中山逝世、西山会议、北伐战争、"四一二政变"、"九一八事变"等重大历史事件，有许多鲜为人知的内幕。但言官事多，谈情事少，与文人日记趣味大异，此亦官僚通疾也。有喜治民国史者倒不失为一宗好的材料，惟部头太大，且一册装订，硬壳封面，偃榻读之是不可能，只有正襟危坐了。

七、《在蒋介石身边八年——侍从室高级幕僚唐纵日记》。群众出版社1992年出版，2000年新春购于英雄山下。从书脊上只能看到"在蒋介石身边八年"字眼，丝毫看不出是日记作品，显而易见，无非是为了照顾卖点。唐氏日记始于1927年10月，止于1946年12月。所记内容比较广泛，涉及国民党党、政、军、警、特及外交、内政、经济、文化、民族等各个方面的问题，对二次世界大战战前、战中、战后各大国之间的微妙关系，国共两党关系，以及国民党上层人物活动情况都有或简或略的记载。优点是史料性强，问题在文采全无，全没有读郁达夫日记时的那种享受。

八、《牛棚日记》。陈白尘著,三联书店1995年出版,1996年购于郑州农业路书店。日记始于1966年9月,止于1972年2月。陈先生坦言是于"牛棚"之中,"夜深人静时,便偷偷地写下最简单的日记"。日记不长,十万多字,我敢断定,不仅作者在当时为免不测就有所取舍,就是出版之前也进行过大量技术性处理,说真话谈何容易?我所尊敬的巴金先生曾倡议建立"文革"博物馆,恕我对巴老不敬,这恐怕是书生之见,"文革"结束了,"文革"中人,尤其是那些"左先生"们也消失了吗?他们又摇身一变,成了今天各条战线上的"精英"也未可知。如果说我这个年龄的人还可以对其中所记录的东西能够想象的话,今天二十几岁的人会以为那纯粹是文学创作,是东方的"天方夜谭",而不幸的是,所记所录之事千真万确就发生在不远的昨天。可能是自我保护的本能,"文革"日记并不多见,《牛棚日记》是不多的几种之一。

九、《人生品录——百味斋日记》。自牧著,山东文艺出版社1993年出版,1994年3月购于泉城路新华书店。可以这样说,我对日记作品感兴趣,完全是受这本书的影响。购得此书的同月22日,于河南洛阳读讫,当日即效仿自牧先生写日记,到今天,已经七年又六个月,期间从没有间断,这本书也成了我七年多来为数不多的枕边书之一。后来,有机会认识了自牧先生,也看到了不少写自牧先生的文章,如果让我概括自牧先生的话,可以讲两句话:其一,自牧先生是文人,是旧文人。我一向认为,会写文章,甚至会写小说的不见得是文人。文人得有"文气"、"书卷气"。有的人有几部作品,就自以为成了文人,究其实,在文人面纱下经常可以看到政客、官迷的面孔。我生也晚,目力所及,有三人最具文人风骨:一是郁达夫先生,再是山西的韩石山先生,三是济南的自牧先生。其二,自牧先生是好人,真好人。从自牧先生的日记中可以看出，他的"朋友遍天下"，既有京城、津门的，也有穷乡僻壤的；既有学界名流、文坛泰斗，更有无名小辈、文学后进，他近年来所提携的文学青年数十上百，其成就纵不能说是彪炳文坛，似也可以说是硕果累累了。而所遗憾者，《人生品录——百味斋日记》之后，尽管自牧先生又有多部文集问世，但再也没有看到他的纯粹的日记作品专集出版，希望在不远的将来，我们能看到大部分的更新的"百味斋日记"、"澈堂日录"和"淡庐日影"。我敢断定，与我有同样想法的人，断然不在少数。

董康和他的东游日记《书舶庸谭》

淮茗

对一般公众而言,董康是一个相当陌生的字眼,远不如梁启超、王国维、胡适等名字来得响亮,即使是学有专攻的青年学子们,也未必人人都了解。不过,无论是站在中国近现代政治史还是学术文化史的角度看,这都是一个很难绕开的重要历史人物,其人其事还是有很多可说之处的,刻意的回避只能会因噎废食,并不是一种对历史负责的态度,特别是在当事人早已去世,许多历史事实都已经弄清的今天。但凡了解董康生平事迹者都知道,在其身上集中了太多不协调、反差极大的东西。深究起来,其中既有社会时代的因素，也有个人性格的原因。这些都是题外话，并非三言两语所能说清，笔者在这篇小文中着重说说他的东瀛访书之举及其《书舶庸谭》。

访书东瀛在20世纪初曾成为中国学界的一种风尚，是中国现代学术创建过程中文献积累的一个重要步骤，董康可以称得上是其中的开风气之先者。自然，他也并非东瀛访书第一人，因为在其之前，杨守敬、傅云龙等人已着先鞭，并曾将东瀛极为丰富的藏书情况撰文介绍，特别是杨守敬的《日本访书志》，为国内学人展示了一个来自异域的文化典籍宝库，影响甚大，激发了众多学人的兴趣和热情。此后，不断有学者到东瀛访书，此种风气一直持续了近一个世纪，绵延不绝。虽然稍晚一步，但董康的东瀛访书之举仍有相当的开创意义，得到了包括胡适、傅增湘在内的很多学界名流的称许。原因无他，就在于他眼光独特，对此间收藏的通俗文学给予了特别的重视，契合了当时崇尚通俗文学的学术风尚。在此之前，国内学人对日本极为丰富的通俗文学收藏情况并不了解。胡适曾称赞董康"是近几十年来搜罗民间文学最有功的人"（胡适《书舶庸谭》序）。此前，杨守敬等人的注意力主要集中在经史领域，注意宋元旧刻，但对通俗文学关注不够。不过，仅是杨守敬披露的一篇《游仙窟》，已足以令国人惊叹了。这篇在中土久已佚失的传奇小说填补了唐传奇发展演进的一个重要环节，在20世纪之初曾引起一场小小的学术热潮，引起了鲁迅等著名学人的极大兴趣。

董康家境富裕，素喜藏书，对通俗文学比较偏爱，此类收藏甚多，其中不乏珍本秘籍，仅曲学类就有《乐府考略》《盛明杂剧》初集、三编、《博山堂乐府》《南曲九宫正始》等世间罕见之书。收藏之外，他还陆续将自己所搜罗到的珍本秘籍刊布出来，他曾说自己"一生以影印异书为唯一之职志"。（《书舶庸谭》卷一）由于他挑选版本态度审慎，注意搜罗罕见之本，校勘精良，故所刊印之书多为精品，在当时即为学界所重。比如仅戏曲一类就刊布有《杂剧十段锦》（1913年刊行）、《梅村先生乐府》三种（1916年刊行）、《诵芬室读曲丛刊》（1917年刊行）、《盛明杂剧》初集（1918年刊行）、《石巢传奇》四种（1919年刊行）、《盛明杂剧》二集（1925年刊行）、《曲海总目提要》（1928年整理出版）、《杂剧三集》（1941年刊行）、《苏门啸》（民国间刊行）等数种，数量多，质量精，这在中国近现代收藏、印刷史上也是少见的。傅增湘对董康此举有很高的评价："取之以鉴藏，用之以雠校，公之以传布。能殚毕世之功，卒成不朽之业者，同时朋辈殆鲜比伦……横览当代通目录、版本之专门，合收藏传刻为一手者，毛黄之后宁属他人？"（傅增湘《书舶庸谭》序）正是因为有这种爱好，董康在东瀛访查珍贵典籍时其关注点自然与杨守敬等人有所不同，因而成为正式向国内学界披露日本古代小说戏曲等通俗文学收藏情况的第一人。在其影响之下，才有傅芸子、孙楷第、王古鲁等人的日本访书，才有《日本东京所见小说书目》《中国通俗小说书目》等经典著作的问世。

董康在20世纪二三十年代前前后后曾到过日本七次，其中最为重要的是1926年年底因政治原因避难东渡的那一次，这次他在日本呆了将近半年。对一直在政坛上十分活跃、身份显赫的董康来说，虽然出行前颇有些狼狈和不愉快，但却意外得到了一次十分难得的清闲和良机。在日本，他一洗政界人物奢华浮躁、逢场作戏的旧态，访书论道，潜心学术，几乎与日本所有著名的汉学家、藏书家都有往来，并且得以饱览此地公私藏书，成为一个纯粹的学者，且不说身边还有红袖添香，日子倒也过得十分浪漫而惬意。除了与当地学人密切交往、谈文论艺、校勘典籍外，他主要的精力大都用在访书上，尤其是对日本的通俗文学给予了特别的关注。在日本期间，董康曾查阅过图书寮、内阁文库、静嘉堂文库、东京帝国大学文学部研究室等多家公私藏书，过目的小说、戏曲等通俗文学作品也有二百多种。而且他并不是走马观花似的过目，"凡遇旧椠孤本，记其版式，存其题识，积时未久，居然成帙"。访书的结果就是在其后学界颇有盛誉的《书舶庸谭》（或称《东游日记》）一书。

董康在《书舶庸谭》一书中记载了其所寓目的一些小说、戏曲等通俗文学的情况，其中有不少作品在当时还不为国内学人所熟知，如《绿窗新语》《全相平话》《清平山堂》、三言、二拍、《鼓掌绝尘》等，对一些特别稀见的通俗文学作品，他还抄下目录、序跋。从当下人们所掌握的文献资料来看，作者所提供的这些学术信息也许已不算什么，甚或有过于简略之嫌，但在还处于通俗文学研究草创阶段的当时，它的确是十分珍贵的学术信息，使国内学人对日本所藏中国通俗文学典籍的丰富性和珍贵性有了十分形象而具体的认识，而且为更进一步的访书和研究提供了重要线索。以小说、戏曲为代表的通俗文学成为专学，与经史之学并立，这是中国近现代学术史的重要特色与巨大成就，但因先前缺乏必要足够的学术积累，因此访书藏书这种文献搜集的普查工作便显得十分重要。中国古代通俗文学向不为人所重视，很少有人专门搜集整理，加之中国古代改朝换代频繁，战火不断，典籍破坏较为严重。在通俗文学研究展开之初，作为学科基础的文献搜集整理工作便显得十分迫切而困难，全靠那些早期的研究者亲自寻访和收藏。日本由于历来珍视中国典籍，通俗文学也在搜罗之列，加之历史上战事较少，不少在中国本土已经失传的重要文化典籍反倒在这里得到很好的保存。可以想见这样一个巨大的通俗文学宝库对研究者来说意味着什么。不可否认，在20世纪中国古代小说戏曲等通俗文学的研究过程中，于文献方面确实借重日本收藏之处不少，尽管这一现象令不少研究者感到相当尴尬，但却是一个不得不认真面对的现实。在此背景下，不难体会该书在现代学术史上的重要价值和意义。

　　因为时间的宽余，董康采用日记体的形式逐日记录了其在日本的行踪。在《书舶庸谭》一书正式刊布之前，董康曾将其中有关小说、戏曲的一小部分单独成文，以《日本内阁藏小说戏曲书目》为题刊布在《国学月刊》杂志1927年一卷四期上。该文选自作者1927年1月10日的日记，披露了日本内阁文库所藏一百余部小说戏曲的情况。《书舶庸谭》初版于1928年，共四卷。其后作者又去过三次日本，并陆续对该书进行了续写和修订，共成九卷。不过，这几次作者虽然又在日本查阅了不少公私藏书，但关注点已有所转移，主要放在法制类典籍上，对通俗文学已不复当年兴趣之浓厚。不过即使是这样，他还是记录了《万锦情林记》、抄本《浪史》、明刻残本《剪灯新话》《辽海丹忠录》《隋史遗文》等稀见通俗小说的基本情况。这样，依据出版先后、内容卷数的不同，《书舶庸谭》一书有两个版本：一个是四卷本，一个是九卷本。将两种版本对照来看，九卷本较之四卷本增补删改的地方不少，大量字句的细微改动不说，还有不少重要内容的更改，由此也可见出董氏心态的前后变化。因此，如果要进行深入研阅的话，则必须将两个本子进行对照。

建国后，由于历史及意识形态方面的原因，这本书在几十年间没有再版过，不少人对这部书是只闻其名，不见其书，翻阅不便。直到近几年，随着文化政策的宽松，这种状况才有所改变，而且两种版本都得到了出版，一个是辽宁教育出版社1998年出版的四卷本，一个是河北教育出版社2000年出版的九卷本。两种书的整理出版态度都比较认真，质量不错，可以为相关研究提供良好的保证。

令人遗憾的是，董氏对通俗文学的关注仅是出于个人兴趣，还没有像王国维、胡适等人那样达到学术的自觉，其毕生的精力主要用在仕宦升迁及法学研究上，在政治上他可以说是彻底失败了。平生苦心经营的事业未必能流芳百世，倒是那些玩票式的爱好传了下来，为人珍视，可见人生的得与失是不能一概而论的，明乎此也可以使我们这些后学者多些谨慎，少些狂傲。否则，以董康如此丰富珍贵的收藏以及对通俗文学文献的熟悉程度和学术功力，如果能像梁启超那样转而投身学术事业，用更多的时间来留意学术研究，是完全可以做出更大的成就来的，其在学术史上的名声与王国维、胡适等人一样响亮也并非不可能的事。"此人是一个好人，但不配处于这个时代这个地位。我很可怜他。"（胡适1922年7月1日日记）胡适八十年前的这段话很值得回味。但历史毕竟是不能假设的，难以弥补的种种缺憾只能使后人生出许多学术之外的感慨来。

周劭

从日记谈到《郑孝胥日记》

"日记"是文学体裁之一种,中西都有的。在中国可以上溯到西汉,最繁盛的时期则是近代。30年代的《中国新文学大系》以及近年出版的两个时期的《大系》,都不曾收有"日记",惟有近年出版的《中国近代文学大系》创设《书信日记集》两卷,就是因为1840年到1919年的近代是日记文学最繁盛时期的缘故。

鸦片战争之后,历咸、同、光三朝,最知名的是产生了李慈铭《越缦堂日记》、曾国藩《曾文正公手书日记》和翁同龢《翁文恭公日记》。这三家日记,不但篇幅巨大,而且都被影印出版，有作者手迹可供玩赏，此乃石印进入中国代替木刻，为出版史上的一件伟绩。

到了三四十年代，这些书已成了珍品，买不到也买不起，我那时读书的兴趣正旺，便向朋友借阅，是用刚兴起的三轮车躺满了身子才运回家的。穷日夜之力，把近千万字的巨作都读完了。距今五六十年，印象最深的还是《越缦堂日记》，非曾、翁两家所能及。

日记是最自由的文学体裁，喜欢怎样写都可以，大致可分为两类：一是写日记是为了给自己看的；另一种则是兼为给他人看的。绝大部分的日记属于前者，以我所知，只有《越缦堂日记》可属于后者。给自己看的日记，其疵在于往往成为一篇流水账，所用人名、称呼以及语法也只有作者自己知道，旁人很难明白；而给人家看的则往往下笔矜持，尤其是怕得罪于人。越缦先生则生成绍兴脾气，骂人尖酸刻薄，不留余地，所以全部日记，身后竟缺少几本，原因是被人久借不还，这个借阅的人正是被他所骂的人。

李慈铭日记成为日记之瑰宝，是以日记体裁来写学术著作，他不像曾、翁是大官，政务繁忙，执笔少暇，而他只是一个候补穷京官，所谓"保安寺街，藏书三万卷；户部员外，补阙一千年"，其实他所捐纳的是比"员外"要高一级的"郎中"，只是为了要讲究平仄，不惜降官来迁就这副著名的门联。捐纳的郎中，永远不会有补实官的机会，便有的是时间来写他的日记了。

最近出版的一部日记巨著是中国历史博物馆的"中国近代人物日记丛书"中的《郑孝胥日记》，厚厚五册，二百多万字，只印了一千五百部，书刚到上海，乏人问津。但一经《文汇读书周报》择优刊载数次，突然成了抢手货，在南方再也觅不到了。我有幸借到，也是穷日夜之力，才把它看完的。

郑孝胥其人当然不能和翁、李相比，而且在二十年前根本无出版之可能，不过此人也还不能和汪兆铭、王克敏之流并论，修"民国史"要是有"逆臣传"的话，很难把他放进去，因为他从未出仕北洋和国民党两个政府，所以难于位置。

撇开政治不谈，光论文学艺术，郑孝胥确实是同光诗坛祭酒和近代第一流书法家，只要一看到旧版《辞源》的题签，便令人爱莫能释。但其他事迹，一般人所知不多，尤其是在"满洲国"干些什么，如何满口柴胡地讲"王道"，更所知极少。读了日记，不但于郑氏个人，就连这个傀儡国家的详情，也都呈露出来了。

郑孝胥是"两截"人，辛亥革命之前，倒是个开明人物，洋务、维新都在行，并不纸上谈兵，是个实干家，凡是主张造路、开矿、电讯、纺织的事情，无不倚仗备至。他虽是个解元，未中会试，只是长年作为名督抚李鸿章、刘坤一、张之洞、岑春煊等的座上客，以候补道身份，从未任过实缺，连最高的实缺湖南布政使，亦不曾到任。按理说他和陈宝琛等遗老不同，不该为溥仪效"愚忠"的。他接触溥仪，和王国维一样，仅是溥仪沦为"逊帝"及在天津作逃亡客时期，和陈宝琛是不能相提并论的。

郑氏在甲午战争前夕，曾做过日本大阪、神户等地的领事，和日本人的渊源便始于此，一心认为只有日本人能使溥仪复辟，但一到"满洲国"，做了"总理大臣"仅半年，看到只是一区区总务局长的驹井跋扈飞扬把持一切的作为，便想辞职不干了，但已做了"过河卒子"，欲罢不能，居然又干了五年，落下了千古骂名。

为了要印证《日记》中的史实，又找了几本同时代"日记"来读，其中有标点过的选本《缘督庐日记》。叶鞠裳是翁同龢的苏州同乡，戊戌四月翁被遣回籍，标点本廿九日《日记》云："佩鹤来云：'虞山之去木讷，令兄实挤之。'"实在令人费解，叶鞠裳有个"令兄"，居然能排挤两朝帝师、军机大臣的翁同龢，可见必然是翁的同列，然而鞠裳既没有这个"令兄",当时朝列也无叶姓的大员。细绎之,是标错了,"讷"下逗号应在"去"下,《论语·子路》有"刚毅木讷近仁",叶鞠裳用了戏笔,或不敢显斥朝贵,把"木讷"作为弟弟,实指排挤翁去职的是新入军机的刚子良(毅),这样句读便通顺了。可见得标点句读并非易事,标点可以极度自由的"日记"更难,所以我更愿看石印手迹没有标点的三家日记,其故也在此。

但是我看完二百多万字的《郑孝胥日记》,却不曾发现上述的问题,可见标点者劳祖德(谷林)先生的功力是不可及的,值得称道。

刘经富

陈家兄弟文章伯
——读《郑孝胥日记》零墨

郑孝胥与陈三立（字伯严，号散原）本为樽酒论文的知交。从1894年至1929年，两人的交往极为频繁。《郑孝胥日记》（以下简称《日记》）中关于陈三立的记述共有二百三十余处之多。其中有四十余处直接或间接涉及陈三立的家人，包括陈三立的父亲陈宝箴、长子陈衡恪（字师曾）、次子陈隆恪（字彦如）、三子陈寅恪（字彦恭，未用）、四子陈方恪（字彦通）、五子陈登恪（字彦上，未用）；长女陈康晦，婿张宗义；三女陈安醴，婿薛琛锡；长孙陈封可；侄儿陈覃恪。虽然《日记》中记述朋友辈知交家庭成员的为数不少，如周玉山家族、陈曾寿父子昆仲、徐志摩父子、龙榆生父子等，但一家四代众多人物都在《日记》中出现，则不多见。

中国近代以来，在社会大变局和东西方文化互补交汇的推动下，产生了许多由官宦之家转为书香门弟的世家显族。义宁陈氏是公认的晚清名门，子弟俱能敦笃儒行，不坠素业。其中衡恪为民初知名的大画家，人品气格尤重一时，寅恪为现代史学大师，在海内外学术界享有崇高声誉，这方面以吴宓先生的说法最有代表性。他在《读〈散原精舍诗〉笔记》中称颂"先生父子（指陈宝箴、陈三立）秉清纯之门风，学问识解惟取其上，而无锦衣纨绔之习，所谓'文化贵族'、降及衡恪、寅恪这一辈，犹然如此，诚君子之泽也"。

陈三立诸子均有声名，但以衡恪、方恪得名较早。1909年，陈三立的诗弟子胡朝梁写了《赠陈师曾时自日本归》一诗，首联赞扬"陈家兄弟文章伯，佳句流传江海间"；1916年，扬州学者李审言作《怀沪上诸友绝句》，第四首怀陈三立，诗后自注："义宁陈三立伯严与子培（沈曾植）、苏堪（郑孝胥）、樊山（樊增祥）、仁先（陈曾寿）诸君称诗海上，又有才子师曾、彦通，如太邱之有元方、季方羔雁相属。"《日记》有关师曾、方恪的记述亦较早较多，可以印证当时名人胜流圈子对师曾、方恪的评价。

郑孝胥与师曾的第一次见面是在定居上海的著名书法家李瑞清家中。1913年2月1日记："访陈仁先，同过李梅庵，遇恽禹九、陈师曾，乃伯严之子也。"此后，师曾与好友诸贞壮（书画家）两次拜访郑孝胥。这三条记述虽然简略，但很多价值，它可以补充陈师曾这一年行踪的缺失。据龚产兴《陈师曾年表》，知师曾1913年任长沙第一师范教员，本年秋到北京任教育部编辑。《日记》可证师曾本年春季在上海与书画界名人多有接触，在长沙任教时间只有半年左右。

陈师曾英年不永。1923年四十八岁时，因继母俞淑人病重，冒暑从北京驰归金陵侍疾。继母竟不起，逾一月（9月17日）师曾自己亦衰悴发病而逝。三天后，郑孝胥得知凶耗，9月20日记："陈三立丧偶，又丧其子师曾。仁先往视之，劝先来沪。"陈师曾的早逝，在文化艺术界引起很大的震动。10月17日，北京文艺界三百余人在江西会馆举行追悼会。其时恰值日本关东大地震（9月1日）不久，故梁启超在演说中称师曾之死为中国文艺界的大地震。

陈方恪能诗擅词。汪辟疆《光宣诗坛点将录》将方恪拟为梁山好汉"地进星出洞蛟童威"。方恪身上有很浓的名士气。他才思敏捷，广事交游，熟悉清季野史掌故。这与他年轻时经常陪侍老父出入盘桓于沪、宁、杭等地的谈场儒林不无关系。1916年10月19日，陈三立携方恪自金陵赴上海，郑孝胥与李梅庵等人前往火车站迎候，此日《日记》云："夜，拔可、剑丞邀至古渝轩，座有梅庵、古微、寿臣、又点及余。候伯严自南京火车来，至九点三刻，伯严及其七子彦通来。众乃命食，谈顷之，余先归。"10月31日又记："伯严父子（原注：第七子，居愚园）及王雪澄、朱古微、王聘三来。皆带醉，索观诗。伯严谓'鸥飞态转迟，始觉海已至'，二语，彼终不能为"。

1918年，方恪在北京任财政部秘书，5月间曾陪父亲到上海。郑孝胥前往旅馆拜会陈三立父子，5月15日记："至上海旅馆，晤伯严，座客甚满，遂同往都益处，胡琴初为主人，座中聘三、仁先、伯严及其子彦通。"第二天郑孝胥设宴招待陈三立父子及其他友人。

1920年，方恪由徐世昌介绍，到江西督军陈光远处任秘书，1924年离开江西，迁寓苏州，至1928年，郑孝胥才与方恪再度相见。此年5月4日记："夜，赴沈昆三之约，座客为伯严及其七子彦通、陈小石、胡适之、徐志摩、夏剑丞、李拔可、林贻书。"沈、陈、夏、李、林均为陈三立旧交。徐志摩则于四年前陪泰戈尔前往杭州拜会陈三立时与陈三立相识，并与隆恪、登恪俊侣相逢。至于胡适，与陈氏父子则为首次见面。这一天胡适亦在日记中记:"在昆三家吃饭,见到陈伯严,年七十六。"次年元月,胡适又与陈寅恪在梁启超追悼会相见。

1929年旧历十月,陈三立上庐山,就养于次子隆恪家,在庐山悠居四年。时寅恪在清华大学任教,登恪在武汉大学任教。方恪则先在父执唐文治创办的无锡国专任教,后由唐文治介绍到上海正风文学院任教授兼教务长,寓所在霞飞路葆仁里。这段时间郑孝胥与方恪见过两次面,1931年4月20日记:"袁伯夔、袁帅南、夏剑丞约至林子有宅,晚饭,晤潘兰史、陈彦通、陈君壬等。"5月5日记:"宋子桢、夏宜滋、许经农、罗子经、彭醇士、陈彦通来。"第二天,郑孝胥启程赴天津,诣行在。此后六年,郑孝胥与方恪未再相遇。1937年9月,在陈三立治丧期间,郑孝胥与方恪见了最后一面。

陈三立次子陈隆恪,1904年与弟寅恪一起考取江南官费留日。在日本留学八年,所学专业为财经。留学期间,隆恪结识了不少留日生,成为他一生人事关系的重要组成部分。同时也结识了一些日本友人,《日记》1919年1月26日云:"日本今关寿磨偕陈彦和来访,持佐藤知恭介绍信。彦和乃伯严次子。"佐藤知恭为日本著名汉学家,今关寿磨号天彭,日本汉学家,从事中国古今文化资料的收集与研究,与鲁迅、内山完造有往来,《鲁迅日记》有多处记载。今关与隆恪拜访郑孝胥后,旋即归国,隆恪写了《送日本今关天彭归国》七律一首,从"果熟须烦青鸟使,海枯犹拟赤霞盟。巍巍富士关心事,雪映晴峰乞寄声"的诗句来看,隆恪与今关不是泛泛之交。

隆恪1912年从日本归国后,在家闲居六七年。1920年秋应留日好友赵幼梅之邀,赴奉天四平铁路局任科员。1922年9月,直奉战争爆发,隆恪离开东北到北京谋职。1924年1月8日,郑孝胥赴京见溥仪。1月22日记:"赴蒲孙之约于忠信堂,晤博泉、伯玉、陈彦和、洪述之。"3月7日记:"夜,赴陈彦和之约,晤蒯若木、赵声伯、萧新之、朱艾卿。"

蒯若木是隆恪留日同学，叔父蒯光典与陈三立、郑孝胥为知交；赵声伯为民初书法名家，江西人；萧新之为溥仪宫里的医生，江西人；朱艾卿即朱益藩，江西人，与隆恪为姻亲，隆恪的妻妹喻彤娘是朱益藩的次子朱毓璋。

1933年秋，陈三立离开庐山，赴北平，寓居三子寅恪赁居的西城西四牌楼姚家胡同三号。1937年9月4日，陈三立在北平去世。时郑孝胥在长春，9月26日记："访仁先，共悼伯严。四子唯一子侍疾，即清华教员（指寅恪），其第五子（指隆恪）在广东，七子（指方恪）在沪，其一（指登恪）未知在何处。"隆恪1936~1937年间在广州粤、桂、闽区统税局做顾问。"七七"事变后，隆恪北上省父，船到烟台，发现一旅客很像七弟方恪。方恪其时手头拮据，与水手住底舱。隆恪将方恪带到自己的舱房。方恪告诉隆恪，父亲病危。这时船上发现霍乱，旅客不准下船，船在烟台港被扣一个多月才放行，故陈三立病危时四子中只有一子侍疾。郑孝胥1937年11月8日从长春到北平，11月25日记："晨，至姚家胡同吊陈伯严之丧，见彦和、彦通，赙20元，客皆未至。"此时寅恪已于满七之后（11月3日）携家离开北平。登恪其时尚在北平，《日记》未提到他，可能那天两人未相见。这里需要说明一下，郑孝胥与隆恪第一次见面所记"彦和乃伯严次子"为陈三立五个儿子的排行。1937年9月26日所记隆恪行次为陈家的大排行，其顺序是：老大衡恪（1876年生）；老二（不知名、字，1879年生，不育）；老三同亮（1880年生，早殇）；老四覃恪（1881年生，陈三立之弟陈三畏之子）；老五隆恪（1888年生）；老六寅恪（1890年5月生）；老七方恪（1891年11月生）；老八登恪（1897年生）。"恪"字是义宁州（含今江西修水、铜鼓两县）客家陈姓的谱派。同治二年（1863）义宁州客家陈姓修谱时规定，从陈三立这一辈起，按"三恪封虞后，良家重海邦"取名。

从《日记》对陈氏兄弟的记述中，可以看出郑孝胥及其周围的人物对衡恪、方恪、隆恪较熟悉，对寅恪、登恪较生疏。其原因当是寅恪、登恪在国外留学多年（寅恪留学共计十八年），学成归国后又一直在大学任教，与世俗社会生活有一定距离。1943年吴宗慈撰《陈三立传略》时，与胡先骕讨论《传略》的写法、内容。《传略》原稿述及陈三立诸子，谓"皆能谨饬廉隅，世其家声"。胡先骕认为衡恪、方恪、登恪皆能文，而寅恪尤淹贯古今学问，号称大儒，宜特为标出。这个例子反映出寅恪先生从20年代至40年代逐渐为世人推重钦仰的过程。近些年来，随着学界"研陈"的深入和《陈寅恪诗集》、陈隆恪《同照阁诗钞》、"陈宝箴遗诗"的刊行流布，人们对义宁陈氏这个书香之家的认识不断加深。对于陈氏兄弟，周一良先生有一段话很透彻，特为引录："（联圣）大方先生为先父（周叔弢）书扇甚多，有一扇面内容如下：'数当时德星，我辈觉太丘道广；论前朝父子，诸郎比湖海能文'右联语寿陈伯严丈。因师曾彦通兄弟皆有文词，故以比其年。今师曾已死，偶为叔弢诵之，相与叹息。"一良先生作解："大方先生及先父当年皆与师曾、彦通两先生为至交。而不知隆恪亦善诗，登恪精于西方文艺学，寅恪更是一代宗师。太丘诸郎，固不仅二人能文也。"

笔者近些年致力于搜集乡贤陈三立的家世、家史资料。1996年10月，《日记》的整理者劳祖德先生，将自留三套《日记》中的一套寄赠给我，给我极大的鼓励。我在工作之余，将五大册二百多万字的《日记》通读了一遍，获得了大量的陈三立行踪居止、人事交游资料和家庭成员资料。《日记》真是一座近现代史料的"富矿"，值得深广开掘。若有人能编出人名、事件索引，《日记》所蕴藏的史料将大大提高使用价值，这是读者所期待盼望的。

柳和城

张元济和他的《赴会日记》

我前些年参加编著《张元济年谱》,有幸从张元济(菊生)先生哲嗣树年先生处读到张菊老的《赴会日记》手稿。这是两册普通的荣宝斋红格毛边纸记事本,桔黄色封面已呈灰白。蝇头小楷,密密麻麻,天头、行间还不时有补记的文字。它记录了张菊老1949年9月至10月应邀赴京参加中国人民政治协商会议第一届全国会议的全过程,真实地反映了一位爱国知识分子在历史转折关头正确抉择的思想脉络,同时透露了不少鲜为人知的史实。

张元济为清末翰林,早年参加戊

戌变法，是当时向西方寻求救国真理的一位杰出的爱国者。后来投身文化教育事业，成为中国近代"天辟草莱"的出版家。在他主持下的商务印书馆，对促进祖国文化事业的发展作出了贡献。他德高年劭，学识渊博，受到了中共领导人的尊敬。1949年8月，中共中央邀请张赴北平参加新政协。张元济有些顾虑，以"年迈力衰"竭力谢辞。8月27日，陈毅、潘汉年致张元济书，再邀出席政协会议："昨接我党中央来电，人民政协筹委请先生做为邀请单位代表出席会议，并望于九月十日前抵平。曾派本部秘书长周而复同志及梅达君处长面谈，据称先生因病不拟北上，特再派周、梅两同志前来探视，并致慰问之意。如近日贵体转佳，盼能北上。尊意如何，请与周、梅两同志面谈。"

经过一番认真考虑，张元济于9月3日"定计应召"北上赴会。《赴会日记》即始于此日。

张菊老由树年先生陪同抵达北平，住六国饭店，来访者络绎不绝。有陈叔通、黄炎培、简玉阶、郑振铎、沈雁冰、郭沫若、邵力子、竺可桢、梁思成、沈钧儒等熟人，也有党和军队的领导人及各界人士。9月11日《日记》载："傍晚，周恩来来，谈半小时而去，精神奕奕，临行嘱树年伴余出席大会，伊当招呼。"笔端流露出对这位初次相识的中共领导人的深深敬意。不久，张担任《共同纲领》草案整理委员会委员，9月14日第一次参加于中南海勤政殿召开的讨论会，讨论《共同纲领》修正稿。张菊老是一个秉性耿直、不喜人云亦云的人。他见修正稿第十七条有"禁止肉刑"一条，凭他渊博的历史知识，一眼看出了问题。他提议删除此条，说：

自汉文帝废止后，似南北朝时曾经恢复，至何时又被废止，不复记忆，似唐宋以来均已无之。近惟黥刑尚未废，但非正刑，肉刑早已禁绝。际此文明进化时代，如以此列入，于我国面子甚不好看。我料此所谓肉刑者，当指鞭笞而言。其实民国以来鞭笞亦已禁止。至于私刑，则比此更甚亦禁无从禁。鄙见事实上早已无有，何必再缀此文。

几天后，他又写信给小组召集人章伯钧，建议《共同纲领》第三十六条拟补入推广海运一条，上述两条修正提议，均得到大会采纳。

大会讨论国名问题时，代表中有几种方案，争论颇为热烈。9月26日中午，周恩来、林伯渠设宴请几十位民主人士征求意见，张菊老应邀参加并居首席。《赴会日记》写道：

周恩来起言，前提出三条，屡经小组讨论，归束大致无甚异同，独中华人民共和国名称下加括弧简称'中华民国'，每次会议均有人言似属赘旒，当草案叙入之时，为顾及一部分人之意见，谓宜勿忘创，始革命之绩。究竟如何定名方为妥协？今日承毛主席之命，特约诸长者至此讨论。

有代表提议删去"中华民国"四字。张菊老即发言表示赞成。"何香凝起而抗议"，邵力子、黄炎培谓"可暂留"。而大多数代表都主张删去，沈钧儒说，"去此四字，并无忽视辛亥革命之意"，周恩来最后取沈说作为结论。这些政协大会之幕后花絮，反映了当时民主空气之浓和中国共产党领导下的爱国统一战线之巩固。

10月1日，张菊老参加了开国大典。当晚，他心情十分激动，难以入眠，披衣而起，给毛泽东主席写信，并赠以《林文忠公政书》一部。信曰：

昨日会推元首，我公荣膺之选，为吾国得人庆也。英伦三岛，昔以鸦片强迫售我，林文忠焚毁，乃愿辄于半途，酿成辛丑条约之惨。桎梏百年，贫弱日甚，后虽设禁，终多粉饰。我公发愤为雄，力图自强，必能继□（字迹不辨）前贤，铲此烟毒，一雪此奇耻。谨呈上《文忠政书》全部，藉伸祝颂之忱。

他急切盼望一个强盛的新中国能早日自立于世界民族之林，雪我百年遭受帝国主义侵略之奇耻。字里行间跳动着一颗爱国老人的赤诚之心。

10月5日，毛泽东亲笔复信"谨谢厚意"。

在京期间，毛泽东曾两次约见张元济畅谈国事。第一次，9月19日在天坛；第二次，10月11日在中南海颐年堂。《赴会日记》记录了这两次亲切会见的过程，特别第二次尤详。张记道："余所言者，一为应令下情可以上达，报纸宜酌登确有地址姓名之来稿，以广言路。毛主席去，可专辟一栏，可先做一样子。二为建设必须进行，最要为交通，其次为工业，再次为农业。抗战八年，内战三年，民穷财尽，若百端并举，民力实有不达，不能不权衡。"毛泽东认真地听取了张元济的陈述。毛泽东说，章行严（士钊）欲营商业，将来北京，并为杜月笙说项，意欲招其回沪。同座的周孝怀老先生起而反对。张元济则说："此君声名不佳，且门徒甚多，有所倚赖，于地方上不免受扰。如令其回沪，宜慎重处置。"杜月笙后来并未回大陆，可能由于其他原因。杜病逝香港临终前曾表示，希望将其遗骨迁回上海高桥故乡。这恰好印证了他当年确实提出过愿回大陆的请求。《赴会日记》这条鲜为人知的记载，也从一个侧面体现了毛泽东尊重党外人士意见，虚心纳谏的宽阔胸怀。

与毛泽东、周恩来、朱德、陈云、陈毅等领导人的交往，使张元济加深了对共产党的理解、信赖。

作为近代"教育救国"的一位先驱者和著名出版家，张元济在政协大会期间，理所当然地与文化界人士有较多的接触。9月11日，他宴请商务印书馆旧友郭沫若、沈雁冰、胡愈之、沈钧儒、叶圣陶、宋云彬、马寅初、黄炎培、郑振铎、陈叔通、周建人、马叙伦等。10月7日，他与陈叔通等宴请华侨代表，谈华侨子弟用教科书编印事。他还多次与胡愈之、郑振铎、沈雁冰等谈出版改革事宜。这些广泛交游，无疑使张菊老对党在新民主主义时期的出版方针和政策，有了进一步了解。他对教育复兴、文化繁荣充满着信心和希望。

《赴会日记》有不少张菊老在京访友的记载，如他几次前往探望卧床数载的老友傅增湘，对其贫病交加的困境十分关心，通过陈毅向党中央有关方面反映。戊戌老友王书衡，商务北京分馆经理孙伯恒，均过世多年，张菊老一到北京就登门拜访了他们的家属，以致慰问。访北大，他在老友蔡元培的铜像前伫立良久，还让树年去观看了清末海盐前辈徐用仪的故居。戊戌政变，张被革职，靠徐用仪资助的二百两银子才得举家南迁。五十年了，张菊老始终没有忘怀。此情此景，令人感动。

《赴会日记》第一册末页还记有许多有过交往的代表在京的住址、电话，对研究现代史上的这些重要人物亦不无参考价值。

张学义

《沙汀日记》中的赵树理

在《沙汀日记》(1962～1966)(四川人民出版社1999年6月版,四川省作家协会编)中,有几处关于赵树理的记载,可以帮助我们对赵树理当年具体生活情状有所认识和了解。

1962年3月25日,在北京参加第二届全国人民代表大会第三次会议。开会的沙汀,于十一点左右谢绝了周立波派车送他的好意,决定去看赵树理。他在日记中写道:

> 决定去大佛寺看赵树理后再回家午饭。这是我第一次去赵的新居,面临大街,院子相当宽敞,他住的是北屋,一列五间平房,比他的旧居要

好多了。他正在和二湖、三湖，两个戴红领巾的男孩子在桌子边看画报。我一坐定，两个孩子立刻溜了。

当我问起他的创作计划时，他告诉我，目前无。写作，想做一点更加有益的事：对农村工作向中央提了一些建议，他很想把内容告诉我。因为我表示需要赶回去吃饭，他叹了口气，说先告诉我一个大概，接着就退往隔壁屋内去了。最后，取出一摺纸头，坐在桌边，开始向我讲说起来。可惜只说了个手工业问题，我就因事走了，后来想起颇为歉然……

1962年4月19日，仍然是参加第二届全国人民代表大会第三次会议。此时会议已经结束，沙汀马上要回四川的时候，应《人民文学》编辑之约，到编辑部谈创作问题。其日记写道：

从语言问题谈起，我一共讲了我对创作和批评的七点意见。陈白尘不时插一两句，给了我不少帮助，否则很难一气讲下去的，因为我的思路相当乱。但是，讲了一点多钟以后，我真有点继续不下去了，好在老赵（树理）闯了进来，于是兴高采烈地谈起他在"长影"改编山西戏的经历。他越谈兴致越高，最后还忍不住做了表演，这个人真太可爱了。

有了老赵这个插曲，我总算把任务完成了。

日记中所说的赵树理在长影改编山西戏一事，是指他1961年6月由长治到长春，和电影制片厂有关同志讨论修改《三关排宴》的事情。参见《赵树理传》(376~378页，戴光中著，北京十月文艺出版社1993年7月版)。

1963年4月25日，还是在北京开会，此次会议是由中宣部召开的文艺工作会议，讨论"写三十年"的问题（按：应该是"写十三年"），其日记写道：

下午，去民族文化宫听大会发言，发言的共四位，但才听了三位，茅盾、树理、一位南京军区同志的发言，便觉疲惫不堪，退席了（按：这一天，他和赵吃饭还在一席）。

1963年10月18日，这天下午的会议（仍然是由中宣部召开的文艺工作会议），一点半就结束了。其日记写道：

散会时碰见树理，向我提起《一场风波》，我问他："有没有问题啊？"他说："题材好，还没有人写过这样的题材呢。"

显然他想向我扯一扯农业问题，我也有这个意思，但很快就彼此被其他代表给解散了。

1963年12月5日，在北京参加第二次全国人民代表大会第四次会议。其日记写道：

向作协要了部车，陪同肖珊看了老舍，然后又同树理去作协闲谈。

同老赵主要谈的是农村问题，以及如何认识和反映农村现实生活斗争的问题。大家都说了一些具体情节。当我谈到一两件结婚问题上反映出来阶级斗争的故事时，他鼓励我写出来，他谈了一个故事，我很欣赏，他也要我写——

十二点钟，同老赵、肖珊去文联小卖部吃便饭。老赵原想请我们吃东来顺，因为肖珊不吃羊肉作罢。

从《沙汀日记》对赵树理简短的记载里，可以看出当年赵树理的一些情况，对理解赵树理应是有一定的帮助：一、20世纪60年代初的赵树理是苦闷的，是急于向朋友诉说心曲的，是很需要交流的，也是很寂寞和孤独的。二、赵树理关心的重点是农村。三、赵树理仍然是幽默和乐观的。四、当谈起创作的时候，他是忘乎所以的投入。五、他和沙汀的交往并不是很密切，但是共同的对文学的忠诚和对人民的良知，使他们在不多的接触中能够无障碍地沟通和交流，这乃新中国作家的良知使然。赵树理不写日记，从同辈、同行的日记中的有关记载，注意留心和捕捉赵树理的点滴资料，当有弥补和丰富其人生的作用。

金波

了解动物 亲近动物
——读《动物日记》札记

人对大自然，天生有一种亲和力。人的这种秉性，自幼有之。对于孩子来说，一花一叶，都是一个神奇的世界。飞禽走兽，更是他们的朋友。一只小甲虫，一只小花猫，都可以与他们倾心交谈、一起游戏。在幼儿的天性里，因为存在着"泛灵心理"，正是这种心理特征，才使他们渴望了解动物，亲近动物。

最近，我读了一套幼儿读物《动物日记》（中国少年儿童出版社出版），分为《熊猫》《企鹅》《海豚》《狐狸》《刺猬》《虎》《狼》《狗》《猫》《兔》等十册。全书以动物自述的口吻，讲述这十种动物的习性、心理以及和人生的交往。读起来真实、自然、亲切。

这套丛书既可以满足幼儿的好奇心，又可唤起幼儿的爱心。前者需要技巧，要写得有趣，才能引人入胜；后者需要在潜移默化中达到教化的目的，让孩子了解动物，亲近动物。正是由于注意到了有趣与有益的融合，才使得这套丛书在感情与趣味、知识与美感的结合上较为自然。如《熊猫》，既写了它的憨厚的一面，又写了它临畏抗暴的一面。《企鹅》以企鹅爸爸的口吻介绍了孵蛋的辛劳，知识新奇，故事感人。《海豚》侧重写它的聪明、机敏，救小女孩脱险，险中有奇，奇中含情。即使在人们印象中凶狠残暴的狼，也表现了它的"舔犊之情"，让我们对狼有了更全面的了解。《狐狸》也如此，既写了它诡谲的一面，又写了它对人的理解。总之，这套《动物日记》既注重写实的科学性，又注重想象的艺术性，虚与实、情与真的结合，拓展了幼儿阅读的视野。

还值得一提的是，这套丛书不仅内容贴近幼儿，绘画上也一丝不苟，还注意到用汉英对照的编排方式，方便了中国小娃娃学汉语，也学英语；反之，也给学汉语的外国小朋友带来了方便。除大书之外，还附送一本小小的日记本，让小读者阅读之余，也能试着写一本小小的《动物日记》，读书与写作结合，写作与游戏结合，活跃了小读者的创作思维，给他们带来了多方面的收获，也表现了这套丛书从策划到编辑的创新意识。

论阿英日记体散文

吴家荣

阿英的日记类散文，都极具史料价值。然而，最能体现散文的艺术品位，同时也是最能代表阿英这类散文的艺术价值的，应该是《流离》与《敌后日记》中的部分篇章。

日记类散文的最大特点就是贴近生活，具有"追切的现实感"（柯灵《向拓荒者致敬——〈阿英散文选〉序言》）。阿英真诚地以散文能捕捉社会风云、录下时代真情为上。他在《流离》自序中，借对杜甫诗作的推崇，十分坦诚地亮出了自己的这一观点。他说："他（指杜甫）的诗歌里面，反映了他的时代。我们从他的集子里，可以把握到乱离时代的人民的颠沛流离的惨状，以及悲凉愤激的心情。"同样，在阿英的这类散文中，我们也可以深切地感受到革命斗争的艰苦及革命者大义凛然、以苦为乐的情怀。

《流离》日记奠定了阿英日记类散文艺术上的基本特色。

首先，作者极善于以简短明快的语句渲染气氛。1927年4月27日的日记写道："我们今天第二次逃出了虎口……突然，稼轩的夫人来了，遍身被污泥涂满了，脸上满布着恐怖的神情。她通知我们即刻就要离开这村庄，说地址已经被敌人侦悉，逮捕的火轮就要开来。她是冒雨乘着划船过江的。上岸后，走了八里的烂泥埂，她这时还在病中。"这一百来字的短文，先写了逃出虎口的侥幸与轻松，然而，一个"突然"，又让这短暂的轻松烟消云散，通过稼轩夫人带病冒雨乘着小划子过江，并走了八里的烂泥埂送来敌人要追捕的情报，以及她脸上恐怖的神情，一下子将紧张的气氛推到了极至，与逃出虎口的轻松适成强烈的反差，有力地渲染出形势的严峻与窘迫。《流离》还记载了缇骑的追逐、星夜的逃亡、滂沱的大雨、密林中的会议，淋漓尽致地再现了动乱时代的社会特点。特别是风暴中心的武汉，简直成了令人心惊肉颤的魔窟。8月6日的日记写道："汉口今天被逮捕的人比昨天更多。每天早晨都要'出人'……'出人'总是整'五'的数，毙一二人的日子很少。到处恐怖，人人自危。"后面八个字，句式整齐、简短有力。既是对上面写实的总结，更是一种恐怖气氛的渲染。读着这样的文字，读者的心弦不由绷得紧紧。

其次，白描手法再加上简洁的叙述，使文章朴实无华、紧凑凝练而又情动于中。白描是中国散文的一大特点，阿英对此耳熟能详。往往寥寥几语，即勾划出敌人的凶残："我们歇脚的人家……主妇告诉我们，这里接连过了几天的兵，健壮的男子都被拉去当夫了，家里的东西被抢劫完了，年轻的女子还有被强奸的，话说得异常沉痛。""据自卫军说，五旅在附近烧杀淫虏，无所不为，绑票绑到牛，每头五元，昨天还在团陂抢劫。"一幅兵荒马乱、民不聊生的惨景跃然纸上。这些描写与叙述朴实得直陈其事、冷峻得不动声色，然而透过纸背，我们却感受到作者悲愤、沉痛的情感是何等强烈。白色恐怖吓不倒坚强的共产党人。日记同样以简洁的文字真实地写出了他们在险恶的环境中坚持斗争、积极寻找组织的活动，字里行间流露出必胜的信念，洋溢着乐观的情绪。

最后，情景交融的景物描写，反衬现实的残酷，烘托出作者执著的追求精神。阿英在辗转流徙后，依然不忘湖畔的晚霞、窗前的明月、山径的野花、老农村姑口中的神话与民歌，不废读书与写作。日记以轻松的笔调，记载了他们一些忙里偷闲的游览活动，曲折地表现了他们虽遭危难，仍存活力的革命情怀。4月23日的日记写游青龙涧。5月9日的日记则写游避王岩："岩口很狭窄，而且陡险，岩下仅容一只脚侧放下去。只手攀石上行，约二丈余，两面石壁渐渐宽阔，有泉流拂脚背而过。要不是有人领导，谁也不会知道这里面有一块深长广大的场所。入内凡数曲折，长约二里，高数十丈，抬头可见峰顶。前些避乱的人就居在这里，岩分几层，每层还有破烂的门窗可寻。里面也有泉流。这好像是一座裂开的山的中部。我们赤足进去，仰视苍天，只余一线。岩层完全是人工所凿，真是一大奇观。""'我亦避乱人，今来避乱窟'，游览此岩，乃有此感。"所记虽短，却切合时代气氛，读后倍觉凄清，平添了对他们艰辛流离的沉痛之感，像"鸟鸣林更幽"一样，更显示出现实的冷酷。同时，也深为他们刚毅乐观的情绪所钦敬。

当然，限于日记体散文，《流离》写人记事皆显简略。有时，一日之事多且重要，则难免有流水账之嫌。写人则为事转，很少能用画龙点睛之笔，将人物性格、精神面貌点画如生。这不过是白璧微瑕罢了。

《灰色之家》同样以朴实无华的文字，详细地描述了狱中恶劣的条件和非人的待遇。特别写了一个糊里糊涂的尚未成年的孩子被逼狂致死之事，读来令人发指。作者还介绍了受尽折磨的难友们英勇不屈的斗争事迹。尤其值得一提的是，这本散文集显示了作者不常见的幽默风格。当被捕的二十七个人，在一阵拳打足踢的审讯后，一对一对地送进靠着捕房墙建筑的临时监房里去，阿英竟戏谑地称，我们竟如进了天堂。因为"我们能轻轻地相互间接谈。最后，我们竟能感到了午饭没有吃，感到了饥饿"。这幽默的嘲讽，道尽了他们满腹的怨恨、强烈的不满，反衬出狱中生活的残酷。还有一段描写狱中赏月之事，也颇耐人玩味："在那两重铁栏前外面的天空，圆圆的月亮是正面对着我们二十七个受难者，惨然的静默无言。天上一片蔚蓝，没多少星，庭院里的几株高大的树，时时的在这大幅的背景上轻轻的划动。"月下的景致写得很美，在这美丽、宁静的月景中，我们似乎感受到作者渴望自由、追求美好理想的炽烈心绪。作者不无感慨地写道："看月是惯常的事，在高山上、大海上，我都有过，可是在监中，隔着铁栏赏月，这却是第一遭，监中看月，是具有一种特殊情调的。"这含着苦涩味的幽默，表现了作者痛恨敌人、蔑视艰难的无畏精神。

《敌后日记》发扬了《流离》《灰色之家》的长处，只是笔墨更洗炼、老辣而已。《敌后日记》"不仅仅记录了阿英同志的战斗生活，而且也记录了新四军、华东野战军同苏中、苏北、山东人民与日本侵略军、国民党反动派所进行的伟大斗争，可以说是那个年代、那个地区军民英勇斗争历史的侧记"（阳翰笙《〈敌后日记〉序》）。

善于渲染气氛，造成一种紧张的敌后氛围，给人凝重的时代感，这一《流离》日记中的优点也成为《敌后日记》的一大特色。5月31日的日记写道："因一路距分界据点仅一里余，又屡屡停顿，狗噪不止，乃为分界敌伪所闻，电光四射，在麦田上不断流转。天又于此时突然雨一阵。""一路情况紧张，始终持枪在手，随时备斗，过险境顿感疲乏。"作者以明了短促的句式，极紧凑地写出了他们全家迁往苏北途中的艰辛：狗声乱吠，敌人据点内电火四射，天气阴冷漆黑，又突然一阵大雨，阿英他们人人持枪在手，健步疾走，竟不知疲倦，待出了险境，顿感全身乏力。十分传神地写出了当时情势的危急，直令读者悬心。这类描写，在日记中屡见不鲜。像《流离》一样，《敌后日记》于险恶、严峻的战争态势描写的同时，又用清新舒缓的笔调将读者带进诗情画意的乡村美景中。6月8日的日记写道："余休息人家，后门一联，甚典雅，文云：子夜糖匀饼，辛盘黍献糕。四时发，大路两旁，盐汁露地面，乃告诸儿，盐之制成经过，以为乐。沿途蛤壳极多，乃与诸儿拾起佳者存之。"作者忘却了途中的危险，饶有兴趣地给孩子讲制盐的常识，又与孩子一起捡拾路边的蛤壳，充满生活情趣。7月1日的日记写道："此一带为圩田，河流入水网，宛如江南，惟无其秀丽。舟既入此水网区，乃到安全地带，乃听舟子缓缓撑行，而静坐默赏四周风物。时正黄昏，灰暗云层，漫天分布，仅西地平线，一道强烈阳光，笼罩田园、树木、风车，其情调不亚米勒之名贵《晚祷》图幅。直至天色暗黑，始到沙家庄。"作者于金戈杀伐之中，杂上一小段田园风光的描写，既贴切自然，又给人以张弛开合之感。作者热爱大自然、热爱生活的可贵之情跃动于字里行间。

景致虽未从容铺叙，真情却让人慨叹不已。此时的阿英，毕竟经过了数十年文笔生涯的磨练。较之《流离》《敌后日记》的散文笔调更为圆熟，技法也更为精湛。诚然，《敌后日记》也有不少篇章，限于戎马倥偬，战事繁忙，记事过于简略。然而，于有闻必录中，已注意提炼情节、突出重点。特别是一些日记，善于用寥寥几语，抓住人物富有特征的言行，将各具个性特征的人物栩栩如生地刻画出来，这较《流离》，不能不说是一大长进。尤其是，日记极为精彩地展示了陈毅军长指挥若定、虚怀若谷的儒将风范。陈毅同志能征善战，又精通文墨，他驰骋疆场，又瞩目文坛，对我们党文化军队的建设，卓有功绩。新四军在苏北站稳脚跟后，他立即四处延揽文化人往苏北，加强部队和根据地的文化建设。阿英正是应陈毅军长的电召，跋山涉水，历尽艰辛，举家来到军部所在地——阜宁亭翅港。日记有这样一些记载："（陈军长）得知余来苏北，早已连电催行,约三时同往返。……迫午饭,去人回,告知陈军长约三时至彼处,并约晚饭。谒见陈军长与其夫人张茜。彼约至内室晤谈,窗明几净,长桌满陈书籍,真一儒将也。"日记由远及近地写出了陈毅思贤若渴、礼贤下士的领导人风采。再以室内环境作衬托,传神地再现了陈军长满腹经纶的文化素养。平时,陈毅决无军长架子,常与文化人作彻夜谈,而且他的知识面极为广阔。7月17日日记写道:"而陈军长又至,相与漫谈于屋前广场上。已而彭康同志更驰马自东至,于是谈话范围愈趋广阔,自国际问题以至中国战场前后方,自军政以至艺术,几乎无所不谈,谈无不尽澈。直到天色完全暗黑、繁星满天,始相率辞去。"而且陈毅的谈话极为幽默风趣。他的报告也极为生动。1942年8月31日,陈毅同志在亭翅港军部礼堂作报告,讲整风问题,"对文件的意义,出浅入深,依具体事实,详加诠释。报告内容,极为丰富,因材料之具有笑料性者甚多,又用幽默语言表达,遂不断哄笑。"10月26日,盐阜区参政会期间,陈毅同志代表新四军致辞,并在大会上作重要的国际形势报告。在会下则与大家亲切交谈,平易近人。吃饭的时候,间杂余兴,陈毅朗声高唱法文《马赛曲》,那一派豪放之情,给阿英留下深刻的印象。日记还写了军长的两大爱好:看书与下棋。阿英就是这样,以简练朴实的笔墨,从陈军长的屋内陈设、兴趣爱好,及其广博的知识、风趣的谈话,栩栩如生地刻画出一位目光远大、胸襟开阔,既通晓政治军事,又酷爱文学奕棋,平易近人、蔼然可亲的我军领导人的光辉形象。

《敌后日记》除了记载我军高级将领和文化人的事迹外,还以夸张诙谐的笔法,漫画似地写了他周围的一些小人物,颇类《灰色之家》的幽默成分,只是幽默的对象不同罢了。阿英写了他的房东,富农居亭及其大小老婆的争骂斗殴,写了胖乡长的固执可笑,甲长的忠诚寡言,以及隔河对岸自沪返乡一家人的不伦不类象。虽三言两语,却能抓住人物特征,使人物活脱脱跃然纸上,别具情趣,增添了日记的文学色彩。

丁彭

漫谈日记
——兼谈自牧日记

我们的国家很大，历史又那么地长，文学典籍、历史卷帙浩如烟海。就文学的自身发展来说，它经历了上古的神话传说，先秦的民歌和诗歌以及诸子百家的散文，汉有赋、史，唐有诗和传奇，宋有词和话本，元明清有杂剧和小说。林林总总，蔚为壮观。

然而，日记呢？它是文学吗？文学史上就给予它以何等座次，它属哪个家族，它的文学价值和品位怎样评估？

1990年底，自牧出版了他的《百味集》——那是一部别开生面、出奇的"杂"、名副其实的百味之集，其中收入了他的一部分日记，算添一味。囿于孤陋寡闻，新时期以来，山东作家和山东出版部门写作出版日记，这恐怕还是首次。

《百味集》面世之后，引起读者和文友的浓厚兴趣。我想我是在这种浓厚兴趣的浸润、诱发下，才走进一家私人藏书甚丰的书房去翻书并且决意要谈谈我久已想谈的日记的。

我国现代文学史上的著名作家，现代日记理论奠基人之一，坚持日记写作多年，出版日记十余种的郁达夫先生，在他的著名论文《日记文学》中写道："散文作品里头，最便当的一种体裁，是日记体，其次是书简体。我们都知道，文学家的作品，多少总带有自传的色彩的；而这一种自叙传，若以第三人称来写出，则时常有不自觉的误成第一人称的地方……并且缕缕直叙这第三人称的主人公的心理状态的时候，读者若仔细一想，何以这一个人的心理状态，会被作者晓得这样精细？那么一种幻灭之感，使文学和真实性消失的感觉，就要暴露出来，却是文学上的一个绝大的危险。而足以救这一种危险，并且可以使真实性确立，使读者于不知不觉的中间受催眠暗示的，是日记的体裁。"

大家都知道，郁达夫在现代文学史上，是善于心理描写——以无比的艺术家的勇气和坦诚剖白某种大家都有的那种心理的大家。他的日记无论写爱情，写景物，写步履之痕，写人际交往，写异乡风情，写内心独白，都给予读者以直感，质感，真实感，对读者情感浸润征服的"逮力"，使读者认识日记者彼时彼地的社会生活，我们从他三十万字左右的日记里所见到的，往往比小说和散文里所见到的还要丰富多彩。

鲁迅先生从 1912 年起，记日记记到 1936 年，二十五年间记了八十一万字。他的名著《狂人日记》就是用日记体写就。当代作家的一些名篇佳构，时见有日记掺入，这往往比长段的心理描写给人冗长、假大空、乏味，更显真切感人。

日记在这里，已不姓散文，而姓小说，或者说是小说构成之一部分那么，文学与日记又是一种什么关系呢？

当代著名老作家孙犁的比喻是："日记是文学的跑马场"；散文家何为的比喻是："日记是明日的黄花"；美国作家爱默生的比喻是："日记是写作的储蓄银行"。

坦诚地说，知名度很高的人物的日记，能引起读者的"窥探欲"。那么，像自牧这样的青年作家，由于涉足文坛时间不久，创作实迹还不堪称丰的人，他的日记的读者群能有多少呢？能引起多少人对他的生命世界的"窥探欲"呢？

还是事实改变了我之"孔见"。

最近读到我国当代著名"日记学"专家、华东师范大学古籍研究所研究员陈左高先生对自牧日记的评价，他说："自牧的日记，文笔'简约、洗练、自然、准确'，而蕴蓄着非凡的才华，具有以敏锐视角去审视生活，开掘主题的卓识；植基于博览约取的深湛学力。"

特别是郁达夫先生的一段话，纠正了我的无知和偏狭。他在《再谈日记》中论道："好的日记作者，不一定是文人或名人，也有一生并不知名的人，能写下很好的日记来的。一个人的事功、职业、性别、年龄以及道德、学识之类，也不一定会影响到他的日记的好坏；大人物大作家写的日记，有时候也可以比无名作者或盗贼小贩写得更干燥而无味。"

我读了这段话，确立了这样一个价值取向，不管他是什么人，只要他把日记写得湿漉漉，有味，耐品，便具备了文学性，便可称为好日记。

自牧是个文学青年。他本来是立志学中医的，由于一个偶然机会，他结识了当时尚未成名的业余作者张炜。张炜对文学的一往情深和虔诚敬业，深深触动了他本来就有的，然而已经松弛而不再颤动的那根琴弦，由于张炜的辗轴拨弦，它又开始了鸣响。

自牧对文学的虔诚、热爱，表现在他全身心地投入上——这是文人人品之根。

在我结识的文学青年中，他的藏书是最多的之一。他以"淘书"、藏书、读书开始了他"九层之台"的垒土工程——写书。他从不自恃才情，更没有因一孔之见而令人嫌烦的"才子作风"，他抱朴、守真、向善、重雅，坚持走"博观约取，厚积薄发"的成才之路。

自甘寂寞，读书、观察、思考、创作……耐得寂寞，读书、观察、思考、创作……文学的灵性就开始扣动他的心扉。

首先有了诗篇，接着有了散文，后边就接着有了小说，加上随笔和日记，就构成了他的处女集《百味集》。

《百味集》中的那么一点日记，是他为了使这个集子别具一格的"杂"而提前收进去的。本来属于"明日黄花"的品种，他稍早的拿了出来，遂令人感到所记人事太近，悉如昨日。对往事费点心思去钩沉，往往能够滤过琐屑浮繁而留金果，使人倍感韵味有致，耐得咀嚼。我认定了这个死理，随着时间的推移，自牧的长篇文学日记必将成为酒品中的"陈年老窖"：开坛十里香，隔壁醉千人。

就我所见到品过的《百味集》中的日记，文字的自然、朴实、简约、古雅，足以见出他为文的扎实。朴素是美，是大雅，而且是难得之美雅。

自牧的日记，记人际交往为多，记淘书、购书、读书为多。他对结识之人，尊称别人，无论贵贱；他对所遇之事，率直秉笔记录，含一片温馨，付一腔热忱，多有褒赞，极少微词，更无尖酸刻薄之笔，这些足见出他人品的敦厚温良和宽容大度。

话又说回来，对恶人丑事是不是要痛下针砭，泾渭是不是要分明？这一点，自牧是十分注意分寸的，他有一首短诗可作为这一问题的注脚："与世无争，只争公平。容天容地，不容邪恶。"

我与自牧结识了多年之后，他才把他的日记——如实地说，才把他厚厚的几大摞装潢考究的日记本（簿）搬出来给我看的，顿时，我脑海中幻化出一个形象：田野上，一个青年农民，头戴苇笠，投锄躬耕，汗滴禾下土……

傅国涌

《蒋介石日记》中的抗日战争

鸟无足。山有月。旭初升。人都哭。十二月中气不和,南山有雀北山罗。一朝听得金鸡叫,大海沉沉日已过。

　　这是神秘古书《推背图》"第三十九象"对抗日战争的预言,六十年前的1945年正好是鸡年,"一朝听得金鸡叫"被解释为对日本战败投降时间的预言。转眼就是一个甲子的轮回,纪念抗战胜利六十周年的声音此起彼伏。从小,我们就从中学历史教科书知道毛泽东在《论持久战》中分析整个抗战进程,驳斥了当时盲目乐观的"速胜论"和悲观的"亡国论",断言抗战必然是持久战,并清晰地分为防御、相持、反攻三个阶段。世人大凡对毛的军事谋略、战略家的风采不禁钦佩得五体投地。鲜为人知的是，蒋介石的日记中就对日本必败有信心，而且对最后胜利也有大致上的时间表："一、对中国思不战而屈。二、对华只能威胁分化，制造土匪汉奸，使之扰乱，而不能真用武力，以征服中国。三、最后用兵进攻。四、中国抵抗。五、受国际干涉引起世界大战。六、倭国内乱革命。七、倭寇失败当在十年之内。"以后的历史变化表明，日本侵略的步骤、最后的结局都与蒋的推测大致吻合。以美、英、苏为核心的国际社会果然出面干涉，这一天离1945年日本投降果然是十年之内，只是日本国内并未发生内乱。1939年9月5日，欧洲战争全面爆发的消息传来，蒋不无窃喜，他在日记中写道：

我国抗战两年期待国际变化，今果已至矣。国际情势虽甚险恶，如我择善固执谨慎运用，余深信必能使我国家从此复兴也。

1941年12月8日，当珍珠港事件消息传来，蒋更是喜不自禁，他在当日的日记中写道"抗战政略之成就，本日达于极点，物极必反，能不戒惧？！"令他如此兴奋的是多年前的计算和预测终于变成了现实。

从1931年"九一八"事变到1937年"七七"事变全面抗战爆发前，近六年间，蒋介石身为南京政府的头号决策者却始终下不了抗战的决心，因而背上了"不抵抗"的恶名，颇受世人的厚非。许多青年学生以及张学良、杨虎城麾下的东北军、西北军，当然还有共产党及其他政治力量都无法体会到他的苦衷，不能谅解他。

其实，早在"九一八"发生不久，蒋介石就在1931年10月7日的日记中这样写道：

此次对日作战，其关系不在战斗之胜负，而在民族精神之消长，与夫国家人格之存亡也。余固深知我国民固有之勇气与决心早已丧失殆尽，徒凭一时之兴奋，不具长期之坚持，非惟于国无益，而且反速其亡。默察熟虑，无可恃也。而余所恃者在我一己之良心与人格，以及革命精神与主义而已。是故余志已决，如果倭寇逼我政府至于绝境，迫我民族至无独立生存之余地，则成败利钝自不暇顾，只有挺然奋起，与之决一死战，恃我一己之牺牲，以表示我国家之人格，以发扬民族之精神。

抗战之前这段日记自然是不可能公布的，世人包括身边接近的人都无法洞察他内心真实的想法。从他的日记看来，蒋介石之所以忍辱负重，不抵抗，自认为完全是出于现实的考虑，他深知仓促应战，只有自取败亡。其内心的痛苦在日记中多有流露，在他授意下，把兄弟王郅签定屈辱的《塘沽协定》后，1936年6月3日曾在日记中表明心迹："我屈则国伸，我伸则国屈。忍辱负重，自强不息，但求于中国有益，于心无愧而已。"不过，客观而言这个协定确实将日本全面侵华的计划延缓、推迟了四年，为中国赢得了一定的准备时间。在当时背景下，包括胡适在内的许多有影响的知识分子也是赞成委曲求全、争取时间的。

1934年9月，蒋介石授意陈布雷写出了关于日本问题的《友乎？敌乎？》一文，以"徐道邻"之名发表在《外交评论》十月号上。这篇长文指出，如果日本以美、苏为假想敌，除非日本真的能在十天之内灭亡中国，如果战争拖上三个月、十个月或半年，"则日本地位甚为危险"。"中国的武力比不上日本，必将大受牺牲，这是中国人所不容讳言。但日本的困难，亦即在于此，中国正唯因没有力量，即是其不可轻侮的力量所在。战争开始，在势力相等的国家以决战为战争的终结。但是在兵力绝对不相等的国家，如日本同中国作战，即无所谓正式的决战，非至日本能占尽中国每一平方公里之土地，彻底消灭中国之时，不能作为战事的终结，两国开战之际，本以占领政治中心为要着。对中国作战，如以武力占领了首都，制不了中国的死命。"

徐道邻实有其人，并非笔名，此人是北洋军阀徐树铮的儿子，曾在蒋的侍从室工作过，大约是个司局级的官员，蒋不想用自己的名义，也不想用陈布雷的名义，深思熟虑之后，决定以职位不大不小的"徐道邻"

的名义发表，陈布雷为此叫好，认为其中还蕴涵有"慢慢与邻道"的意思。

日本方面大概也察觉了此文最低限度也是蒋介石所授意，各刊物纷纷翻译转载，和平谈判的空气一时浓了起来。1935年3月1日，蒋在日记中几乎松了一口气："表明对日外交方针与态度，国民已有谅解，并多赞成，一月之间外交形势大变，欧美亦受影响，自信所谋不误。"而且其中隐隐透出了几分得意。

然而，日本对华侵略蓄谋已久，箭在弦上，不能不发，早晚总是要爆发的。对此蒋也不是毫无预感。他之所以一再试图拖延全面战争爆发的时间，就是希望能准备得充分一些。1936年9月26日他在日记中说："三年之内，倭寇不能灭亡中国，则我何患其强迫，但此时尚不可不隐忍耳。"这一点他在三年前，即1933年7月14日的日记中说得更明白："以和日掩护外交，以交通掩护军事，以实业掩护经济，以教育掩护国防，韬光养晦乃为国家唯一自处之道乎。"实际上，在1937年前的五年间，抗战准备的成效确实也是显著的，比如：1. 任用德国顾问，修订公布了陆军典范令；2. 任用俞大维，将步兵兵器标准化；3. 设立军用化学工厂，使最基本的军械弹药能自足；4. 空军扩充到飞机600架（尽管能实际对日作战的只有220架）；5. 在各省督促修建公路，完成了浙赣、粤汉铁路；6. 币制改革，法币用纸，白银公有；7. 公布兵役法，开始征兵；8. 派宋子文、孔祥熙、蒋廷黻等分头游说美、英、苏等大国，争取外交主动，等等。

等到1936年12月意料之外的"西安事变"发生，国共实现合作，结束内战，共产党宣布接受蒋的统一领导，共同抗日，蒋的个人声望大大提高。在知识分子中有广泛影响的胡适早在1935年8月就说过："蒋先生成为全国公认的领袖，是一个事实，因为更没有别人能和他竞争这领袖的地位。"《大公报》主笔张季鸾也把蒋视为抗日的重心，要抵抗外侮，没有重心是不行的，哪怕蒋有很多方面不尽人意。

我无意为蒋介石评功摆好，但历史不是文学，是容不得任意想象和虚构的。在抗战胜利六十周年之际重温蒋介石日记，我们不能忘记他为民族抗战作出的贡献，同时我们也可以十分清楚地看到他不仅不是没有缺点，而且有着许多致命的缺点，最大的缺点就是他身处一个急剧变化的近代社会，而他的脑袋还属于传统的古代农业社会，他从来都不是一个现代型的政治家，无论是在书生从政、与蒋有过近距离接触的经济学家何廉眼里，还是在与蒋打过多年交道的美国将军史迪威日记中，蒋的统治方式都是有严重缺陷的，他没有开放的气度，缺乏以推进民主的方式化解社会矛盾的勇气，不了解底层社会特别是亿万农民的需要，还有他的个人独裁作风，他对传统权术的依赖，他对制度的忽视，他的统治基本上依靠人身依附关系，他不能割弃裙带关系对政权的损害，他强调人身依附关系的重要性远超过了制度化的机构设施，如同他对部下对其个人忠心和驯服的要求超过了对才干和正直的要求，他更相信的是策划于密室之中的权谋，是精心的利害算计。早在1936年3月26日，蒋介石在广州的权力舞台上初起之时，就曾在日记中写过这样一句话："政治生活全是权谋，至于道义则不可复问矣。"不过，他在此前3月5日，还在日记中写过另外一句话："顺应时势，迎合众心，为革命领袖唯一之要件。吾何能之？"诚哉斯言，但他却未能做到"顺应时势，迎合众心"，所以他即使准确地预言了抗战的步骤和胜利的时间表，等待他的是注定了的内战中迅速失败的命运。

我们必须承认，蒋介石的失败，不仅是因为他有着很多的失败的政治家都有的特质，也有着很多历史原因。在对于日本的问题上，蒋介石的态度是很明确的。历史证明，"九一八"时，所谓的"不抵抗政策"的电文纯属子虚乌有，而作为当事人的张少帅，也已经明确地表示，不抵抗的举动不是奉命，而是自作主张的。

柳和城

《传声杂记》中的穆藕初史料

《传声杂记》是一部日记体手稿。作者沈彝如（1871～1947），字传声，江苏昆山人，昆曲曲友名家。沈氏世代以手工扎纸为业。沈彝如自幼习祖业，后靠自学稍通文墨。光绪年间曾入县衙清丈局任"丈生"。他喜昆曲，先后参加载畅社、东山社和玉山社等昆曲社团。民国十一年（1922）初，经曲友介绍，沈彝如来到上海穆藕初开设的穆公正花行任书记（即秘书）。实际上他担任的工作是穆藕初的"曲务秘书"，兼理一些花行的文牍事务。《传声杂记》记录了沈氏壬戌年在沪期间追随穆藕初从事曲务工作的情况,披露了许多穆氏昆曲活动的细节,极富史料价值。大致有三方面内容。

一、江浙名人大会串期间的穆藕初

穆藕初(1876~1943),名湘玥,上海人,现代著名爱国实业家,被毛泽东誉为"新兴的商人派"代表。1914年从美国留学归国后,他先后创办上海德大、厚生和郑州豫丰三家纱厂,又发起建立上海华商纱布交易所、中华劝工银行等企业。穆还关心教育事业,参与创建中华职业教育社,捐助优秀人才出国深造,创设上海位育小学和位育中学等。在现代昆剧发展史上,穆藕初的名字又与这一古老剧种的振兴和薪传不息紧密相连。

1921年,苏州曲家张紫东、贝晋眉、徐镜清等与上海票友、曲家穆藕初、徐凌云等创办苏州昆剧传习所。除创办者各自捐款外,穆等人很早就定下在上海义演募集办学经费的计划。1921年七八月间,穆藕初还邀了俞振飞、谢绳祖及传习所"大先生"沈月泉,上杭州灵隐韬庵别墅闭门学戏,穆决定亲自粉墨登台,以资号召。昆剧保存社组织的江浙沪昆曲票友大会串,定于1922年2月10日至12日(农历正月十四至十六日)晚,假座上海静安寺路夏令配克戏院(新华电影院旧址)开演,沈彝如《传声杂记》开篇"壬戌年记事",始于"新正月初五日"(2月1日)。正月初六日沈与另一位昆山曲友张志乐一起抵沪,正赶上大会串紧张筹办。穆藕初匆匆接待后,就邀请二人一起参加大会串的各项活动。

正月初十日(2月6日)沈写道:"下午三点钟,轧发后到厚生厂。先遇季桂荪君,谈一小时,志乐到,同至房间内,商穆宅同曲事。四点钟返行。下雨。傍晚沈月泉来行,与穆君理戏。"第二天在穆宅排演,沈彝如、张志乐等皆为"顾问"。穆藕初上年夏在杭州学戏后,因公务繁忙和一场重病,已有近五个月未排练了,大会串迫在眉睫,于是请来沈月泉"理戏",重温几天后粉墨登场要演的几出戏。这一天沈彝如记下了"穆宅同期"情况：

下午四点开罗（锣），到者苏之俞粟庐人父子、孙吟笙永［咏］①雩、殷致祥父子、殳九组、谢纯［绳］祖、项馨吾、李旭堂、王慕吉［喆］、陆介生，共二十余人。是日所唱各曲列后。……《闻铃》（粟、介生），《惊变》（月、少山），《小逼》（王笙、永雩），《悔嫁》（藕、馨），《折阳》《琴挑》（慕吉、介生），《游园、惊梦》（振飞、九组、馨吾、永宇），《拜施、分纱》（藕初、少山、纯祖、九组），《盘夫》（振［震］贤、九组，《拆书》（粟、吟笙）。

对照后来报载大会串剧目，只有一部分曲目相符，可见此次"同期"并非全属彩排。穆藕初唱的两曲中仅有《拜施、分纱》为登台演出的一出戏。沈月泉为他"理戏"，大约是"同期"外的活动，《传声杂记》没有具体记载。大会串前一天，沈彝如记云：晚间"昆曲保存社来帖邀至四马路一家春西餐馆叙餐，并开串戏事谈话会。在座诸人各缴徽章费三元……约百人，九点半散会。"

2月10日至12日三天会串，沈氏均应邀观摩。观剧前的活动他倒记得颇详细，可惜剧场情况及演戏过程几乎空白，这是很遗憾的事。12日，沈彝如记有一事很有意思。这天午间，穆藕初宴请吴梅。沈等午后"应约同至北四川路青年会屋顶，为昆曲保存社纪念摄影，到者约百人"。俞振飞先生回忆中也曾提到过这次摄影活动，称纪念照前排居中为其父俞粟庐，左首为穆藕初，右首为徐凌云。只是此照迄今未现身于世，不知尚在人间否。

这次江浙沪名人大会串，票房收入约八千余元，均充昆剧传习所办学经费，同时又扩大了昆剧在社会上的影响，因此在昆剧史上占有重要地位。当时上海各报都有报道与剧目广告，《申报》《游戏世界》等报刊还登了吴梅、苏少卿等的剧评。可是演出之外的幕后情形，唯此《传声杂记》有第一手资料记载。

二、穆藕初计划整理出版昆曲全谱

穆藕初早就有一个整理出版昆曲曲谱的计划。第一步是请人用工尺谱统一格式抄出，此项工作非懂行者不行。沈彝如是合适的人选。他的"曲务书记"工作似乎主要就是抄谱。大会串结束不久，沈就开始这项任务。正月十九日（2月15日）《传声杂记》记道："九点钟穆君面嘱行经理季桂荪君，代余收拾房间一间，并云兼办行中书记。大约另有一人不日到行，同余办谱。"正月二十一日、二十三日（2月17、19日）沈又记道："穆君交谱三折"，"穆君嘱抄曲谱样一纸。"于是抄谱"工程"正式开始。对此穆藕初显然有周密的计划。正月二十六日（2月22日）沈记云：

抄《新会》《池阁》同场八折。下午四点钟穆君邀入，谈抄写曲谱底稿，嘱每日可否一出？再请一人帮抄。并谈抄曲缘由。预算付费须万元，时间三年。大意将所有昆曲另出全记谱，或四五百出，先抄底稿寄苏，俞粟老阅后或有删改处，即俞老担任。阅毕再寄北京吴渠庵[①]君处，研究牌名，引子之下加注，回来重行腾［誊］出发印。约谈一刻而出。

穆藕初为使沈彝如工作条件更好些，几天后又新辟一间办公房供沈使用，"房间宽畅"，沈"甚觉舒服"。二月初三日（3月1日）穆调来一位叫张怀春的年轻人帮沈抄谱。这段时间《传声杂记》中几乎每天都有抄曲的记载。二月二十九日（3月27日）沈写道："晚九点钟穆君要曲谱，即送进去。有俞振飞、殳九组、谢纯祖、高砚云、冯超然等八九人在，略叙一刻而去。"半个月后的三月十五日（4月11日），穆又组织过一次集体讨论。《传声杂记》云：

穆约晚膳。到者俞粟老父子、王慕吉、高砚云、殳九组、沈芷纫、冯超然、袁安圃、陈凤鸣、杭［项］远村、密［宓］启民、杨习贤、中华书局某等十余人。晚膳后开谈话会，议刷印曲谱并粟社拍曲者，均无切实办法而散。

讨论中有中华书局的人参加，可知穆氏已经把曲谱的出版事宜提到了议事日程。当时有曲友撰文，提到穆藕初编印《恕园曲谱》，可能就是这部曲谱的总书名。不过事情不太顺利。1922年5月中旬，穆藕初赴京受命出席秋后在美国檀香山召开的太平洋商务会议。乘北上之际，他带了部分抄就的曲谱请教了在北大任教的吴梅。《传声杂记》四月二十九日（5月25日）记："俞振飞先生来电话，云北京来信，因所抄曲谱格式不合，暂停抄写。"这"北京来信"，显然是穆藕初征求吴梅意见后给上海抄谱者下达的指示。至于怎么"格式不合"，现难考订。《传声杂记》从此中断了一年多关于抄曲事的记录。

1923年以后，穆藕初的纱厂经营受到极大挫折，经济陷入困境。这年夏天穆公正花行也因亏蚀而息业，沈彝如于七月间离沪，先返昆山，后定居苏州。但他似乎仍继续受命于穆藕初誊抄昆曲曲谱。癸亥年（1923）七月二十二日（9月2日）《传声杂记》记："由仁生带交豫丰账房杨习贤收（连旧）《玩笺》《赶车》《辞阁》《赏秋》《亭会》。"九月初七日（10月16日）又记："由仁生手交《梳妆》《掷戟》《训子》《扫秦》《题曲》《八阳》。原谱由穆君交来，连新抄计十本付杨。"沈氏抄谱工作一直持续到癸亥年末（1924年初）他正式"辞退"为止。当然，穆藕初整理出版昆曲全谱的庞大计划也随之流产。

有意思的是，十年后穆藕初的哥哥穆湘瑶（杼斋）继其弟未竟之业，"欲刊曲谱"，托人也求助于吴梅。1934年10月17日《瞿安日记》卷八记云："杼斋为藕初之兄，前清孝廉，其人不知曲者也。犹记藕初习曲，杼斋笑之，何以十年后，亦善此艺，真不可解矣。"③当时穆湘瑶拟出资二千元，全权委托吴梅主持印曲。大约计划过大，吴梅又太忙，此事也未成功；这是后话。穆氏昆仲先后计划出资整理出版昆曲全谱，无疑为昆曲史上的两段美谈。

当年穆藕初组织沈彝如等抄录的曲谱大约近二百种。后来约一百余种归穆的两位喜欢昆曲的女儿恂如、怡如，一部分曲谱则与穆氏戏曲藏书一起由穆藕初长子穆伯华捐赠给了上海戏曲学校。可惜这批书毁于"文革"动乱。当时捐书时穆氏后人留下了十来本曲谱作为纪念，有幸躲过种种劫难保存至今，其中约有四五种还能与《传声杂记》对上号呢。

三、穆藕初与粟社

粟社是穆藕初与徐凌云、殷震贤等曲家发起的昆曲社，1922年成立于上海。因大家推崇并传习有"江南曲圣"之称的俞粟庐的唱法，故命名为粟社。沈彝如在沪期间参与了粟社的成立活动和最初的几次"同期"。《传声杂记》壬戌正月二十五日（1922年2月21日）记云：

（午后）一时，同金君至德大批发所内粟社赴宴。是晚开会，推穆藕初先生临时主席，报告该会经过情形及更组约章，积极进行。公推职员如下：正社长穆藕初君，副社长谢纯祖君，研究部正主任殳九组、副俞振飞君，书记王慕喆君，庶务杨习贤。社员资格讨论甚久，决议新拍曲者入研究部，俟有成绩，得多数社员公认为合格，方称本社社员。纳费月缴一元至四元，随力而认。社员理曲照上项。每月同期一次，费规定洋三十元。本社各员论当或二人，合当三四人亦可。均通过而散会。略唱清曲后乘汽车返行，已十点钟矣。

粟社成立地点以及组织、活动及经费等情况，于此一目了然。

正月卅日（2月26日），星期天，"上午风雪交加"，午后沈彝如到大马路劝工银行三楼参加粟社第一次"同期""论当者为穆君"。"到时已开罗（锣）矣。适穆君唱《拾叫》。是日有女士五人，二为唐乃安之女，二谢纯祖妹，一夫人。唐女士未唱，谢女三人唱《游园》《亭会》。佩珍女士之《亭会》，字面收音处处到位，男子尚不及他多矣……"沈还录有此次"同期"全部曲目及演唱者。两位唐女士之一，即后来主演话剧《少奶奶的扇子》的上海名媛唐瑛。后来唐瑛是粟社活动的常客，还与另一位上海名媛陆小曼共同参加粟社"同期"，成为曲坛一亮点。这应该是沈彝如离开上海以后的事,《传声杂记》中没有记载。三月十三日（4月9日）粟社第二次"同期"，地点仍在劝工银行三楼留美同学会，沈彝如记录的曲单中不仅有穆氏唱曲，而且有包括唐瑛在内的许多曲友演唱的节目：

《折阳》——王慕喆、项馨吾

《望乡》——高砚云、俞振飞

《投渊》——杨习贤、俞粟庐

《盘夫》——王慕喆、陈凤鸣

《廊会》——陆玉笙、项馨吾

《琴挑》——唐　瑛、陈文娣

《谈素》——穆藕初、龚少山、张志乐

《赶车》——殷震贤、张志乐

《草地》——沈芷纫、陈凤鸣

《踏窥》——俞振飞、殳九组

《亭会》——徐谓臣、殳九组

《问探》——冯超然、俞振飞

《弹词》——王辅卿

《赏荷》——项远村、陈凤鸣

关于粟社活动的记载，《传声杂记》中还有数处。除宴请外，"同期"唱曲大都在劝工银行，只有一次例外。"穆藕初当，假城内庄家桥关帝庙东首孙北暖宅"（192年6月13日）。穆只要在沪每次都参加。值得注意的是，穆藕初还应邀赴外地参加曲社活动。那是民国十二年（1923）八月昆山玉山俱乐部一周年纪念会："十二日该社社员自唱，十三日邀请苏、申及本地诸同志会唱，地址在山高水长宁绍会馆。"沈彝如作为主人邀请穆藕初参加。穆唱二曲：一、《错梦》（与张志乐、沈彝如合作）；二、《玩笺》。

《传声杂记》主要记录沈氏壬戌年（1922）正月至闰五月在沪期间活动和生活情况。癸亥年（1923）只有数条日记，却有几篇抄自上海《晶报》有关昆曲的文章，也富有史料价值。甲子年（1924）有一篇作者"愁恨满怀，借笔一吐胸中之闷"的札记（债务记录），"申事旧冬辞退"即出于此，从中可以看出沈失业后生活极其穷困的情形。该文记录了作者四处托友寻职，提到俞粟庐、俞振飞等人。当时"齐卢之战"给江浙人民带来的灾祸，沈彝如深受其害，《传声杂记》中有若干细节记载。可惜其时他已不再逐日记事，而是"有感而作"，不能当日记而读了。

据说沈彝如后来仍操旧业，以开设纸扎店糊口。劳作之余，不忘度曲，并粉墨登场，专工副净角色，擅演《渔樵记·寄信相骂》和《虎囊弹·醉打山门》等戏。

《传声杂记》手稿一直由其子沈淦翔保存，苏州中国昆曲博物馆藏有复印件。该日记的史料价值已为昆曲界所重视，不少研究者著书撰文也时常引用其中材料。我们编著《穆藕初先生年谱》④，《传声杂记》也是一部重要的参考文献。我们认为，该手稿关涉穆藕初与现代昆曲史料甚多，最好全文整理刊出，以供更多的研究者利用。

注：

① 《传声杂记》手稿中人名多有讹字，前后也不一致，本文引录第一次出现时用方括弧注明，以后照原文七迻录，不再改正。

② 即吴梅。

③ 《吴梅全集日记卷》上册，湖北教育出版社2002年7月第1版。

④ 《穆藕初先生年谱》，穆家修、柳和城、穆伟杰编著，上海古籍出版社2006年5月第1版。

编后记

我真正热爱上日记并付诸实践，天天记日记，是从1993年冬天开始的。当时的语文老师在作文课上，给我们推荐了一本书——《人生品录——百味斋日记》。语文老师介绍说，这是一本作家写的日记，所记全是文人雅事。我立即被那雅致的透着书卷气的封面所吸引，表现得有些迫不及待，第一个要求借看这本书。那天下午和整个夜晚，我都沉浸在这本书中不能自拔。我仿佛顿悟一般：原来日记可以这么写！多么有趣，而又多么有价值啊！第二天，语文老师告诉我，那本书可以送给我。我当时的心情，如获至宝，感激、感动、振奋。此后这本书有好几年跟随着我，一直放在枕边，我时不时地翻看，读了足有七八遍。

这本书的作者就是作家自牧。1994年夏天我到济南上大学，那年的冬天有幸见到了自牧先生。

1999年，我与自牧先生商议，创办一份日记内容的报纸或杂志。提了几次，他均未置可否。但因为喜爱，我没有放弃。利用手头仅有的一点材料，把《日记报》创刊号编了出来。山东诸城市的民办教师管炳圣也提供了一些稿件，并出了一些主意，自牧先生题写了报名。不管怎样，创刊号出来了。现在看来，那张四开四版黑白印刷的小报是何等幼稚和粗糙，但毕竟是我们迈出的第一步。尽管幼稚，可是真诚；尽管粗糙，但却用心。此后的几年里，我节衣缩食，四处筹款，侍弄着这张小报。从约稿、编辑、画版、排版、校对、跑印刷厂、通联寄赠，整个办报的流程，都是我一个人在张罗，虽然苦累，但极其充实。那些烈日炎炎的夏日，我铺张草席，打着赤膊，一边闻着报纸的油墨芳香，一边装信封、写信封、粘信封，报纸、信封铺满了小小的居室，满屋子飘满了纸墨的味道。那些寒风呼号的凛凛冬日，我裹紧单薄的大衣，手提报纸，一捆一捆搬运到狭窄的居室。装好封好以后，再一包一包地搬运到离住所有四五里地的邮局寄给全国各地的朋友们。年复一年，顾不上寻思赚钱的营生，顾不上考虑如何给女友一个稳定的住所——所谓成家立业，也顾不上远在乡下的父母双亲。在一家企业打工赚的工资全部花在了印刷、邮寄和房租上。当然远远不够，便找家人借，从银行贷款，就像着了魔，生活的全部，仿佛只是《日记报》了。在物质生活上，当时不是一般的清贫，简直可谓一无所有；但在精神上，却是充满了阳光，充实、快乐且欣慰。我想，即便一个真正的富翁，也难有我那样的精神愉悦吧。

这张小小的报纸，因为其独特性和可读性，受到了几乎所有读者的喜爱和好评。上到九十多岁的老人，下到不足十岁的孩童；上到学富五车的学者教授，下到偏僻农村的村夫村妇；上到国内外著名的鸿儒名流，下到默默无闻的凡夫俗子。但凡所见《日记报》，无不赞叹惊奇，嘉言勉励。而我，就像一个老农，看到自己的劳动成果被大家肯定，对大家有益，是何其幸福复又充满动力！每天读到朋友们的来信，我是那么欢欣鼓舞，那么感动和振奋，于是抖擞精神信心百倍地投入到下一期报纸的编校工作中。有了这样的生命支撑，生活的清贫和坎坷实在微不足道了。那几年我一直居无定所，但内心却是深有所依的。

除了这些纸面的美誉之词，我实实在在从来稿中受益匪浅。就像一个富矿，越往下深挖，收获就越大。我没有想到，不起眼的日记，背后竟然掩藏着如许动人的故事——不，是学问。《中国日记史略》的出版，"日记学"的提出，"日记代替作文训练"的主张，都是空前的，也都是大有文章可做的。无论"我与日记"的现身说法，还是"日记论坛"的各抒己见；无论"日记原版"的轶事钩沉，还是"日记品读"的精彩点评；无论"日记书影"的书香流韵，还是"日记序跋"的画龙点睛……无不令我深深地陶醉其中，如饮甘泉。

就这样，一晃就是五年，直到我离开济南。

2004年，我回到淄博故里。实在没有能力继续维持这张小报了，心里充满了矛盾和痛苦。我心有不甘，而且倍觉惋惜；而继续下去，资金从哪里来？正踌躇之间，自牧先生伸出了援助之手，把这一工作接了过去。实际上，自从这张小报创刊后，他一直在关注着它的成长，而且身体力行，多次给与力所能及的帮助。著名老报人车辐先生曾开玩笑说，《日记报》是"一个半人"在办。看到报纸的窘况，自牧先生毫不犹豫地接了过去，由顾问而为主编，从幕后走到前台。从第三十一期开始，变报纸为杂志开本，容量有所增加，工作量也大大增加。

一晃，又是五年过去了。《日记杂志》已经整整出满了五十卷（期）。前五年的三十期装订起来是薄薄的一册，后五年的二十本，则是非常厚重的一排。在这二十卷中，尤其值得一提的是厚厚的五卷"日记接力"的《日记杂志》专号,分别是:《半月日谱》(收录四十八人的2005年1月1日~1月15日的同期日记,每人半月)、《半月日影》(收录二十四人的2005年1月1日~12月31日的日记,每人半月接力而成)、《半月日注》(收录二十四人的2006年1月1日~12月31日的日记,每人半月接力而成)、《半月日志》(收录二十四人的2006年12月16日~12月31日的同期日记,每人半月)、《半月日识》(收录二十四人的2008年1月1日~12月31日的日记,每人半月接力而成)。总起来看,是七十二组"同期"半月日记,七十二组"接力"半月日记,共一百二十多万字,并配有数百幅插图。一百多位作者,来自全国各地,既有名家,也有普通人,其职业、风格、情趣各不相同。更有何满子、徐北文、钟叔河、来新夏、王稼句、止庵、徐雁、龚明德、徐明祥等书话名家的序跋文章,和峻青、黄裳、流沙河、王学仲、谷林、陈忠实、侯井天等名作家的题签,可谓锦上添花。每期卷末,主编自牧均撰有万言长跋,对入选作者一一作散点式介绍。作家徐明祥说,"半月日记"系列可以看做是当今爱书人、日记人之"联络图"。"但范围更广、人数更多,且内容原汁原味,全是自己写自己。这样一卷长长的原生态的当代读书生活图,色彩斑斓,五味杂陈,读起来别有意趣。如果从史的角度看,其价值也不可小觑。在当代日记史上,应该是浓墨重彩的一笔;对于了解知识分子的精神世界乃至当代社会,也提供了别致而真实的个人视角。对未来的研究者来说,这或许是一个值得挖掘的民间富矿。"诚哉斯言。

办过杂志的人或许都有一个深切的体会,就是组稿、编校、通联等工作所耗费的时间和精力,还要自筹经费,其困难可想而知。盘点目下国内所谓的"民间报刊",世纪之初曾雨后春笋般一个一个冒出来,但没有几年,便又一家一家偃旗息鼓了无声息。这当中除了体制因素外,更多的恐怕还是经费不足的掣肘。因为办这些杂志的人，大多都有一份固定的工作，也就是说都是业余时间凭一己喜好而侍弄。他们都不是很有钱的人，而是靠个人影响力张罗经费，所以就注定了民刊的不稳定性和良莠不齐。当然，这并不重要，重要的是一种精神的延续，书香一脉的传承。

《日记报》(《日记杂志》)走过十年，积累了大量有关"日记"的美文佳作，或夫子自道写日记的甘苦荣辱，或各抒己见品评某人日记的是非得失，或现身说法议论日记作用于人的种种奇效，或原汁原味展示自己数十年前的老日记……这些篇什无不精彩纷呈，别有情趣和滋味。为了让更多的人分享这些别具一格的文字，我花了半年多时间，分门别类，因循原来的栏目，分别编成《日记闲话》《日记序跋》《日记品读》《日记漫谈》《日记自述》《日记书影》《日记语丝》等卷，人民日报出版社不计市场风险，力促日记丛书出版，显示了独到的眼光和魄力；正是这份眼光和魄力，使得这些散珠碎玉得以贯穿起来，更加赏心悦目。

由于时间仓促和学识所限，难免挂一漏万，瑕瑜互见，敬请读者方家不吝指正。

古　农

2011年4月10日于北京大溪地寓所之静庐

图书在版编目（CIP）数据

日记品读 / 古农编 .—北京：人民日报出版社，2011.11
（书脉日记文丛）
ISBN 978-7-5115-0708-2

Ⅰ．①日… Ⅱ．①古… Ⅲ．①日记－鉴赏－中国
Ⅳ．① I207.6

中国版本图书馆 CIP 数据核字（2011）第 231892 号

书　　名：日记品读
主　　编：古　农
出 版 人：董　伟
责任编辑：林　薇
出版发行：人民日报出版社
社　　址：北京金台西路 2 号
邮政编码：100733
发行热线：（010）65369527　65369512　65369509　65369510
邮购热线：（010）65369530
编辑热线：（010）65369523
网　　址：www.peopledailypress.com
经　　销：新华书店
印　　刷：环球印刷（北京）有限公司

开　　本：710mm×1000mm　1/16
字　　数：250 千字
印　　张：19.25
版　　次：2012 年 1 月第 1 版　2012 年 1 月第 1 次印刷

书　　号：ISBN 978-7-5115-0708-2
定　　价：33.00 元

敬 告

本书大部分文章均经授权许可。由于作者较多,作品时间跨度大,我们虽多方努力,仍有一些作者无法取得联系,但为使全书内容更臻完善,也将作品收入进来。凡未征得相关著作权人同意而选用的文章,敬请作者见书后理解与支持,并与北京书脉文化传媒有限公司联系,我们将奉寄样书。

电子邮箱:shumai2010@126.com